Deana Zinßmeister

Das Auge von Licentia

Arena

Für meine Familie

1. Auflage 2017
© 2017 Arena Verlag GmbH, Würzburg
Alle Rechte vorbehalten
Covergestaltung: ZERO Werbeagentur, München
Gesamtherstellung: Westermann Druck Zwickau GmbH
ISBN 978-3-401-60350-6

Besuche uns unter:
www.arena-verlag.de
www.twitter.com/arenaverlag
www.facebook.com/arenaverlagfans

Prolog

Andrej stand vor einer Bergwand, die bis zum Himmel zu reichen schien. Glatt und unbezwingbar wirkte der graue Stein. Schon beim Hochschauen wurde ihm mulmig zumute. Für nichts in der Welt wäre er dorthinauf gestiegen.

Ein Krächzen drang an sein Ohr. In den Sträuchern, die dicht vor dem Steinmassiv wuchsen, hockte ein Rabe und neigte den Kopf. Es schien, als ob der schwarze Vogel ihn beobachten würde. Seine Großmutter hatte ihm als Kind erzählt, dass Raben Seelen stehlen. Ein Schauder lief ihm über den Rücken. Er rieb sich über die Gänsehaut auf seinen tätowierten Armen und schüttelte über sich selbst den Kopf. Es war kindisch, sich als Zwanzigjähriger noch immer vor diesem Federvieh zu fürchten.

»Verschwinde!«, zischte er in Richtung des Vogels, zuckte dann aber erschrocken zusammen. Hoffentlich hatte ihn niemand gehört. Keiner durfte wissen, dass er hier war. Nicht auszudenken, wenn jemand das Geheimnis von Licentia entdecken würde.

Er versuchte, den Vogel zu ignorieren, und trat an einen dicht bewachsenen Busch vor einem Felsen heran. Hastig schaute er sich nach allen Seiten um. Als er nichts Ungewöhnliches bemerkte, schob er die Äste des Strauchs zur Seite.

Ein Höhleneingang kam zum Vorschein. Mit einem schnellen Blick zurück prüfte Andrej noch einmal die

Umgebung. Alles schien ruhig. Kein Blatt regte sich. Er atmete mehrmals tief ein und aus und betrat die Schwärze, die sich vor ihm auftat. Sobald er die Zweige losließ, verschloss sich der Eingang hinter ihm mit einem Rascheln und wurde wieder unsichtbar.

Augenblicklich umhüllte Andrej Kälte. Er fror in seinem dünnen T-Shirt und sehen konnte er auch nichts. Nervös wartete er, bis sich seine Augen an die Dunkelheit um ihn herum gewöhnt hatten. Nach und nach konnte er die Umrisse der Höhle erkennen. Er schaltete die Taschenlampe seines Handys ein und ließ den Lichtkegel über die Steinwände wandern.

Obwohl er wusste, dass ihm nichts geschehen würde, zitterte er nicht nur vor Kälte. *Vielleicht haben sie mich angelogen und werden mich beseitigen, sobald ich ihren Auftrag ausgeführt habe,* schoss es ihm durch den Kopf. Keine Sekunde später verwarf er diesen Gedanken wieder. Er sah eindeutig zu viele Krimis. Warum sollten sie ihn umbringen wollen? Schließlich waren seine Auftraggeber keine Verbrecher und gehörten auch nicht zur Mafia. Zumindest hoffte er das.

Sein Herzschlag beruhigte sich leicht. Trotzdem wirkte die seltsame Anweisung, dann die Umgebung – einfach alles – unheimlich. Warum nur hatte er sich zu diesem Auftrag überreden lassen? Warum hatte er nicht Nein gesagt, als sein Bruder ihm den Vorschlag unterbreitete?

Weil ich ein Loser bin, musste er sich eingestehen. Hätte er die Pferdewetten gewonnen, bräuchte er diesen Auftrag nicht. Sein Bruder hatte es nur gut gemeint, als er ihm diesen Job besorgt hatte. Ohne ihn würde er seine Spielschulden nie zurückzahlen können.

Hastig versicherte er sich, dass das Kuvert noch in seiner Gesäßtasche steckte. Es knisterte unter seiner Berührung. Erleichtert lehnte er sich gegen die Steinwand und schreckte sofort wieder zurück. Eiskaltes Wasser lief den Felsen hinunter und durchtränkte sein Shirt.

»Mist«, fluchte er laut und zog sein klatschnasses T-Shirt von seinem Rücken weg.

»Ist, ist, ist«, hallte es durch die Höhle und kehrte in einem vielfachen Echo zurück. Erschrocken duckte Andrej sich. Als er merkte, dass er sich vor seiner eigenen Stimme fürchtete, ermahnte er sich innerlich, sich endlich zusammenzureißen. Es würde ihm schon nichts geschehen – viele Menschen kannten Licentia. Zweimal in der Woche verfolgten sie das Leben in dem Dorf von ihren Fernsehbildschirmen aus.

Sein Bruder, der für den Privatsender arbeitete, hatte ihm erklärt, dass Licentia so viel wie *Freiheit* oder *Ungebundenheit* bedeutete. Doch entschied man sich für das Leben in dem Dorf, war man dort regelrecht gefangen. Man konnte nicht mehr zurück in die moderne Welt.

Andrej tastete das schuhkartongroße Paket in seiner Hand ab. Angeblich war es ein leichter Job. Er brauchte nur weiterzugehen und das Paket dem zu geben, auf den er gleich treffen würde.

Er schüttelte die leichte Schachtel. Nichts. Das alles behagte ihm nicht. Falls sie nächstes Jahr wieder jemand für ihre Botendienste benötigen würden, konnten sie sich einen anderen Dummen suchen, beschloss er. Andrej blickte auf sein Handy. So spät schon! Er musste sich beeilen, man erwartete ihn. Mit einem Herzschlag bis zum Hals tastete er sich den dunklen Gang entlang, immer tiefer in den Berg hinein.

1

Dreh dich um, damit ich meine Jagdkleidung überstreifen kann«, forderte Jonata ihren Bruder Siegfried auf.

Nur zögerlich kam der Sechsjährige ihrer Bitte nach und wandte ihr den Rücken zu. Jonata löste die Kordel ihrer Bluse, zog sie aus und schlüpfte aus dem bodenlangen Rock in ihre Hose. Nachdem sie noch das Leinenhemd und die kniehohen Lederstiefel übergezogen hatte, nestelte sie an der Verschnürung ihrer Hose herum. Ihre kalten, tauben Finger waren unfähig, eine Schleife zu binden.

Was war nur los mit ihr? Seit Tagen fieberte sie dieser Nacht entgegen, doch nun schien sie so aufgeregt zu sein, dass ihr einfache Handgriffe nicht mehr gelangen. Vielleicht lag es daran, dass sie zum ersten Mal als einziges Mädchen mit den Jungen aus dem Dorf zur Wildschweinjagd aufbrechen durfte. Sie ahnte, dass Wolfgang und Robert alles andere als begeistert darüber waren, dass sie mitgehen würde. Dabei beherrschte sie die Armbrust wie kein anderes Mädchen in Licentia.

Die beiden werden sich noch wundern, dachte sie, während sie endlich die Schleife verknotete.

»Ich bin fertig«, sagte sie zu ihrem Bruder.

Schmollend betrachtete Siegfried ihre braune Jagdkleidung. »Ich will auch auf die Jagd gehen«, meckerte er und verschränkte die Arme vor der Brust.

»Du kannst nicht mitkommen. Das weißt du«, erwiderte Jonata und beugte sich zu ihm hinunter, um ihm übers Haar zu streichen.

Ihr Bruder wich ihr aus. »WARUM?!«, schrie er so laut, dass sie sich die Ohren zuhielt.

»Die Wildschweinjagd ist noch zu gefährlich für dich«, erklärte Jonata zum wiederholten Mal an diesem Tag.

Siegfried funkelte sie böse an. »Gestern sagte Vater, dass ich gewachsen sei!« Dabei stellte er sich auf die Zehenspitzen und streckte sich zur Decke ihrer Kammer. »Ich bin auch leise und werde mich nicht rühren«, bettelte er. In seinen Augen schimmerten Tränen.

Seufzend zog Jonata ihn an sich und fuhr ihm durch sein rostrotes Haar, das sich nicht entscheiden konnte, in welche Richtung es sich drehen wollte. Sein Kopf war voller Locken, die kaum zu bändigen waren. Ganz im Gegensatz zu ihrem Haar, das hell und glatt über ihre Schultern fiel. »Es ist so fein wie Seide«, stöhnte ihre Mutter jedes Mal, wenn sie versuchte, ihr einen Zopf zu flechten.

Jonata kniete sich vor ihren Bruder und betrachtete sein kindliches Antlitz. *Er ist unserer Mutter wie aus dem Gesicht geschnitten. Auch die Haarfarbe und die Locken sind gleich. Nur die grünen Augen hat Vater ihm mitgegeben,* dachte sie wieder einmal. Je älter sie wurde, desto öfter fiel ihr der Unterschied zwischen ihr und ihrem Bruder auf, denn sie selbst glich keinem Elternteil. Weder die Haare noch die Augenfarbe hatte sie von einem der beiden geerbt. Manchmal hatte sie das Gefühl, nicht in ihre Familie zu passen.

Vielleicht dachte ihr Vater ebenso und war deshalb so streng zu ihr. Doch als sie ihre Mutter darauf angesprochen hatte, hatte die sie erschrocken angeblickt und mit ernster Miene gesagt: »Du siehst genauso aus wie deine

Großmutter Elli, die bis ins Alter eine blonde Schönheit war.«

Mit dieser Erklärung musste Jonata sich zufriedengeben, denn sie hatte ihre Verwandte nie kennengelernt. Sie kannte weder ihre Großmütter noch ihre Großväter. Auch Tanten oder Onkel hatte sie keine, was in ihrem Dorf jedoch nichts Ungewöhnliches war. Alle Kinder ihres Alters hatten keine Verwandten außer den Eltern und Geschwistern.

Auf ihre Frage, wo ihre Großeltern lebten oder beerdigt seien, hatte allein schon der Blick ihrer Mutter verraten, dass etwas Schreckliches passiert war. Mit stockender Stimme hatte sie Jonata schließlich erzählt, dass vor vielen Jahren eine schlimme Krankheit in dem Landstrich gewütet hätte, in dem sie einst lebten. Viele Dorfmitglieder – vor allem die älteren, schwachen und kranken – waren an dieser furchtbaren Seuche gestorben. So auch Jonatas Großeltern. Da die Überlebenden Angst davor gehabt hatten, womöglich ebenfalls zu erkranken, waren sie fortgezogen und hierhergekommen, wo das neue Dorf Licentia entstanden war. Das war jetzt zehn Jahre her und schon bald würden sie diesen Jahrestag feiern.

»Bitte, lass mich mit dir gehen!«, riss ihr Bruder sie aus ihren Gedanken. Er gab einfach nicht auf.

»Siegfried!«, ermahnte ihn Jonata streng. »Du kannst mich nicht umstimmen. Bei der Jagd werde ich nicht auf dich aufpassen können. Zum ersten Mal darf ich ohne Vater jagen, ich muss mich konzentrieren. Außerdem würde Mutter das nicht erlauben.« Mit einem Blick zum Fenster sagte sie: »Ich muss mich beeilen. Die Jungen warten sicher schon und nur bei hellem Vollmondlicht ist die Sicht klar, sodass man das Wild am besten erkennen kann. Ich werde dir aus einem von den Hauern des Keilers einen Anhänger anfertigen. Aber nur, wenn du nicht weiter herumnörgelst.«

Die Augen ihres Bruders leuchteten auf. »Oh ja, bitte schenk mir beide Hauer des Ebers, ich sage auch kein Wort mehr.«

»Das nennt man Erpressung!«, schimpfte Jonata und Siegfried grinste breit. »Also gut. Versprochen«, gab sie nach und atmete erleichtert aus. *Warum bin ich nicht schon eher auf den Gedanken gekommen,* dachte sie und küsste ihrem Bruder die Stirn. Zufrieden ging sie aus ihrer Kammer hinüber in den Wohnraum, Siegfried dicht auf den Fersen.

Jonata nahm den Köcher mit den Pfeilen vom Tisch und schnallte ihn sich auf den Rücken. Dann griff sie nach der Armbrust, die ebenfalls auf dem Tisch lag. Mit kritischem Blick prüfte sie die Sehne, als die Tür geöffnet wurde und ihr Vater die Kammer betrat.

Sofort versteckte sich Siegfried hinter dem wuchtigen Sessel, der an einer Kopfseite des Tisches stand. Doch er war zu langsam.

»Du bist noch wach, mein Sohn?«, fragte ihr Vater streng.

Mit gesenktem Blick kam Siegfried hinter dem Sessel hervor. Er nickte.

»Sobald deine Schwester fort ist, gehst du ins Bett.« Wieder ein Nicken. »Bist du bereit?«, fragte ihr Vater nun Jonata. Auch sie nickte. »Du musst achtsam sein! Die Söhne des Schusters und des Schmieds sind ungestüme Burschen und wollen unbedingt den Keiler zur Strecke bringen. Sei auf der Hut, damit du nicht in die Schusslinie ihrer Pfeile gelangst.«

»Mach dir keine Sorgen. Ich werde vorsichtig sein.«

»Ich weiß, deshalb erlaube ich dir auch gegen den Willen deiner Mutter, mit ihnen zu jagen. Normalerweise würde ich euch zu eurer ersten Wildschweinjagd begleiten, aber ich muss heute an der Ältestenversammlung teilnehmen. Denk an alles, was ich dir beigebracht habe. Beachte die Windrichtung, damit die Rotte euch nicht wittern kann. Bleibt in Deckung und lauft nicht herum, sondern beobachtet die Lichtung von einem festen Platz aus.«

»Das werde ich. Die Rotte wird schließlich immer gefährlicher. Sie haben vor zwei Tagen ein frisch geborenes Kitz getötet«, rief Jonata ihm in Erinnerung, aus Angst, dass ihr Vater es sich anders überlegen und sie doch nicht zur Jagd gehen lassen würde. Sie wollte ihm beweisen, dass sie ebenso gut mit Pfeil und Bogen umgehen konnte wie die Jungen im Dorf. Denn auch wenn er es nie deutlich aussprach, beschlich Jonata manchmal das Gefühl, dass er lieber einen Sohn als Erstgeborenen gehabt hätte. Deshalb war diese Jagd so wichtig für sie.

»Ich weiß, ich weiß. Es ist Eile geboten«, sagte er und kratzte sich am Kopf.

»Jonata hat mir die Hauer des Ebers versprochen«, verriet Siegfried und blickte seinen Vater freudig an. Fragend schaute der zu Jonata, die mit den Augen rollte.

Ihr Vater lachte. »Ich kann mir denken, wie du sie dazu gebracht hast, dir das zu versprechen. Normalerweise gibt kein Jäger seine Jagdtrophäe her.«

»Es ist nicht gesagt, dass ich den Keiler zur Strecke bringe. Vielleicht tötet ihn einer der Jungen.«

»Du hast es mir versprochen«, maulte Siegfried laut und stapfte mit dem Fuß auf.

Um einem weiteren Ausbruch ihres Bruders zu entgehen, zog Jonata sich die Kapuze ihres dunklen Umhangs über und wollte hinausgehen, als ihr Vater sie plötzlich dicht an sich heranzog. Irritiert schaute sie zu ihm auf. Umarmungen war sie von ihrem Vater nicht gewohnt.

»Gib acht, dass ihr euch in den Wäldern nicht verirrt«, raunte er ihr ins Ohr. Jonata wollte etwas erwidern, doch er zischte leise: »Hör mir zu. Wenn ihr zu weit nach Norden geratet, gelangt ihr auf das Land der Wolfsbanner. Von dort kann euch niemand zurückholen, da die Wölfe durch ihr Revier streifen. Du bist nur auf der Lichtung oder in Licentia vor den Bestien in Sicherheit.«

»Die Wolfsbanner?« Eine Gänsehaut überlief sie.

»Du weißt, sie sind gefährlich, kennen keine Regeln und schrecken vor nichts zurück.«

»Aber Wolfsbanner sind Menschen.«

»Nicht mehr! Seit sie uns verlassen haben, sind sie wie ihre Wölfe geworden. Gott hat sich von ihnen abgewendet und sie verstoßen.«

Jonata schluckte. »Woran merke ich, dass ich an ihre Grenze gelange?«, wisperte sie und hoffte, dass ihr Bruder nichts von dem Gespräch mitbekam, aber er hatte sich auf dem Wildschweinfell vor dem Kamin eingerollt und war eingeschlafen.

»Du erkennst sie an keinem Zeichen und keiner Linie. Es stehen keine Grenzsteine dort. Du kannst sie nur riechen.«

»Riechen?«, fragte sie ungläubig. »Wonach riecht es dort?«

Ihr Vater lockerte seine Umarmung und hauchte ihr einen Kuss aufs Haar. »Weil sie mit den Wölfen zusammenleben, riecht es dort nach Tod und Verderben.«

Jonata schlug das Herz bis zum Hals. Sie hatte schon einige Geschichten über die Wolfsbanner gehört, die tief in den Wäldern ihr Dorf hatten. Auch, dass die Licentianer den Kontakt zu ihnen mieden, da sie mit Wölfen zusammenlebten. Warum warnte ihr Vater sie noch einmal vor ihnen? Gab es etwas, was sie nicht über die Wolfsbanner wusste?

So ein Mist, dass ich keine Zeit habe, um mit Tabea darüber zu sprechen, dachte Jonata und versuchte, sich ihre Nervosität nicht anmerken zu lassen. Sie nahm sich vor, gleich morgen mit ihrer besten Freundin Tabea über die Wolfsbanner zu sprechen. Vielleicht wusste sie mehr über diese fremden Menschen, über die so manches erzählt wurde.

Mit einem letzten Blick auf ihren Vater und ihren Bruder öffnete sie die Tür ihrer Hütte und trat mit ihrer Armbrust hinaus in die Dunkelheit.

2

Tristan stieß einen lang gezogenen Pfiff aus. Fast gleichzeitig erklang ein mehrstimmiges, aufgeregtes Jaulen und ein Heulen. Er hörte, wenn seine Tiere aufgeregt, hungrig, verletzt oder unzufrieden waren. Auch war er fähig, jeden seiner Wölfe an seiner Stimme zu erkennen. Britani heulte hell und zog die Töne in die Länge. Aed zerhackte die Laute, sodass es schon fast einem Gackern glich. Riganis Klangfarbe war tief und dunkel. Morrígans Stimme hörte sich zart, fast scheu an und Arthus' Stimme übertönte alle anderen, als er ihn begrüßte.

»Kommt zu mir«, flüsterte er und rief sie mit einem weiteren Pfiff.

Die Tritte ihrer weichen Pfoten waren auf dem Waldboden kaum zu hören. Doch dank seinem geschulten Gehör wusste er, dass sie näher kamen. Als das Rudel nur noch wenige Meter von ihm entfernt war, erhob er sich aus seiner Kauerstellung. Aufrecht stehend erwartete er seine Tiere.

Arthus kam angerannt – gefolgt von seinen Geschwistern. Kaum hatte der Rüde Tristan erreicht, sprang er an ihm hoch und legte die Pfoten auf seine Schultern. Tristan strauchelte unter der Wucht des Sprungs, fing sich aber wieder. Winselnd leckte der Wolf ihm das Gesicht und besonders die Mundwinkel ab. Tristan ließ die kitzlige Begrüßung mit geschlossenen Augen über sich geschehen.

Liebevoll kraulte er Arthus' dichtes Fell. Anschließend sprangen Morrígan, Aed, Rigani und Britani an ihm hoch und wiederholten das Ritual.

»Ich habe euch auch vermisst«, murmelte Tristan und begrüßte jeden einzelnen und kraulte sie zwischen den Ohren. Dann gab er ihnen den Befehl, sich hinzulegen. Nur Arthus widersetzte sich und blieb stehen.

»Leg dich hin!«, befahl Tristan dem jungen Wolf, der ihn daraufhin anknurrte. Als das Tier weiterhin die Zähne bleckte, beugte er sich vor und griff mit einer schnellen Bewegung nach dessen Ohr. Ohne Vorwarnung biss Tristan hinein, bis er merkte, dass der Wolf unter ihm nachgab. Erst dann ließ er los. Arthus heulte auf, zog den Schwanz ein und lief zu einem umgestürzten Baumstamm, vor dem er sich winselnd niederließ.

»Wenn du nicht hörst, musst du fühlen.« Tristan strich sich sein schulterlanges dunkles Haar hinter die Ohren, ging in die Hocke und beobachtete Arthus aufmerksam.

Als er sicher sein konnte, dass Arthus ihn nicht angreifen würde, richtete Tristan sich auf und schaute jedem Tier des Rudels kurz in die Augen. Die fünf Wölfe winselten unterwürfig. Auch Arthus schaute kurz zu ihnen und strich sich dann mit der Pfote über das blutende Ohr.

Tristan wusste nun, dass er gesiegt hatte. Er legte seinen Kopf in den Nacken und stieß ein Heulen aus. »Ich bin euer Leitwolf. Merkt euch das ein für alle Mal«, sagte er zu seinen Tieren. Und als ob sie ihn verstanden hätten, erhoben sie sich und erwiderten das Heulen.

Zufrieden, dass sie ihn als Rudelführer erneut akzeptiert hatten, schaute Tristan wieder zu Arthus. Unter halb geschlossenen Lidern linste der junge Wolf zu ihm herüber. Tristan seufzte. Mit seinen sechzehn Jahren war er der jüngste Mann im Dorf, der ein eigenes Wolfsrudel hatte. Das machte ihn stolz, allerdings war Tristan sich auch seiner Verantwortung bewusst. Deshalb wollte er bei dem Umgang mit den Tieren alles richtig machen. Er war mutig, aber nicht leichtfertig. Auch wenn er sich vor den Wölfen nicht fürchtete, so hatte er doch Respekt vor ihnen.

Heute hatte er seine Stellung im Rudel verteidigen können. Arthus war noch jung – nicht mal ein Jahr alt. Aber was würde sein, wenn er erst einmal größer und stärker war? Als Erstgeborener des Wurfs würde Arthus immer wieder versuchen, ihm seinen Rang streitig zu machen, um selbst die Leitung des Rudels zu übernehmen. Besonders, wenn er zur Paarung bereit war, würde es Probleme geben. Je älter die Wölfe würden, desto härter würde er durchgreifen müssen, da war sich Tristan sicher. Als Wolfsbanner durfte er keine Schwäche zeigen, denn sonst würden sie über ihn herfallen und womöglich töten.

Er lehnte sich mit dem Rücken gegen einen Baum und betrachtete die Wölfe – sein Rudel. Er freute sich darauf, seinem Vater davon zu erzählen, wie er sich gegen Arthus durchgesetzt hatte. Doch zuerst mussten er und das Rudel eine weitere gemeinsame Prüfung bestehen, um eine Einheit zu werden: Sie mussten zusammen auf die Jagd gehen.

Unbewusst griff er zu dem Messer, das er in einem Futteral am Gürtel seiner Hose trug. Als Rudelanführer war es seine Aufgabe, das Wild zu töten und sich als Erster daran zu laben. Erst wenn er gesättigt war und von dem Kadaver zurückwich, durfte der Rest des Rudels seinen Hunger stillen.

Allein der Gedanke daran, rohes und noch blutendes Fleisch zu sich nehmen zu müssen, ließ Tristan hart schlucken.

Als er zu seinen Wölfen blickte, bemerkte er, dass das Weibchen Britani und ihr Bruder Rigani ihn wachsam beobachteten – ganz so, als ob sie auf sein Kommando warten würden, während der Rüde Aed und seine Schwester Morrígan friedlich schliefen.

Tristan sah zwischen den Baumkronen zum Vollmond empor. »Ihr habt recht, heute wäre eine gute Gelegenheit, um auf die Jagd zu gehen. Der Mond steht hoch am Himmel und es regt sich kein Lüftchen, das uns verraten könnte«, murmelte er. Dann stieß er einen kurzen Pfiff aus. Sofort reckten die fünf Wölfe ihre Köpfe und spitzten die Ohren. Doch erst als Arthus als Erstgeborener sich neben Tristan stellte, erhoben sich die anderen und liefen neben ihrem zweibeinigen Leitwolf her.

3

Im fahlen Licht des Vollmonds folgte Jonata den Jungen über die Wiesen bis zum Wald. Sofort verschwanden Wolfgang, Lukas und Robert zwischen den Bäumen.

Sie versuchen, mich abzuhängen, dachte Jonata grimmig und tauchte ebenfalls in den Forst ein. Durch die frisch begrünten Baumkronen fand das Mondlicht nur schwer den Boden. Trotzdem verlangsamte keiner von ihnen die Geschwindigkeit.

Ohne sich nach ihr umzuschauen, sprangen die Jungen über Äste und faulende Stämme und bahnten sich flink einen Weg durch den Wald. Zum Glück war Jonata im Laufen geübt, sodass sie ihnen mühelos folgen konnte.

Sie hörte Wolfgang hämisch lachen und konnte im letzten Augenblick einem schnalzenden Ast ausweichen, den er losgelassen hatte. Schon von jeher hatte er ihr durch seine Worte und sein Verhalten gezeigt, dass er nichts mit ihr zu tun haben wollte. Auch heute, als sie sich vor der Jagd am Brunnen auf dem Dorfplatz trafen, hatten seine dunklen Augen sie von oben herab angefunkelt und er hatte gezischt: »Es ist eine Frechheit, dass dieses Weibsbild mit uns auf die Wildschweinjagd darf. Sie gehört in die Küche!« Zustimmung heischend hatte er seine Freunde angesehen, die sofort genickt hatten. Jonata war seine Meinung einerlei, denn sie mochte sein Pickelgesicht mit der Hakennase ohnehin nicht.

Wolfgangs Schritte wurden auf einmal schwerfällig. Auch Lukas und Robert wurden langsam.

Zum Glück hat Vater mich nicht nur im Armbrustschie-ßen und Zweikampf unterrichtet, sondern auch meine Ausdauer trainiert, freute sich Jonata innerlich. Mühelos konnte sie den Abstand zu den Jungen verringern.

Zusammen drangen sie tiefer in den Wald hinein. Wolfgang gab ihnen mit einem Handzeichen zu verstehen, langsamer zu werden. Vorsichtig machten sie nun einen Schritt nach dem anderen, kletterten über Wurzeln und umgestürzte Bäume. Morsches Holz knackte unter ihren Füßen. Ein Waldkäuzchen schrie über ihren Köpfen. Als der Vogel dicht an ihr vorbeischwirrte, zuckte sie zusammen. Ein Hirsch sprang aus dem Dickicht über ihren Weg und verschwand wieder zwischen den Bäumen.

Jonata sah ihm lächelnd hinterher. Des Öfteren war sie schon mit ihrem Vater nachts im Wald unterwegs gewesen. Meist zum Jagen, wenn sie frisches Fleisch benötigten. Manchmal auch nur, um die Tiere zu beobachten. Jonata mochte es, dann still auf einem Hochsitz zu sitzen und den Stimmen des Walds zu lauschen. Im Gegensatz zu ihrer Freundin Tabea hatte sie weder Angst vor den Tieren noch vor den Geräuschen, auch wenn diese in der Dunkelheit manchmal unheimlich wirkten.

Mit den drei Jungen machte das Jagen keinen Spaß, denn sie schienen mit ihr einen Konkurrenzkampf auszufechten. Es war verständlich, dass jeder von ihnen den Keiler zur Strecke bringen wollte. Trotzdem musste es dabei gerecht zugehen, fand Jonata. Diesen Anspruch schienen die anderen allerdings nicht zu haben. Doch wenn sie dadurch unvorsichtig wurden, verbesserten sie nur Jonatas Chance, den Keiler selbst zu erlegen.

Bald erreichten sie den Pfad, der als Wildwechsel bekannt war. Es war nicht mehr als ein Trampelpfad, den die Tiere zu bestimmten Zeiten passierten.

»Igitt, wie es hier stinkt.« Lukas hielt sich die Nase zu.

»Sei still«, zischte Robert und Wolfgang flüsterte: »Haltet euch im Windschatten, damit die Wildschweine euch nicht riechen können.« Er leckte an seinem Zeigefinger und streckte den Arm über den Kopf in die Höhe.

»Woher kommt der Wind?«, fragte Lukas ihn.

»Aus Westen!«, erwiderte Robert und legte seine Waffe hinter dem Stamm einer mächtigen Eiche ab. Leise ächzend setzte er sich daneben.

Jonata tat es ihm nach, legte ihren Köcher und die Armbrust an einem Baum in seiner Nähe zu Boden und kauerte sich daneben. Lukas und Robert verschanzten sich unweit von ihnen. Aus Wolfgangs Richtung hörte Jonata mehrmals einen leisen Ton, der schon fast wie eine Melodie klang. Sie ahnte, dass er die Sehne seiner Armbrust zupfte, um ihre Spannung zu prüfen. Auch sie nahm ihre Waffe auf und spannte die Sehne. Es fühlte sich gut an, sodass sie einen Pfeil in die Kerbe ihrer Armbrust legte. Ihre Waffe und sie waren schussbereit. Doch nun hieß es ausharren und abwarten, bis sich die Wildschweinrotte zeigte. Sobald der Keiler auf der Lichtung erscheinen würde, würde sie ihn töten.

Obwohl die Tage Mitte Mai bereits sonnendurchflutet waren, kühlten die Nächte schnell aus und wurden eisig. Jonatas Atem zeichnete kleine Wolken in die Luft. Das stille Liegen ließ sie frieren, zumal das Laufen ihr den Schweiß aus den Poren getrieben hatte, sodass ihr Hemd feucht geworden war. Sie zog sich die Kapuze ihres Umhangs tiefer ins Gesicht. Aber auch die Aufregung auf die

Jagd ließ sie bibbern. Ihre Mutter würde jetzt sagen, dass das Jagdfieber sie gepackt hatte. Der Gedanke ließ sie kurz schmunzeln.

Zitternd rieb sie sich mit der freien Hand über den Arm, während die andere die Waffe hielt. *Wann kommt endlich dieser verfluchte Keiler?*, dachte sie, als sie im nächsten Augenblick die Umrisse eines Tiers im Mondlicht ausmachte, das langsam auf die Lichtung hinkte. Jonata stutzte. War es verletzt? Ungelenk setzte es die Beine voreinander, kam Schritt für Schritt näher, bis es mitten auf der Rodung zusammenbrach.

Jonata schaute zu Wolfgang hinüber. Der hatte das Wild anscheinend nicht bemerkt. Er war ganz mit seinen Pfeilen beschäftigt, die er einzeln aus dem Köcher nahm, eingehend prüfte und dann neben sich ablegte.

Als sie sich zurück zur Lichtung drehen wollte, begegnete ihr Blick Roberts. Mit einem Kopfrucken wies er zu der Rodung und zeigte mit zwei Fingern erst auf sie und anschließend in die Richtung des Wilds. Jonata verstand. Sie waren zu weit weg, um erkennen zu können, was das Tier hatte, deshalb würde sie hingehen müssen.

Ohne zu zögern, ergriff sie ihre Armbrust. *Wenn das Tier leidet, werde ich es von seiner Qual befreien,* beschloss sie und löste sich aus der Deckung. Geduckt schlich sie zum Rand der Lichtung. *Hoffentlich kommt der Keiler nicht ausgerechnet jetzt auf die Lichtung,* dachte sie, da sie dem Wildschwein auf der freien Lichtung nicht ausweichen konnte. Langsam setzte sie einen Fuß vor den anderen, die Waffe schussbereit.

Sie hatte fast die Mitte der Lichtung erreicht, als sich das Tier plötzlich erhob. Ihr Zeigefinger betätigte den Auslöser, gerade als sie erkannte, dass es ein Reh mit zwei frisch geborenen Kitzen war, die sich in die Graskuhle gekauert hatten. Geistesgegenwärtig zog sie die Waffe nach oben, sodass der Pfeil hoch in die Luft schwirrte und in einer Baumkrone hängen blieb.

Erleichtert schloss Jonata die Augen und riss sie im selben Augenblick wieder auf, da leises Knurren an ihr Ohr drang. Mit einem komischen Gefühl im Bauch sah sie sich um.

Am Waldrand konnte sie mehrere Tiere ausmachen, die aufgeregt hin und her liefen und dabei leise knurrten und winselten. Wölfe. Nun war nicht nur sie in Gefahr, sondern auch die Jungen.

Bestimmt haben sie die Bestien noch nicht bemerkt, dachte sie und griff instinktiv hinter sich, um aus dem Köcher einen neuen Pfeil herauszunehmen. Doch sie griff ins Leere. Verdammt, sie hatte den Köcher mit den übrigen Pfeilen an der Eiche vergessen! *Wie dumm muss man sein, um seine Pfeile nicht mitzunehmen,* verfluchte sie sich selbst in Gedanken. Sie hatte nun keine andere Wahl. Ihren Blick auf die Kreaturen am Waldrand gerichtet, schlich sie langsam rückwärts. Erneut erklang Wolfsgeheul. Dieses Mal mehrstimmig – wie aus vielen hungrigen Kehlen. *Gleich greifen sie an.*

Panisch sah sie zu den Rehen. Die Kitze pressten sich ängstlich an ihre Mutter und Jonatas Gedanken überschlugen sich.

Plötzlich peitschte heftiger Wind durch die Bäume und wirbelte Laub auf. Ohrenbetäubender Lärm setzte ein und greller Schein erhellte den Wald und die Lichtung. Jonata glaubte, Feuer zu riechen. Mit weit aufgerissenen Augen blickte sie nach oben in das gleißende Licht und hielt sich die Ohren zu.

So etwas Furchterregendes hatte Jonata noch nie gesehen. Ob der Himmel auf sie herabstürzte? So wie der Pfarrer es manchmal prophezeite, wenn er vom Jüngsten Gericht sprach? *Aber dann würde die ganze Welt brennen,* dachte sie und beugte voller Furcht ihren Körper nach vorn. Panisch schielte sie wieder nach oben ins Licht. Da schien es, als ob jemand einen Vorhang zur Seite ziehen würde und sie wusste, was über ihr lauerte!

»Die Drachen sind gekommen. Herr, steh uns bei!«, schrie sie und rannte los.

4

Tristan wollte sein Rudel hinüber zu der Lichtung führen, wo der Wildwechsel stattfand. Dort war die Wahrscheinlichkeit, erfolgreich zu jagen, am größten. Das Rudel schien seine Absicht zu erahnen. Aufgeregt winselten sie und rannten ihm auf leisen Pfoten hinterher. Doch schon bald wurden sie übermütig und versuchten, ihren Anführer zu überholen.

Als eine der beiden Wölfinnen an Tristan vorbeirennen wollte, brüllte er: »Britani! Zurück!«

Das Tier knurrte ob des Befehls, doch dann gehorchte es und ließ sich zurückfallen.

Tristan war mit seinem Rudel schon des Öfteren bei der Lichtung gewesen und hatte sich bei diesen Streifzügen den Weg eingeprägt. Er wusste, wo er über umgestürzte Baumstämme und hochstehende Wurzeln springen musste. Als er das Plätschern des Wassers hörte, nahm er Anlauf und flog regelrecht auf die andere Seite des Bachs. Bis hierhin konnte er den Wölfen mühelos folgen. Er war jung, hatte lange Beine und war geübt im Laufen. Doch er wusste, dass seine Kraft an der hohen Eiche am Waldesrand vor der Lichtung aufgebraucht sein würde. Dort stieg der Weg steil an, was schweißtreibend war.

Mit einem Pfeifen gab er dem Rudel die Erlaubnis, an ihm vorbeizupreschen. Aber anstatt loszulaufen, wurden seine Tiere plötzlich langsamer und blieben schließlich stehen. Knurrend schlichen sie zwischen den Baumreihen hin und her.

Tristan hielt schnaufend an. »Was siehst du, Morrígan?«, fragte er seine Wölfin leise, die sich an seine Beine presste. Er konnte nichts erkennen und verengte seine Augen zu Schlitzen. Erneut suchte sein Blick die Lichtung ab. Dann sah er sie.

Die Ricke musste gerade erst ihre Kitze zur Welt gebracht haben, denn das Mondlicht spiegelte sich im noch feuchten Fell der Jungtiere. Zwar taten Tristan die Tiere leid, aber die Natur kannte kein Erbarmen. Er konnte nichts tun, um sie vor seinem Rudel zu retten, da er sich sonst selbst in Gefahr bringen würde. Sein Trost war es, dass der Tod schnell für die Tiere kommen würde.

Unruhig standen die Wölfe da und warteten auf seinen Befehl. *Das geschwächte Muttertier mit den Jungen wäre leichte Beute für sie,* dachte Tristan, als auf einmal tosender Lärm ausbrach und alles in helles Licht getaucht wurde. Die Wölfe fletschten verängstigt die Zähne, um dann winselnd in den Wald zurückzuweichen.

Tristan brüllte ihre Namen, doch der Krach verschluckte seine Stimme. Als Laub und Dreck gegen ihn geschleudert wurde, schloss er hastig den Mund und wandte das Gesicht ab. Der dröhnende Lärm fuhr ihm durch den Körper und der helle Schein blendete ihn. Schützend presste er sich die Hände auf die Ohren und rannte, blind durch das Licht, los, bis er gegen etwas Hartes prallte. Der Zusammenstoß raubte ihm den Atem. Mit einem Keuchen fiel er zu Boden und riss das Unbekannte mit sich.

5

Wo war sie? Jonatas Finger fühlten Gras neben sich. Warum lag sie auf dem Boden? Was war geschehen?

Bruchstückhaft kamen die Erinnerungen zurück. Sie öffnete die Augen, doch gleißendes Licht zwang sie, die Lider sofort wieder zu schließen.

Die Drachen sind tatsächlich da! Es war kein Traum, dachte sie panisch.

Gedämpfter Lärm drang wie durch eine Nebelwand zu ihr durch. Doch dann steigerte sich die Lautstärke und stürmischer Wind zog an ihrem Haar und wehte Laub und Äste über ihren Körper. Jonata presste die Lippen aufeinander und wandte den Kopf zur Seite.

Durch die halb geschlossenen Augenlider sah sie, wie das Licht sich hoch in den Himmel erhob, bis es schließlich nicht mehr zu sehen war. Es wurde stockdunkel um sie herum. Mit dem Verschwinden des hellen Scheins verstummte auch der Krach. Wo waren die Drachen hin?

Aus Furcht vor den Ungeheuern hielt sie die Augen weiterhin geschlossen. *Vielleicht beobachten sie mich,* dachte sie und versuchte, bewegungslos zu bleiben. Sie lauschte in die Dunkelheit. Kein Geräusch, kein Windspiel. Nur die Stimmen des Waldes waren um sie herum zu hören.

Langsam hob sie die Lider. Die Drachen waren fort. Erleichterung durchflutete sie und sie versuchte durchzuatmen. Ihr Brustkorb schmerzte. Was war nur geschehen?

Schlagartig erinnerte sie sich an die Ricke mit ihren Kitzen und an die Wölfe. Wo waren die Bestien? Angst packte sie. Jonata hob leicht den Kopf an, um die Umgebung nach den Wölfen abzusuchen. Angestrengt blickte sie in die Schwärze um sich herum, doch sie konnte keins der Tiere erblicken.

Mit ihren Fingerspitzen untersuchte sie vorsichtig ihren Kopf, mit dem sie auf den Boden aufgeschlagen war. *Sicher bekomme ich eine dicke Beule,* dachte sie, doch dann beherrschte sie ein anderer Gedanke: *Ich muss mich vor den Wölfen in Sicherheit bringen und versuchen, den Wald von Licentia zu erreichen.*

Wo waren Wolfgang, Lukas und Robert? Hatten die Drachen sie mitgenommen? Ihr Blick suchte erneut die Lichtung ab. Doch in der Dunkelheit konnte sie nur wenig erkennen. Schon wollte sie die Namen der drei Jungen rufen, aber dann erinnerte sie sich an die Wölfe und schwieg.

Jonata schloss die Augen und dachte an Siegfried. Sah das enttäuschte Gesicht ihres Bruders vor sich, der nun keine Eberzähne bekommen würde. *Was ist nur geschehen?,* überlegte sie und wischte sich die Tränen fort. Sie erinnerte sich daran, dass sie von irgendetwas umgeworfen worden war. Aber wovon, wusste sie nicht.

Plötzlich hörte sie etwas. *Die Wölfe sind zurück,* schoss es ihr durch den Kopf. Jonata versuchte, das Zittern zu unterdrücken, und presste sich fest gegen den Boden der Lichtung. Sie rührte sich nicht. Panik wollte sich ihrer Gedanken bemächtigen, doch sie würde sie nicht zulassen. *Angst lähmt deinen Geist und deinen Körper,* hörte sie die Worte ihres Vaters in sich. Immer wieder hatte er sie ermahnt, sich in gefährlichen Situationen nicht von der

Furcht beeinflussen zu lassen. Doch was sollte sie tun? Die Jungen schienen fort zu sein und ihre Armbrust nutzte ihr nichts ohne Pfeile. Sie war auf sich allein gestellt und völlig hilflos.

Nein, sagte sie sich und bezwang die Verzweiflung in sich. Egal, was dort im Dunkeln auch lauern mochte, sie würde nicht einfach hier liegen bleiben und darauf warten, dass sie über sie herfielen. Sie würde nicht kampflos aufgeben.

6

Tristan kam langsam zu sich. Bei jeder Bewegung glaubte er, sein Schädel würde zerspringen. Was war geschehen?

Er versuchte, sich vorsichtig aufzusetzen. *Ich muss gegen jemand gerannt sein. Doch gegen wen? Und wo ist derjenige hin? Liegt er womöglich auch am Boden?*

War er vielleicht gegen einen Drachenmenschen gelaufen? Die Drachen waren eben noch da gewesen, doch als er den Himmel nach ihnen absuchte, war außer Glühwürmchen, die als kleine, leuchtende Punkte in den Bäumen aufflackerten, nichts zu erkennen. Tristan war kein Angsthase und fürchtete so gut wie nichts. Trotzdem konnte er nicht leugnen, dass er über das Verschwinden der Drachen erleichtert war.

Er drückte sich hoch, um sich aufzusetzen. Die Sorge um sein Rudel drängte sich nun in sein Bewusstsein. Er konnte seine Tiere weder hören noch riechen. Hatten die Drachen die Wölfe mitgenommen oder gar getötet? Er verengte seine Augen, um besser sehen zu können. Da der Mond hinter einem Wolkenband verschwunden war, hüllte ihn Dunkelheit ein. Er spitzte die Lippen, um mit einem Pfiff sein Rudel zu sich zu rufen. Doch es kam kein Laut, sondern nur warme Luft aus seinem Mund. Sein Mund war staubtrocken.

Wenn das Vater sehen und hören würde! Ein Wolfsbanner, der seine Tiere nicht mehr rufen kann, dachte er und verzog das Gesicht. Aber darüber konnte er jetzt nicht nachdenken. Vielleicht waren seine Wölfe verletzt und benötigten seine Hilfe. Als er versuchte aufzustehen, zwang der Schmerz in seinem Brustkorb ihn sofort wieder auf die Knie. Er stützte sich auf dem Boden ab und spürte einen menschlichen Arm an seinem. Ein Schrei zerriss die Stille, der nicht von ihm kam.

Tristan kroch, so schnell es ging, auf allen vieren in die entgegengesetzte Richtung. Angsterfüllt schaute er dorthin, wo er eben noch gelegen hatte.

Wer konnte dort in der Dunkelheit sein? Sicherlich keiner aus seinem Clan. Heute war er der einzige Wolfsbanner, der zur Jagd mit seinen Wölfen unterwegs war. Das wusste er mit Bestimmtheit, denn jeder Rudelführer musste dem Clanoberhaupt im Dorf Bescheid geben, wenn er mit seinen Tieren aufbrach. So war gesichert, dass kein Rudel dem anderen in die Quere kam.

Verdammt, wer bist du?, dachte Tristan und versuchte, noch mehr Abstand zwischen sich und den Fremden zu bringen. Dabei verfing sich sein Fuß im Saum seines Pelzumhangs und brachte ihn zum Straucheln. Unsanft landete er auf dem Bauch, aber er drehte sich sofort auf den Rücken und stützte sich auf den Ellenbogen ab. Er keuchte, so als ob er einen riesigen Marsch hinter sich gebracht hätte, und sein Blick wanderte suchend durch die Dunkelheit. Doch die Dunkelheit verschluckte alles um ihn herum.

Tristan glaubte auch jetzt noch, die warme Haut unter seiner Hand zu spüren. Er war sich mittlerweile sicher, dass der Schrei und der Arm zu einem Menschen und nicht zu einem Drachen gehören mussten. Schrill und ängstlich hatte diejenige geklungen, denn es war eindeutig der Schrei einer Frau gewesen. Doch er kannte keine Frau, die sich nachts auf die Lichtung wagen würde.

Sicher irre ich mich, dachte er und kam aus der Hocke hoch, blieb aber in gebeugter Haltung. Er spannte seine Muskeln an, um einen Schlag abwehren oder sofort loslaufen zu können. Dreißig Schritte vor sich glaubte er, einen Schatten auszumachen. Wie er selbst beugte sich die Person leicht nach vorn. Sie schien im Gegensatz zu ihm klein und schmächtig zu sein. *Womöglich doch eine Frau,* dachte er verunsichert und kniff leicht die Augen zusammen. Zum Glück hatte sein Vater ihm schon von klein auf beigebracht, seine Sinne zu schärfen. Riechen, Schmecken und Fühlen waren bei Tristan stärker ausgeprägt als bei vielen anderen in seinem Alter. Wie sich heute zeigte, war dieses Feingefühl nicht nur für die Jagd wichtig.

Er reckte die Nase in die Höhe und schnupperte. Sein Gegenüber stank nach Angst. Er konnte blanke Furcht wittern. Zufrieden schlang Tristan seinen Pelzumhang fest um sich. Falls der Fremde ebenfalls gut ausgeprägte Sinne hatte, sollte er nichts von ihm wahrnehmen.

In Lauerstellung blieb er sitzen und ließ den anderen nicht aus dem Blick. Ein schwaches Knacken drang an sein Ohr.

Sie kommen, dachte er erleichtert.

7

Unruhig stand Luzia am Fenster und beobachtete ein großes Wolkenfeld, das sich vor den Mond schob.

»Du musst dir keine Gedanken machen«, sagte ihr Mann und trat hinter sie. Mit einem Lächeln versuchte er, sie zu beruhigen.

Sie spürte seine Hände auf den Schultern und drehte sich zu ihm um. Forschend blickte sie in seine grünen Augen. Sie konnte darin keine Sorge erkennen und seufzte laut. »Du hast sicher recht, Hagen. Aber sie ist erst fünfzehn Jahre alt und allein mit diesen Burschen unterwegs. Außerdem ist die Wildschweinjagd gefährlich. Da ist es doch normal, dass ich mich um sie sorge«, erklärte Luzia und ging an ihm vorbei in den Wohnraum.

»Wann wollte Agnes kommen?«, fragte er, vermutlich um sie abzulenken.

»Sie verspätet sich. Geh ruhig vor, ich komme nach.«

»Es wäre schade, wenn du die Altenversammlung verpassen würdest«, meinte er und zwinkerte ihr zu.

»Die werde ich mir sicherlich nicht entgehen lassen. Ich werde auf jeden Fall dazukommen«, erwiderte sie grinsend.

Leise lachend verließ ihr Mann die Hütte.

Kaum war er fort, spürte Luzia wieder ihre Unsicherheit. *Hoffentlich geht alles gut,* dachte sie und ging hinüber in die Kammer, in der die beiden Kinder ihre Betten hatten. Ihr Sohn Siegfried lag in seinem und schlief tief und fest. Ab und zu verzog er die Lippen beim Träumen zu einem Lächeln.

Luzia zog die Decke, die seitlich heruntergerutscht war, wieder über seinen kleinen Kinderkörper, dann strich sie ihm liebevoll die Locken aus dem Gesicht. Sie wusste, dass er nur zu gerne mit Jonata mitgegangen wäre. *Zum Glück bist du noch zu jung für die Jagd. Sonst würde ich mich jetzt um euch beide sorgen.* Sie löschte mit Daumen und Zeigefinger die Kerze, die in einem Glas am Fenster stand. Im Hinausgehen lehnte sie die Tür von außen an.

Obwohl Hagen versucht hatte, sie zu beruhigen, spürte Luzia, wie ihre Angst wuchs. Jonata war nun seit zwei Stunden unterwegs. Sicherlich hatte sie den Keiler bereits zur Strecke gebracht. Vorausgesetzt, er hatte sich ihr gezeigt.

Um sich auf andere Gedanken zu bringen, legte Luzia Holz im Herd nach. Sofort labte sich die Glut an den trockenen Holzscheiten und ließ sie knistern. Rasch züngelten Flammen daran und erwärmten das Wasser in dem Topf darauf. »Die Kräuter werden meine Nerven beruhigen«, murmelte sie und bereitete sich einen Kamillentee zu. Vorsichtig nippte sie an dem heißen Gebräu, sobald es fertig war. Da hörte sie, wie die Eingangstür geöffnet wurde. »Ich bin hier am Fenster«, sagte Luzia zu der Frau, die die Hütte betreten hatte.

»Schön, dass du Zeit hast, Agnes!« Luzia ging zu ihr, um sie zu umarmen. Doch als sie in das bleiche Gesicht der anderen Frau sah und die Tränen in ihren Augen bemerkte, stockte sie. »Was ist mit dir? Geht es dir nicht gut?«, fragte sie besorgt.

Stumm schüttelte Agnes den Kopf und machte eine abweisende Handbewegung. »Alles bestens«, flüsterte sie.

»Du siehst mitgenommen aus. Bist du krank?«, bohrte Luzia weiter. »Soll ich dich untersuchen?«

Agnes schüttelte den Kopf.

»Du traust einer erfahrenen Heilerin wohl nicht«, versuchte Luzia zu scherzen.

»Mach dir keine Gedanken. Mir geht es wirklich gut«, antwortete die andere Frau nun energisch und schielte kurz in eine Ecke der Hütte.

Luzias Blick folgte ihrem. In dem Winkel der Kammer hing das Kreuz mit der Jesusfigur. Sie verstand und nickte kaum merklich. »Ich bin sehr angespannt«, sagte sie zwischen zwei Schlucken Tee und erklärte: »Heute durfte Jonata zum ersten Mal auf die Wildschweinjagd gehen. Seit sie losgezogen ist, laufe ich unruhig hin und her. Deshalb habe ich mir einen Kräutersud aufgebrüht, der mich normalerweise beruhigt. Aber heute scheint er nicht zu wirken.«

»Mach dir keine Sorgen, Luzia. Jonata ist ein umsichtiges Mädchen und wird kein unnötiges Risiko eingehen. Du kannst beruhigt zu der Altenversammlung gehen. Dort wirst du von deinen Ängsten abgelenkt.«

Luzia fiel auf, dass Agnes' Blick immer wieder in die Ferne wanderte und sie mit ihren Gedanken woanders war. Was war nur mit ihr? Auch die Haltung ihrer Freundin schien gebeugt, als ob sie eine große Last auf den Schultern tragen würde. »Du hast sicher recht. Aber bevor ich gehe, möchte ich dir noch etwas in meiner Schlafkammer zeigen. Ich habe Jonatas Aussteuertruhe durchgesehen und festgestellt, dass Motten am Leinen genagt haben. Ich würde die Stellen gerne ausbessern, weiß aber nicht, wie ich sie besticken kann. Vielleicht weißt du Rat.«

Agnes öffnete den Mund, um etwas zu sagen, doch Luzia schüttelte sacht den Kopf. Nun verstand die andere Frau und folgte ihr schweigend in die Kammer.

»Hier kann uns niemand zuhören«, sagte Luzia leise und lehnte die Tür an.

Seufzend ließ sich Agnes auf das Bett nieder. Ihre Schultern sackten nach vorn und zuckten. Luzia setzte sich neben sie und umarmte die Frau, die lautlos weinte. »Was ist geschehen?«, fragte sie sanft.

Agnes schien mit sich zu ringen, ob sie etwas sagen sollte. Immer wieder öffnete sie den Mund, doch es kam kein Wort über ihre Lippen. Nur ihre Hände, die sie unruhig knetete, zeigten, dass sie einen inneren Kampf mit sich führte. Schließlich wisperte sie: »Heute ist sein Geburtstag.«

»Wessen Geburtstag?«

»Mein Sohn wäre heute vierzig Jahre alt geworden.«

»Dein Sohn? Ich wusste nicht, dass du einen Sohn hattest«, flüsterte Luzia bestürzt.

Agnes nickte und wischte sich mit dem Zipfel ihrer hellen Schürze die Tränen von der Wange. »Was wissen wir schon voneinander, das älter als Licentia ist? Ich hätte Joachim auch sicherlich nicht erwähnt, aber in letzter Zeit schnürt mir der Gedanke an ihn ständig die Kehle zu.«

Luzia zuckte über die Ehrlichkeit zusammen. Sie nahm Agnes' Hände in ihre und sagte eindringlich: »Du weißt, dass das zu unserem Schutz gehört.«

Als hätte sie sie gar nicht gehört, sprach Agnes weiter: »Mein Sohn hatte vor zwölf Jahren angeblich einen tödlichen Autounfall.«

»Oh, das tut mir leid zu hören«, flüsterte Luzia. Doch dann sah sie Agnes erstaunt an. »Angeblich?«, fragte sie nach.

»Er war Journalist und einer großen Story in Asien auf der Spur. Im Auftrag einer Tierschutzorganisation sollte er die Machenschaften der Pelztierzüchter aufdecken. Doch kurz vor Veröffentlichung des Berichts kam er angeblich auf nasser Fahrbahn von der Straße ab.«

Nachdenklich sah Luzia die Frau, die dreißig Jahre älter als sie selbst war, an. Obwohl sie schon ein Jahrzehnt zusammen in dem Dorf lebten, wussten sie kaum etwas voneinander. Es gab ein ungeschriebenes Gesetz, das verbot, sich über die anderen Gemeindemitglieder zu erkundigen. Das Leben, das sie vor ihrem entscheidenden Entschluss geführt hatten, sollte man vergessen und nie wieder darüber sprechen. So sollte vermieden werden, dass jemand von der anderen Welt außerhalb Licentias erfuhr. Schweigen hieß das Zauberwort, dem man sich verpflichtet hatte.

Luzia beobachtete Agnes, deren Blick ins Leere oder vielleicht sogar in die Vergangenheit gerichtet war. Schließlich wagte sie zu fragen: »Du glaubst nicht daran, dass es ein Unfall war?«

Agnes zuckte mit den Schultern. »Wer weiß schon, was wahr oder gelogen ist?«

»Hast du dich deshalb entschlossen, diesen endgültigen Schritt zu machen und nach Licentia zu kommen?«

Die Frage schien Agnes aus der Vergangenheit zu lösen. Sie sah Luzia an und nickte. »Ich war wie ihr voller Hoffnung, dass dieser Weg mich von meinen Erinnerungen, meiner Trauer befreien würde. Aber ich erkenne in jedem von euch mich selbst. Wir alle tragen einen unsichtbaren Rucksack auf unserem Rücken, in dem unser Schicksal und unsere Geheimnisse auf immer eingeschlossen sind. Er sitzt wie angenäht auf uns fest. Wir können ihn nicht abnehmen, uns nicht von ihm befreien.«

Luzia wusste, was Agnes meinte, und nickte. »Ich habe mir damals oft gewünscht, wie Superman zu sein: unverwundbar und unendlich stark, damit man es mit all dem Bösen auf der Welt aufnehmen könnte …«

»Was ist Superman?«, fragte ein Stimmchen von der Kammertür her.

Erschrocken blickte Luzia zu ihrem Sohn, der sie aus verschlafenen Augen ansah. »Warum schläfst du nicht?«, fragte sie sanft und kniete sich vor Siegfried auf den Boden.

»Ich habe Durst«, murmelte der Junge und rieb sich über die Augen. »Was ist ein Superman?«, fragte er abermals.

»Du musst dich verhört haben, mein Schatz. Wir kennen keinen Superman oder kennst du jemand mit diesem Namen, Agnes?«

»Nein, ich kenne niemanden, der sich so nennt. Sicherlich hast du geträumt. Komm, mein kleiner Held, ich mache dir warme Milch mit Honig. Dann kannst du wieder einschlafen und träumst von schönen Dingen«, sagte Agnes und wollte Siegfried an der Hand nehmen.

»Ich habe genau gehört, wie ihr Superman gesagt habt«, protestierte der Knabe und sah Luzia störrisch an.

Sie suchte krampfhaft nach einer Erklärung. »Siegfried, du täuschst dich. Ich sagte zu Agnes: ›Das hört sich *super an*‹. Jetzt geh mit Agnes in die Küche und trink die Milch mit Honig, die sie dir macht.«

Noch immer mit skeptischem Blick folgte ihr Sohn Agnes in die Küche.

»Agnes, hab Dank für deinen Rat! So werde ich die Löcher in Jonatas Aussteuerwäsche leicht überdecken können«, sagte Luzia lauter, als es vonnöten war, und verließ ebenfalls die Schlafkammer.

»Falls ich dir bei den Ausbesserungsarbeiten helfen kann, dann lass es mich wissen«, antwortete Agnes ebenso laut und trat einen Schritt auf sie zu. »Danke«, formten ihre Lippen. Sie griff nach Luzias Hand, die sie kurz drückte.

Luzia vermied es, in die Ecke des Raums zu sehen. Sie strich Siegfried über den Lockenschopf. Dann legte sie sich ein wollenes Tuch über die Schultern und entzündete mit einem Holzspan, den sie an die Flamme einer brennenden Kerze auf dem Esstisch hielt, das Licht in ihrer Laterne. Mit einem kurzen Nicken zu Agnes verließ sie ihre Hütte.

8

Jonatas Kehle kratzte von dem Schrei, den sie ausgestoßen hatte. Zuerst hatte sie geglaubt, der Fremde würde schreien. Doch dann hatte sie gemerkt, dass der Schrei aus ihrer Kehle kam. Auch jetzt noch konnte sie die Berührung einer rauen Hand – sicher von einem Mann – an ihrem Arm spüren.

Wo war der Fremde jetzt? Und *wer* war er? Sie war sich sicher, dass es weder Wolfgang oder Robert noch Lukas gewesen sein konnte. Die Jungen hätten sie sicherlich beim Namen gerufen und sich zu erkennen gegeben.

Jonata spürte die feuchte Kühle des Bodens unter sich. Sie konnte hier nicht bis zum Morgengrauen sitzen bleiben, also beschloss sie, leise zu verschwinden. Lautlos drehte sie sich auf alle viere, zögerte dann aber und lauschte. Zwar vermutete sie den Fremden genau vor sich, aber sicher war sie sich nicht. Warum hörte sie von ihm nichts? Kein Atmen, kein Rascheln von Kleidung. Einfach gar nichts drang durch die Nacht an ihr Ohr. Nur die Stimmen des Waldes waren allgegenwärtig.

Vielleicht ist er fort, dachte sie. Womöglich hatte er sich ebenso leise davongeschlichen, wie sie es vorhatte. Der Gedanke entspannte sie. Jonata schob sich auf Händen und Knien ein Stück nach vorn, doch plötzlich wurde ihr bewusst, dass sie nicht allein war, wie sie gedacht hatte. Die Härchen auf ihren Armen stellten sich auf. Sie konnte regelrecht spüren, dass er noch da war. Er saß ihr genau gegenüber. Nur wenige Meter entfernt.

Sie setzte sich in die Hockstellung auf, bereit, sich zu wehren. Die Worte ihres Vaters gingen ihr durch den Kopf: »Wenn ihr zu weit nach Norden geratet, gelangt ihr auf das Land der Wolfsbanner. Von dort kann euch niemand zurückholen.« War sie etwa auf das Land dieser Unwesen geraten? Kam deshalb niemand, um sie zu retten?

Jetzt nicht wieder in Panik verfallen, ermahnte sie sich selbst. Doch ihre Nerven waren zum Zerreißen angespannt. Schweiß brach aus all ihren Poren und gleichzeitig fror sie. Ihre schweißnasse Jagdkleidung kühlte ihren Körper aus. Zähneklappernd kauerte sie auf der Lichtung und versuchte krampfhaft, etwas vor sich zu erkennen.

Als das Licht des Monds die Rodung freigab, konnte sie Umrisse eines Körpers erkennen und ihr Herz begann zu rasen. Der Fremde hatte sich nach vorn gebeugt und schien abzuwarten. Aber worauf? Und warum gab er sich nicht zu erkennen?

Ihre Knie schmerzten und ihre Oberschenkel brannten von der unbequemen Haltung und der Anstrengung. Plötzlich bewegte sich ihr Gegenüber. Nicht hastig. Gerade so viel, dass sie die Bewegung wahrnehmen konnte. Ein silbriger Schimmer blitzte auf. Zuerst glaubte Jonata, sich getäuscht zu haben. Doch als der Schein erneut aufglimmte, war sie sich sicher, dass sich das Mondlicht im Fell eines Wolfs widerspiegelte.

Das war kein Mensch, sondern ein Wolf! Ihre Hände schnellten zu ihrem Mund, um den Aufschrei in ihrer Kehle zu ersticken.

Du darfst jetzt nicht hysterisch werden und nicht über-

reagieren. Du bist nicht wie Tabea, die wahrscheinlich schreiend durch den Wald laufen würde. Du hast keine Angst in der Dunkelheit, bist im Zweikampf ausgebildet und kannst schneller laufen als mancher Mann im Dorf, sagte sie sich. Man hat immer die Chance zu gewinnen, hatte ihr Vater ihr beigebracht. Doch galt das auch, wenn einem ein Wolf gegenübersaß? Und warum griff er sie nicht an?

Jonata beschloss, sich sein Zögern zunutze zu machen, und richtete sich langsam auf. Doch ihrer Bewegung folgte ein Knacken im Unterholz, dann ein Hecheln.

Die Wölfe sind zurück, dachte sie erschüttert. *Er ist nicht allein.*

9

Luzia stützte sich an einem mächtigen Baumstamm ab. Das letzte Stück des Aufstiegs war besonders anstrengend. *Nur kurz durchschnaufen,* sagte sie sich und hob die Laterne über ihren Kopf, um ihre nahe Umgebung auszuleuchten. Dabei sah sie sich nach allen Seiten um. Im Geäst eines Baums bemerkte sie einen Raben, der neugierig den Kopf hin und her neigte. »Seelenfänger!«, murmelte sie und setzte ihren Weg fort.

Das letzte Stück ging sie, ohne anzuhalten, bis sie dicht vor dem Felsmassiv stand. Wieder hielt sie die Laterne in die Höhe. Als sie sicher sein konnte, dass niemand ihr gefolgt war, löschte sie die Kerze und versteckte die Laterne neben einem großen Stein, wo bereits Lichter standen und erloschene Fackeln lagen.

Luzia ging zu dem Strauch, der dicht am Felsmassiv wuchs. Vorsichtig drückte sie die Äste zur Seite. Ein Höhleneingang wurde sichtbar, der ins Dunkel führte. Nervös strich sie über ihren bodenlangen Rock und zog das wollene Tuch fest um ihre Schultern.

Auch wenn sie sich um Jonata sorgte, so konnte sie nicht leugnen, dass sie wegen der Zusammenkunft ein freudiges Kribbeln im Bauch spürte. *Hagen ist wegen der Wildschweinjagd unbesorgt und ich sollte es ebenfalls sein,* versuchte sie, ihre Bedenken zu verdrängen, und trat in die Höhle.

Kaum ließ sie den Busch los, verschloss sich der Eingang hinter ihr. Vor ihr lag vollkommene Dunkelheit. Nachdem sich ihre Augen an die Schwärze gewöhnt hatten, konnte sie vage Umrisse erkennen. Sie benötigte kein Licht, um sich in der Höhle sicher bewegen zu können, zudem musste sie nur geradeaus gehen.

Seit zehn Jahren kamen sie regelmäßig hierher, denn jeweils am zweiten Samstag im Mai und im August eines Jahres wurde die sogenannte Altenversammlung abgehalten, zu der nur bestimmte Personen Zutritt hatten. Luzia und ihr Mann Hagen durften an dem Spektakel teilhaben, da sie zu der ersten Generation gehörten, die nach Licentia gekommen war. Allerdings war es kein Muss, denn manche hatten kein Interesse mehr daran.

Luzia hingegen freute sich und wollte den Abend genießen, doch plötzlich sah sie die Gesichter derjenigen vor sich, die nicht mehr dabei sein konnten. Beim ersten Treffen waren sie achtzehn Frauen und achtzehn Männer gewesen. Mittlerweile waren vier von ihnen gestorben. *Wenn wir tot sind, wird es diese Zusammenkunft nicht mehr geben,* stellte sie betrübt fest.

Seltsam, sie hatte noch nie darüber nachgedacht, dass sie das Geheimnis mit in ihre Gräber nehmen würden. Keiner ihrer Nachfahren würde erfahren, warum sie sich damals entschlossen hatten, ihrer modernen Welt den Rücken zu kehren. Warum sie es vorzogen, wie im Mittelalter zu leben. Sie würden niemals erfahren, dass es eine Welt außerhalb von Licentia gab.

Luzia schüttelte ihre Gedanken ab und ließ die Finger über den Stein zu ihrer Seite rutschen, um sich besser orientieren zu können. *Es kann nicht mehr weit sein,* dachte sie, als sie hinter sich ein Räuspern hörte.

»Wer ist da?«, rief sie erschrocken und drehte sich hastig um.

»Sei gegrüßt, meine Tochter. Du kommst spät!«, hörte sie die Stimme des Gemeindepfarrers und glaubte, einen leichten Vorwurf aus Gabriels Stimme herauszuhören.

Ein Streichholz flammte auf und beleuchtete sein pockennarbiges Gesicht. Über der Zigarette, die er sich anzündete, sahen seine schwarzen Augen sie an. Dann erlosch die kleine Flamme. Das Glimmen des Tabaks war in der Dunkelheit als leuchtend gelber Punkt zu erkennen.

»Man darf nur im Versammlungsraum rauchen«, rügte Luzia ihn.

»Das gilt nicht für mich, da ich nicht zum einfachen Volk gehöre«, erklärte Gabriel und blies den Rauch in ihre Richtung.

Sie hustete verhalten. Luzia kannte Gabriel gut genug, um zu wissen, dass er in diesem Augenblick seine schmalen Lippen zu einem Grinsen verzog. Auch glaubte sie, seinen durchdringenden Blick auf sich zu spüren. »Hier kannst du dir dein altertümliches Gefasel sparen!«

»Lass mich doch! Ich finde es toll, in dieser alten Sprache zu reden. Vor allem, wenn ich meine Predigen halte. Diese Sprache hat etwas Furchteinflößendes. Findest du nicht?«

»Ich kann mir vorstellen, dass es dir gefällt, wenn die Kinder an die Strafe Gottes glauben. Aber das ist Unsinn! Wir wollen unsere Kinder nicht mit Angst erziehen. Auch wenn ich mich entschlossen habe, in dieser alten Zeit zu leben, so muss ich nicht mein Wissen und mein altes Leben abstreifen. Wir müssen das Mittelalter in den richtigen Proportionen leben. Außerdem ist das Mittelalter für unsere Kinder das, was wir ihnen beibringen.«

Anstatt darauf etwas zu erwidern, zog Gabriel heftig an der Zigarette. Die Glut fraß sich durch das dünne Papier und den Tabak.

Luzia mochte Gabriel nicht besonders. Sie missbilligte seinen herablassenden Ton, mit dem er versuchte, der Gemeinde das Wort Gottes näherzubringen. Und im Gegensatz zu einigen anderen in der Siedlung fürchtete sie sich nicht vor ihm. Trotzdem war sie in seiner Gegenwart angespannt.

»Hast du Streit mit deinem Mann? Ist er vielleicht der Grund für deine üble Laune?«, fragte er lachend und riss sie aus ihren Gedanken.

»Gabriel, lass dein dummes Gerede. Selbst wenn es so wäre, würde es dich nichts angehen. Ich will nichts weiter, als zu der Altenversammlung gehen.« Luzia drehte ihm den Rücken zu, da sie weitergehen wollte.

»Hat deine schlechte Laune vielleicht mit der armen Agnes zu tun?«, stichelte er erneut, ohne auf ihre Forderung einzugehen.

Luzia ruckte herum. »Wie meinst du das?«

»Sie hat sich für heute abgemeldet, da ihr angeblich unwohl ist. Aber ich weiß, dass sie in euer Haus ging und nicht mehr herauskam.«

»Es ist keine Pflicht, an dem Altenkreis teilzunehmen«, verteidigte sie Agnes' Entscheidung. Sie spürte, dass ihre anfängliche Sicherheit ihm gegenüber schwankte. »Woher weißt du das überhaupt? Hast du ihr hinterherspioniert?«

Hatten sie etwa mitbekommen, was Agnes ihr im Vertrauen erzählt hatte? Wurden sie womöglich jetzt auch schon im Schlafzimmer beobachtet? Zählte ihre Privatsphäre denn gar nichts mehr?

»Was willst du Agnes unterstellen?«, brauste sie auf.

Es dauerte einige Sekunden, bis er reagierte, doch dann schallte sein Lachen durch die Höhle. »Du siehst Gespenster, meine Liebe! Reg dich wieder ab, Luzia. Was sollte ich von der alten Agnes wollen?«, fragte er und schnippte den Zigarettenstummel fort. Irgendwo inmitten der Höhle fiel er nieder und ging auf dem feuchten Boden leise zischend aus.

Sie spürte seine Berührung auf ihrer Schulter. »Lass das«, schimpfte sie und entwand sich ihm. Sie drehte ihm den Rücken zu und tastete sich an der Wand entlang nach vorn.

Nach wenigen Minuten hatte sie die Wand erreicht, in der die geheime Tür verborgen lag. Mit beiden Händen tastete sie nach der glatten Vertiefung. Kaum hatte sie die Stelle gefunden, drückte sie den Zeigefinger kraftvoll dagegen. Es machte *klick*. Durch den Türspalt hörte sie dumpfes Lachen und leise Musik.

Gemeinsam mit Gabriel, der ihr gefolgt war, betrat sie den Steinkorridor und zog die Tür hinter ihnen zu. Dann ging sie weiter zur nächsten Schleuse. Luzia drehte den Knauf. Im selben Augenblick wurde alles in rotes Licht getaucht. Die Lampen flackerten. Gleichzeitig setzte ein ohrenbetäubender Ton ein.

10

Obwohl die Wolken den Mond gänzlich freigegeben hatten und es nun hell genug war, konnte Jonata den Standort der Wölfe nicht ausmachen. Kein weiteres Geräusch, kein Geruch verrieten, wo sie waren.

»Ich kann euch nicht sehen, aber ich kann euch spüren«, murmelte sie.

Die Bäume wurden von dem kalten Mondlicht angestrahlt und warfen gespenstische Schatten zurück. Dunkle Bilder zeichneten sich am Boden ab. Joanta zog den Kopf zwischen die Schulter. Ihr Mund war ganz trocken. Sie fuhr sich mit der Zungenspitze über die spröden Lippen. Als sie das tat, nahm sie auf einmal einen ekelhaften Geruch wahr. Angewidert wandte sie das Gesicht zur Seite. Der Gestank wurde stärker. *Was ist das nur?*, dachte sie und erinnerte sich im selben Augenblick an die Worte ihres Vaters: »Tod und Verderben.« Beides schien Jonata einzuhüllen. Ihr Herz setzte kurz aus und überschlug sich dann fast, als auf einmal ein Knurren erklang.

Es war leise. Kaum wahrzunehmen. Aber es war da – und sehr nahe. Langsam wandte sie den Kopf zur Seite. Der Wolf stand direkt neben ihr und sah sie durchdringend an.

Jonatas Blut schien in ihren Adern zu gefrieren. Eiseskälte überzog ihren Körper. Sie wäre am liebsten sofort losgerannt, um so viel Abstand wie möglich zwischen sich und die Bestie zu bringen. Doch sie wusste, dass sie nicht schnell genug sein würde, um ihm zu entkommen. Darum hob sie den Blick, versuchte, dem Wolf fest in die Augen zu schauen, um ihm zu signalisieren, dass sie furchtlos war. Ihr Herz drohte zu zerspringen. Aus den Augenwinkeln nahm sie eine weitere Bewegung wahr. Sie schielte in alle Richtungen und erkannte, dass vier Wölfe sich zu dem ersten gesellt hatten. Als ob die Tiere sich abgesprochen hätten, bildeten sie einen Kreis um sie herum.

Es ist ein Rudel. Jonata wusste, dass es nun unmöglich war, den Bestien zu entkommen. Das gefährliche Knurren der Tiere bestätigte ihr dies nur.

Sie wusste, sie würde sterben, als sie die gefährlichen Gebisse aufblitzen sah. Mit jedem Atemzug wuchsen ihre Verzweiflung und ihre Angst. Ihr Blick verschwamm vor Tränen, die sie nicht mehr unterdrücken konnte. Das Blut rauschte in ihren Ohren.

»Lieber Gott, bitte sorge dafür, dass ich keine Schmerzen ertragen muss und es schnell vorbei sein wird«, flehte sie und schloss die Augen.

11

Tristan starrte angestrengt nach vorn. Nach reiflicher Überlegung war er sich sicher, dass der Mensch vor ihm aus Licentia stammen musste. *Vielleicht ist er auf der Jagd gewesen,* dachte er, als ihm ein vertrauter Gestank in die Nase stieg. Das Rudel hatte sich in Aas gewälzt, um den eigenen Geruch zu übertünchen. Gleich würden sie aufheulen.

Im Augenwinkel nahm er eine Bewegung nahe eines umgestürzten Baumstamms wahr. Er behielt den Menschen neugierig weiter im Auge. *An deiner Stelle würde ich jetzt fliehen.*

Arthus und die anderen kauerten in dem schmalen Schatten des Stamms und schienen auf seine Befehle zu warten. Tristan reckte den Kopf in die Höhe und heulte kaum hörbar auf. Der helle Ton war gerade so laut, dass seine Tiere ihn hören konnten. Sofort antworteten sie ihm mit einem leisen Knurren. Sie waren bereit, registrierte er zufrieden.

Sein Rudel sollte dem Menschen keinen Schaden zufügen. Sie sollten ihm lediglich einen Schrecken einjagen, damit er sich nie wieder hier auf der Lichtung blicken ließ. Zwar war die Rodung Niemandsland und gehörte somit weder zu Licentia noch zum Wolfsbannergebiet. Aber die Bewohner Licentias sollten hinter ihrer Grenze bleiben.

Tristan wusste nichts Genaues über dieses Volk. Nur dass die Wolfsbanner und Licentianer schon seit vielen Jahren getrennte Wege gingen. Er war noch ein Kind gewesen, als er hörte, wie ein Mann aus seinem Clan sagte, dass die Leute aus Licentia nur Scherereien machten. Auf Tristans Nachfrage hin hatte sein Vater knapp geantwortet: »Sie bringen Unglück und Verderben über uns.« Keiner der Alten aus dem Wolfsbannerclan wollte noch etwas mit ihnen zu tun haben. Den Jüngeren waren sie egal, denn sie konnten sich an die Zeit, als sie ein Volk gewesen waren, nicht mehr erinnern.

Tristan gab den Tieren Zeichen, zu ihm zu kommen. Aufgeregt winselnd befolgten die Tiere seine Anordnung, ließen ihn aber nicht aus dem Blick. Jetzt, da sein Rudel bei ihm war, fühlte er sich stark und konnte sich entspannen. Tristan blickte in die Richtung des Eindringlings und glaubte zu erkennen, wie der Licentianer seine Wölfe anstarrte.

»Treibt ihn zurück, wo er hingehört.« Mit einem Handzeichen gab er seinem Rudel das Kommando. Sogleich rannten die Wölfe kläffend los. Er folgte ihnen, um achtzugeben, dass sie den Fremden nicht ernsthaft verletzten. Als Tristan sah, wie der andere die Flucht ergriff, murmelte er: »Zu spät! Du hättest fliehen sollen, als sie bei mir waren.«

12

Luzia presste ihre Hände auf ihre Ohren, doch sie konnte den schrillen Ton nicht ausblenden. Er war so durchdringend, dass er ihr durch Mark und Bein fuhr und sie in die Knie zwang. Mit verzerrtem Gesicht blickte sie fragend zu Gabriel empor, der ebenso ratlos schien wie sie selbst. Auch er hielt sich die Ohren zu.

»Was kann das bedeuten?«, schrie sie gegen das Geräusch an.

»Ich habe keine Ahnung. Wahrscheinlich ist es ein Alarmszenario!«, brüllte er zurück.

Plötzlich verstummte der Ton. Das rote Licht erlosch. Beides wurde ebenso abrupt beendet, wie es begonnen hatte.

Luzia erhob sich hastig und auch Gabriel kam aus der Hocke hoch. Fragend blickten sie sich an, als die Tür auf einmal so heftig aufgestoßen wurde, dass sie gegen die Felswand krachte. Die Gemeindemitglieder, die sich in dem Raum dahinter befanden, stürmten hinaus in den Korridor.

»Was ist geschehen?«

»War das ein Alarm?«

»Wisst ihr Näheres?«, riefen die Frauen und Männer durcheinander.

»Luzia!«, hörte sie ihren Mann rufen. »Was hatten der Ton und das Licht zu bedeuten?«, fragte Hagen und schaute dabei Gabriel an.

»Bin ich Jesus? Woher soll ich das wissen?«

»Vielleicht ist ein Feuer ausgebrochen?«, meinte Brunhilde besorgt und ihr Mann Berthold rief: »Oder Eindringlinge?«

Sofort wandten sich ihm alle Köpfe zu.

»Wie meinst du das?«, fragte Hagen und Berthold zuckte mit den Schultern.

»Keine Ahnung. Es war nur ein Gedanke.«

»Blödsinn! Wer sollte zu uns gelangen? Die Siedlung liegt abseits jeglicher Zivilisation. Hierher verirrt sich niemand«, erwiderte Gabriel kopfschüttelnd.

Luzias Blick wanderte nervös über die Frauen und Männer und blieb an Matthias, Wolfgangs Vater, hängen. Plötzlich hatte sie eine Ahnung, was das Ganze zu bedeuten hatte. »Jonata!«, rief sie verzweifelt. »Wir müssen zurück!«

Sie wollte losrennen, aber Hagen hielt sie auf. »Warte, Luzia! Überstürze nichts. Wieso soll es mit Jonata zusammenhängen?«

»Ich weiß es nicht. Es ist nur ein Gefühl. Vielleicht sind die Kinder bei der Wildschweinjagd verletzt worden.«

»Es kann auch sein, dass es gar kein Alarm gewesen ist …«, versuchte Brunhilde, Luzia zu beruhigen.

Doch sie schüttelte den Kopf und packte ihren Mann am Arm. »Überleg doch, Hagen. Was soll es sonst gewesen sein?«

»Wenn meinem Sohn was passiert ist, dann …«, flüsterte Matthias und wollte sich an Hagen vorbeidrängen, der ihn jedoch festhielt.

»Wir wissen nicht, ob der Alarm wegen unserer Kinder ausgelöst worden ist. Deshalb müssen wir besonnen und überlegt handeln«, mahnte Hagen.

Doch Matthias zischte: »Wir dürfen keine Zeit verlieren! Auch ich spüre, dass etwas mit ihnen nicht stimmt.« Mit einem Ruck befreite er sich aus Hagens Griff, doch der hielt ihn nun an seiner Kleidung fest.

»Bevor wir zurück ins Dorf gehen, müssen wir uns umziehen«, erklärte Hagen ruhig.

Daraufhin sah der Schmied an sich hinab.

Luzia musterte die Frauen und Männer um sich herum. »Worauf wartet ihr?!«, rief sie. »Zieht endlich die T-Shirts und Jeanshosen aus und streift euch eure Gewänder über.«

Hastig zogen sich alle um, eilten aus der Höhle und entzündeten die Laternen und Fackeln. Der Lichterzug bewegte sich auf Licentia zu, angeführt von Luzia und Hagen. Schweigend und so schnell sie konnten, liefen sie den unwegsamen Trampelpfad zwischen den Bäumen und Felsen hinab ins Tal.

Schließlich ließen sie das bewaldete Land hinter sich und überquerten Wiesen und Koppeln, bis sie endlich das Ackerland erreichten, das sich rings um ihr Dorf erstreckte. Schon sahen sie vor sich ihre Siedlung, wo auf dem Dorfplatz ein Scheiterhaufen brannte. Völlig außer Atem kamen Luzia und die anderen dort an.

Mehrere aufgeregte Dorfbewohner erwarteten sie bereits.

»Gott sei es gedankt«, hörten sie den Schulmeister Martin Timmel rufen. »Wir wussten nicht, ob ihr an eurer Versammlungsstätte die Sturmglocke hört, deshalb haben wir zusätzlich das Feuer entzündet, damit ihr von oben den Lichtschein erkennen könnt, wenn jemand während der Versammlung die Höhle verlässt.«

»Das war ein weiser Gedanke, Martin! Tatsächlich haben wir von oben zuerst das Feuer gesehen und dann erst den Alarm gehört«, log Hagen und klopfte dem Mann anerkennend auf die Schulter.

»Was ist geschehen?« Luzia drängte sich zwischen die beiden Männer. Fragend blickte sie den Schulmeister an, der den Blick senkte.

»Was ist mit Jonata?«, fragte sie fordernd und blickte in die vertrauten Gesichter mit den mitleidigen Blicken. »Was ist mit Jonata? Was ist mit unseren Kindern?«, flüsterte sie und sah verzweifelt zu ihrem Mann, der ebenso hilflos wie sie die Reihen mit seinem Blick durchsuchte.

»Wolfgang!«, schrie der Schmied, wobei er zwischen den Menschen umherlief.

Da traten sein Sohn sowie Lukas und Robert hinter den Rücken der Erwachsenen hervor. Erleichtert drückte er den Jungen an seine Brust.

»Jonata!«, schrie nun Luzia. Als das Mädchen sich nicht meldete, lief sie mit Hagen zu den Burschen, die ihnen unsicher entgegenschauten.

»Wo ist Jonata?«, fragte Hagen.

»Drachen … Krach … Wölfe … weggerannt … nicht mehr gesehen …«, stieß Robert hervor.

Luzia stand wie betäubt da. Langsam wandte sie sich dem Jungen zu und sagte mit brüchiger Stimme: »Ich habe dich nicht verstanden. Was ist mit Jonata?«

Schüchtern trat Wolfgang nach vorn. »Wir waren auf der Lichtung und hatten uns hinter Bäumen verschanzt, um auf die Wildschweine zu warten. Als Jonata ein verletztes Tier auf der Rodung erspähte, schlich sie dorthin …« Er stockte. Sein nervöser Blick verriet, dass er sich unwohl fühlte.

»Erzähl weiter! Was geschah dann?«, fragte Hagen erregt.

Der Junge sah unsicher zu seinem Vater, der ihm ein Zeichen gab weiterzusprechen.

»Plötzlich waren überall Wölfe …«

»Wölfe? Das kann nicht sein«, unterbrach Hagen ihn sofort und sah kopfschüttelnd zu Luzia.

Die spürte, wie allein bei der Vorstellung alle Farbe aus ihrem Gesicht wich.

»Ich habe sie gesehen und gehört«, sagte der Junge energisch und die beiden anderen nickten.

»Das ist nicht ihr Jagdrevier. Sie dürfen dort nicht sein, das ist eine Verletzung der Vereinbarung«, stieß Luzia hervor. »Haben sie Jonata angegriffen?«, fragte sie mit erstickter Stimme.

»Das wissen wir nicht. Wir haben sie heulen gehört, doch als die Drachen kamen, sind wir losgerannt«, gestand Wolfgang sichtbar unwohl.

»Wölfe und Drachen und ihr habt das Mädchen allein zurückgelassen?«, fragte Hagen ungläubig.

»Was hätten wir tun sollen?«, jammerte der Bursche. »Die Drachen schwebten über uns und sahen uns mit ihren feurigen riesengroßen Augen an. Sie haben geschrien und nach uns gegriffen.«

»Ihr Schreien war so furchterregend und laut, dass es in den Ohren schmerzte«, schniefte Robert verstört.

»Ich wollte Jonata nicht allein lassen, aber ich hatte solche Angst«, wisperte Lukas.

Luzia drehte sich um und schob sich durch die Reihen der Dorfbewohner.

»Wo willst du hin?!«, rief ihr Mann ihr hinterher.

»Jonata finden!«, antwortete sie über ihre Schulter.

»Du wirst dich in der Dunkelheit im Wald verirren. Außerdem sind dort die Wölfe. Wir müssen die Suche planen und können nicht einfach losrennen«, hörte sie Hagen. »Wir werden Johannes mitnehmen. Er ist zwar noch jung, aber er ist der beste Spurensucher, den wir haben«, beschloss er und bat zusätzlich mehrere Männer, darunter zwei erfahrene Jäger, ihnen bei der Suche zu helfen.

»Ich will auch helfen, Jonata zu finden. Sie ist meine beste Freundin!«, rief Tabea, die mit bangem Blick zugehört hatte.

»Das ist lieb von dir, aber das geht nicht. Wir wissen nicht, was uns erwartet«, erklärte Luzia und drückte das Mädchen kurz an sich.

»Ich werde euch ebenfalls begleiten!«, rief Gabriel.

Ungläubig sah Luzia den Pfarrer an. Ihr Mann schien ihren skeptischen Blick bemerkt zu haben und sagte: »Es wäre besser, wenn Ihr im Dorf bleiben würdet. Wie Luzia bereits sagte, wissen wir nicht, was uns auf der Lichtung erwartet. Falls Drachen …«

»Ich werde nicht hierbleiben und nichts tun, während ein Lämmchen meiner Glaubensgemeinschaft allein da draußen umherirrt«, beharrte Gabriel.

»Falls Wölfe uns auflauern, will ich ihnen nicht ohne eine Waffe gegenübertreten. Wir müssen auf alles gefasst sein«, meinte Matthias und verschwand in der Schmiede.

»Das ist eine weise Entscheidung.« Hagen nickte und sagte zu den freiwilligen Helfern: »Beeilt euch und holt, was immer ihr als Waffe einsetzen könnt.«

»Ich werde rasch Verbandszeug holen. Ich hoffe allerdings, dass wir es nicht brauchen werden«, murmelte Luzia und lief nach Hause.

Dort wurde sie bereits von Agnes erwartet. »Was ist geschehen? Ich habe den Flammenschein gesehen und den Alarm gehört. Da ich Siegfried nicht allein lassen wollte, konnte ich nicht zum Dorfplatz gehen.«

»Jonata ist im Wald verschollen«, erklärte Luzia knapp, während sie kraftvoll ein Leinentuch in schmale Streifen zerriss, es aufrollte und in einen Beutel stopfte, ebenso wie die Ringelblumensalbe und einen kleinen Flakon, der mit dem dunklen Gebräu aus Weidenrinden gefüllt war.

»Denkst du, dass ihr etwas zugestoßen ist?«, fragte Agnes erschrocken, als sie die Arzneien sah.

»Ich muss auf alles vorbereitet sein. Der Weidenrindensaft nimmt ihr die Schmerzen, falls sie sich verletzt hat«, wisperte Luzia und kämpfte mit den Tränen.

»Deine Tochter ist umsichtig und wird sich zu helfen wissen«, versuchte Agnes, sie zu beruhigen.

»Angeblich sind Wölfe aufgetaucht. Und die Drachen sollen sich gezeigt haben«, erzählte Luzia und blickte zu dem Holzkreuz mit der Jesusfigur.

Agnes schlug die Hand vor den Mund. »Wölfe … Drachen … Wie kommen die Wölfe aus dem Wolfsbannerland zu uns? Und warum die Drachen? Sie zeigen sich doch sonst nicht. Erst recht niemals mitten in der Nacht«, sagte sie leise mit einem Blick zum Kreuz.

Luzia wusste keine Antwort und zuckte mit den Schultern. Rasch umarmte sie Agnes und bat: »Wünsch uns Glück!« Dann löste sie sich von ihr und trat vor die Haustür.

Ihr Blick streifte über den Himmel. »Es tut mir leid, dass ich meinen Eid gebrochen habe. Ich habe dir geschworen, sie immer zu behüten. Doch ich habe versagt«, flüsterte sie.

Beklemmung legte sich auf ihren Brustkorb. Luzia glaubte, kaum atmen zu können. Sie konnte Jonata nicht verlieren. Das Mädchen war damals der Grund gewesen, warum sie ihr altes Leben aufgegeben hatte. Warum sie sich dazu entschlossen hatte, dieses Wagnis einzugehen. Hätte es Jonata nicht gegeben, wäre sie niemals auf die Idee gekommen, nach Licentia umzusiedeln. Aber die Angst, das Kind zu verlieren, aber auch die Trauer über das, was ihrer eigenen Schwester widerfahren war, hatten sie zu diesem Entschluss gedrängt.

Luzias Blick wanderte hinüber zu den fünf hohen Tannen, die mitten zwischen den Wohnhütten standen – ganz so, als ob man sie absichtlich dorthin gepflanzt hätte. Nur zu gern hätte sie ihre Wut hinausgeschrien, doch stattdessen schickte sie einen anklagenden, wütenden Blick in die Richtung der Bäume, ehe sie rasch zurück zum Dorfplatz eilte.

Mittlerweile war das Holz des Scheiterhaufens niedergebrannt. Nur noch ein Haufen glimmender Glut war der Beweis, dass hier ein Feuer gelodert hatte. Hagen und die übrigen Männer hatten sich mit Mistgabeln, Holzprügeln, Äxten und Messern bewaffnet. Außer Gabriel. Der Pfarrer hatte die Hände ineinander verschränkt und betete stumm.

Kaum hatte Luzia ihren Mann erreicht, rief er: »Lasst uns aufbrechen!«

13

Mit einem Schrecken wurde Jonata bewusst, dass der große Wolf, der die ganze Zeit vor ihr gekauert hatte, gar kein Wolf, sondern ein Mann war – und dass er auf sie zeigte. Sie musste nicht lange überlegen, was die Geste zu bedeuten hatte – ohne nachzudenken, rannte sie los.

Mit mächtigen Sprüngen hetzten die Wölfe Jonata hinterher. Sie hörte deren Atmen und Knurren im Rücken. *Nur noch wenige Schritte und sie werden mich eingeholt haben,* dachte sie. Auch wenn sie geübt war im Laufen, gegen die Wölfe hatte sie keine Chance. Sie konnte ihnen nicht entkommen, also blieb sie keuchend stehen, um sich ihnen wenigstens im Kampf zu stellen. Mit zitternden Fingern riss sie sich die Kapuze vom Kopf und schlüpfte aus der Lederschlaufe der Armbrust, um die Waffe vor sich zu halten, als würde sie damit auf die Wölfe schießen wollen. »Herr, gib mir Kraft«, bat sie leise.

Ein Pfeifen erklang, dann brüllte jemand: »Arthus, Britani, Aed, Rigani, Morrígan! Zurück!«

Mehrstimmiges Winseln, Jaulen, aber auch verhaltenes Knurren waren zu hören. Die Wölfe verharrten in einiger Entfernung zu ihr, während der Wolfsmensch langsam auf Jonata zuging. Erschrocken wich sie zurück und ließ die Armbrust fallen.

»Es wäre besser, wenn du keine hastigen Bewegungen machst. Bleib ruhig stehen«, riet er ihr mit tiefer Stimme.

Kaum hatte er das gesagt, fletschte der größte Wolf seine Zähne.

»Arthus, ruhig! Zurück mit euch!«, befahl der Fremde.

Die fünf Wölfe gehorchten und legten sich hinter ihm auf den Boden.

Jonatas Kehle war ausgetrocknet und schmerzte. Sie schluckte hart und versuchte, die Bestien nicht anzustarren, behielt sie aber im Blick – genau so, wie die Wölfe sie belauerten. Kaum bewegte sich Jonata ein wenig, zogen sie ihre Lefzen hoch und zeigten knurrend ihre starken Gebisse.

»Ruhig, Arthus!«

»Sie haben Namen?«, fragte Jonata, als sie sicher war, dass sie wirklich auf den Jungen hörten. Aus den Augenwinkeln sah sie, wie er nickte. Sie drehte ihm vorsichtig ihr Gesicht zu und musterte seine Erscheinung. Sein Gesicht und sein Haar waren mit Dreck verschmiert, was ihn Furcht einflößend wirken ließ, und er hatte sich ein Wolfsfell als Umhang übergeworfen. Ihr Blick blieb an seinen Augen hängen, die sie ebenfalls musterten.

»Hast du genug geglotzt?«, spottete er und verzog verächtlich die Mundwinkel.

»Wer bist du?«, wagte sie zu fragen, obwohl ihre Stimme wie ihr Körper vor Angst zitterte.

»Das geht dich nichts an«, zischte er.

»Bist du ein Wolfsbanner?«

»Ja, das bin ich«, gab er stolz zu.

Der Funken Hoffnung, diese Nacht zu überleben, der noch in ihr glomm, erlosch nun gänzlich. Er war ein Wolfsbanner. Sie war tatsächlich auf das Gebiet dieser gefährlichen Menschen geraten, vor denen ihr Vater sie gewarnt hatte. Niemand würde sie von dort retten können. Sie war dem Tode geweiht.

Jonata konnte nicht leugnen, dass sie Angst hatte. Sie wollte ihre Schwäche sich und ihm nicht eingestehen, doch ihre Knie zitterten und sie wankte. Der Fremde packte sie am Arm und hielt sie fest. Jonata spürte seinen warmen Atem auf ihren Wangen.

»Durst«, flüsterte sie.

»Wo soll ich Wasser herbekommen? Wenn ich dich allein lasse, kann ich für nichts garantieren«, grollte er, aber er hielt sie weiter fest.

Ihr schweisnasses Haar klebte an ihrer Wange und an ihrem Hals. Mit zittrigen Händen strich Jonata es sich aus dem Gesicht. Dabei wankte sie erneut und griff nach der Hand des Jungen. Doch er stieß sie von sich, als ob ihre Berührung ihn verbrennen würde. Sogleich fletschten die Wölfe ihre Zähne. Hastig gab er seinen Tieren den Befehl, ruhig zu bleiben.

»Wer bist du?«, fragte er.

»Ich heiße Jonata und komme aus Licentia«, murmelte sie.

»Eine Licentianerin! Dachte ich es mir doch! Was machst du hier in diesem Gebiet?«, wollte er wissen.

»Ich war auf der Wildschweinjagd, als die Drachen kamen.«

Er sah zu ihrer Armbrust am Waldboden. »Ein Weib, das auf die Jagd geht, kann es nur in Licentia geben. Wie dumm sind eure Männer, das zu erlauben? Kein Wunder, dass wir mit euch nichts zu tun haben wollen. Mein Vater hat mich schon vor euch gewarnt, da war ich noch ein Kleinkind«, spottete er und schüttelte den Kopf.

»Ich kann sehr wohl mit der Armbrust umgehen!«

»Bei uns …«, begann er, stockte jedoch sofort wieder. Sein Kopf ruckte hoch und neigte sich leicht zur Seite.

»Was hast du?«, fragte sie irritiert.

»Schweig!«, fuhr er sie rüde an. Er drehte seinen Kopf zur anderen Seite und lauschte.

Auch die Wölfe schienen etwas zu wittern. Sie reckten ihre Nasen in die Höhe, erhoben sich und liefen unruhig hinter dem Jungen hin und her. Plötzlich spitzten sie ihre Ohren und sahen knurrend zu dem dichten Wald, der in Jonatas Rücken lag. Dabei blickten sie immer wieder zu ihrem Wolfsbanner.

»Wir müssen auf unser Land. Dort sind wir sicher«, sagte er zu seinem Rudel und rief ihnen mit gedämpfter Stimme einen Befehl zu, den Jonata nicht verstand. Sogleich verschwanden die Tiere in dem Waldstück, das die Lichtung von der anderen Seite eingrenzte. Mit einem letzten Blick auf Jonata hetzte der Wolfsmensch hinter den Wölfen her.

Jonata starrte auf die Stelle zwischen dem Busch, hinter dem der Fremde verschwunden war. Doch dann begriff sie, warum der Junge so schnell verschwunden war, auch wenn sie nicht seine ausgeprägten Sinne besaß. Jemand schien zu kommen.

14

Luzia stapfte hinter Hagen den schmalen, ausgetretenen Weg entlang. Die anderen acht Männer folgten ihnen und unterhielten sich leise, während Luzia und ihr Mann schwiegen. Gabriel bildete das Schlusslicht.

Nachdem sie das Ackerland, die Weiden und die Wiesen überquert hatten, erreichten sie den Wald. Kaum waren sie zwischen die Bäume getreten, war der helle Mondschein verschwunden. Nur noch hier und da drang schwaches Licht durch das Grün der Pflanzen.

»Entzündet eure Laternen!«, rief ihr Mann.

Als nicht eine Kerze aufflackerte, sah Luzia fragend hinter sich.

Die Männer sahen einander unsicher an.

»Wir haben nur an die Waffen gedacht in der Aufregung, aber nicht an eine Laterne«, erklärte Matthias schließlich.

Hagens Gesicht verdüsterte sich, doch er schien keinen Sinn darin zu sehen, jetzt über so etwas zu streiten.

»Johannes, jetzt ist deine Fähigkeit als Spurenleser gefragt!«, rief er dem Jungen zu.

»Auch ich kann im Dunkeln keine Spuren erkennen. Ich sehe ebenso viel wie ihr«, antwortete Johannes zerknirscht.

»Der Herr wird uns nicht allein lassen und uns den Weg weisen«, meinte der Pfarrer, woraufhin Luzia nur schnaubte.

Plötzlich hörten sie hinter sich ein Reißen und kurz darauf ein Zischen. Dann sahen sie einen Lichtschein. Gabriel stand mit einer brennenden Fackel in der Hand vor ihnen.

»Wo habt Ihr die hergezaubert, Herr Pfarrer?«, fragte Johannes erstaunt.

»Ich sagte doch, der Herr wird uns nicht allein lassen.«

Luzia betrachtete kurz die Fackel und sah dann an Gabriel herunter. Der Saum seiner Kutte war zerrissen. Das Stück Stoff, das fehlte, hatte er um einen dicken Ast geschlungen. Luzia dachte an die Höhle und wie Gabriel sich mit einem Streichholz die Zigarette angezündet hatte. Ihre Blicke kreuzten sich. Er hob eine Augenbraue. Sie verstand und schwieg. Gabriel hatte etwas getan, was er nicht durfte, und sich dadurch über eine strenge Anweisung hinweggesetzt. Dankbar nickte sie ihm zu.

»Gott lässt uns nicht allein. Er hat uns die Fackel geschickt und lässt uns nicht im Dunkeln wandeln«, hörte sie den jungen Johannes flüstern.

Ehrfürchtig und anerkennend sah der Bursche ihren Pfarrer an. Er gehörte wie Jonata der zweiten Generation an. Diese war tief in ihrem Glauben verankert. Sie vertrauten Gott, seiner Güte und seiner Weisheit. Innerlich schüttelte Luzia über diese Naivität den Kopf. Sie sagte aber nichts dagegen, denn sie wusste, dass dieser Glauben die Basis ihres friedlichen Miteinanders war.

»Wollt Ihr vorneweg gehen und uns den Weg ausleuchten, Herr Pfarrer?«, hörte sie Hagen spöttisch fragen.

»Das überlasse ich dir, mein Sohn«, antwortete Gabriel und reichte ihm die Fackel.

»Wir müssen weiter«, drängte Luzia die Männer. Die Gewissheit, dass Jonata mutterseelenallein irgendwo in der Dunkelheit umherirrte, verursachte ein dumpfes Gefühl in ihrer Magengegend.

Sie eilte ihrem Mann hinterher, der die Fackel so hochhielt, dass sie ihnen den Weg leuchtete. Doch das Licht reichte gerade so weit, dass es sie vor Stolperfallen warnen konnte. Je tiefer sie in den Wald eindrangen, desto unheimlicher erschien Luzia die Dunkelheit, die ringsherum herrschte. Als in den Baumkronen Flügelschlagen zu hören war, schaute sie erschrocken über sich. Blätter rieselten auf sie herab.

»Nur ein Falke«, erklärte Hagen, der sich zu ihr umdrehte. »Du musst dich nicht fürchten«, versuchte er, sie zu beruhigen.

»Was ist mit den Wildschweinen?«, fragte sie besorgt während sie unsicher umherschaute.

»Ich hoffe, dass sie uns riechen und Reißaus nehmen«, sagte Matthias, der neben sie trat. Er hielt einen Hammer vor sich, bereit zuzuschlagen.

Luzia schluckte und blieb wachsam, während sie sich dabei erwischte, dass sie doch betete – nicht für sich, sondern für Jonata, der hoffentlich nichts passiert war.

15

Wer war das?«, brüllte Josh von seinem Schreibtisch aus.

Die Frauen und Männer in dem Büro taten, als ob sie seinen Aufschrei nicht gehört hätten. Josh trat aus seinem Glaskasten in den großen Raum heraus, stellte sich breitbeinig in die Mitte und blickte mürrisch umher. Niemand gab einen Laut von sich.

»Ich will sofort den Namen desjenigen wissen, der das verbrochen hat.«

Betretenes Schwiegen war die Antwort.

Plötzlich durchbrach ein Räuspern die Stille.

»Martina war's«, antwortete eine zaghafte Stimme. Eine zierliche Frau rollte auf ihrem Schreibtischstuhl hinter einem breiten Männerrücken hervor und sah ihn schüchtern an.

»Martina Straten?«, fragte er überrascht. »Woher willst du das wissen, Mascha?«

»Ich habe neben Martina gesessen und gehört, was sie gemurmelt hat.«

»Wer hat ihr erlaubt, sich einzumischen? Und wieso kann sie einen Hubschrauber fliegen?«, fragte er ungehalten.

Allgemeines Schulterzucken war die Antwort.

»Wo ist sie jetzt?«

Endlich eine Antwort: »Auf dem Rückweg von der Lichtung!«

»Ich will sie sofort sprechen, sobald sie da ist«, erklärte er und ging zurück in sein gläsernes Büro.

Durch die milchigen Wände sah er wenige Minuten später, wie Mascha zu ihm kam.

»Sie hat die Geburt der Kitze mitverfolgt und Angst gehabt, dass die Wölfe sie töten würden«, versuchte sie, das Handeln ihrer Kollegin zu verteidigen.

»Fressen und gefressen werden«, erwiderte Josh trocken.

»Sie wurden gerade erst geboren! So etwas will niemand sehen. Das ist grausam. Jeder will ein Happy End und dank Martina ist es eins geworden«, sagte sie entrüstet.

»Könnt ihr die Größe des Schadens ermessen, der durch Martinas eigenmächtiges Handeln entstanden ist? Nein, denn ich muss mich darum kümmern! Was jetzt passiert, hatten wir so nicht geplant«, setzte Josh dagegen und fügte hinzu: »Die Hubschrauber dürfen nur in Ausnahmefällen gezeigt werden. Es reicht, wenn sie wissen, dass sie da sind und sie sie für Drachen halten. Außerdem sollten sich Jonata und Tristan nicht begegnen. Dieses Zusammentreffen gefährdet unsere Sendung.«

»Sei froh, ungeplante Geschichten sind die besten.« Mascha lächelte zaghaft.

Mit einer unwirschen Handbewegung gab Josh seiner Mitarbeiterin zu verstehen, dass die Diskussion beendet war. »Sobald Martina zurück ist, soll sie zu mir kommen. Ich allein bestimme, was geht und was nicht. Deshalb werde ich es nicht dulden, dass jemand aus meinem Team eigenmächtig handelt. Mach das auch den anderen noch einmal klar.«

Mascha schien noch etwas sagen zu wollen, doch Joshs Blick hielt sie zurück. Wortlos drehte sie sich um und verließ sein Büro.

Seufzend schaute Josh ihr hinterher, dann starrte er auf die Wand ihm gegenüber, die in viele Bildschirme aufgeteilt war. In einem von ihnen erblickte er zwischen den Bäumen die Ricke, die mit ihren Kitzen Licentia erreicht hatte. Während ihre Jungen unter einem Busch schliefen, knabberte die Rehmutter frisches Grün.

16

Jonata versteckte sich unter den Zweigen der Tanne, die tief über dem Boden hingen und ihr wie eine Höhle Schutz boten. Sie spürte feine klebrige Fäden, die an ihren Händen hängen blieben. Angeekelt wollte sie aus ihrem Versteck hervorkriechen, doch die Angst vor dem Unbekannten hielt sie gefangen. Jonata zog die Beine dicht an die Brust, schlang die Arme um ihre Knie und presste ihr Gesicht darauf. Nervös wippte sie mit den Fersen auf und ab.

Ihr Kopf ruckte hoch, als sie Stimmen hörte. Vorsichtig spreizte sie die Zweige auseinander. Ein Lichterschein blinkte auf, der näher kam und größer wurde. Die Stimmen wurden lauter.

»Vater! Mutter!«, flüsterte sie, um dann laut zu rufen: »Ich bin hier!«

Jonata kroch aus ihrem Versteck hervor und fiel ihren Eltern, die ihr entgegengerannt kamen, in die Arme.

Erleichtert wisperte sie: »Ihr habt mich gefunden! Ihr habt mich gefunden!«

»Geht es dir gut?«, fragte ihre Mutter besorgt und hielt sie von sich, um sie kritisch zu betrachten.

Jonata nickte. Die Miene ihrer Mutter entspannte sich. Immer wieder küsste und drückte sie Jonata.

»Woher wusstet ihr, dass ich hier bin?«

»Die Burschen haben uns alarmiert, dass Drachen und

Wölfe auf der Lichtung aufgetaucht sind«, erklärte ihr Vater.

»Dem Himmel sei Dank! Dann geht es Wolfgang, Lukas und Robert gut?«

»Sie waren feige und haben dich allein gelassen!«, schimpfte ihre Mutter, sodass ihr Vater ihr eine Hand auf den Arm legte.

»Nicht jetzt, Luzia! Wichtig ist im Augenblick nur, dass Jonata nichts geschehen ist.«

»Jonata war in Gefahr und allein auf sich gestellt«, verteidigte sich ihre Mutter leise. »Nicht auszudenken, wenn die Wölfe sie angegriffen hätten.«

»Anscheinend war die Gefahr nicht so groß, wie wir befürchtet haben, Jonata ist putzmunter«, mischte sich nun der Pfarrer ein.

Wenn du wüsstest, dachte Jonata und war versucht, ihnen von dem Wolfsbanner und seinem Rudel zu erzählen. Ihr Blick wanderte hinüber zu der Stelle, wo der Fremde mit den Wölfen verschwunden war. Sie wollte etwas sagen, aber es kam kein Wort über ihre Lippen. Irgendetwas hielt sie davon ab, den Jungen zu verraten. Leise seufzend wandte sie sich wieder ihren Eltern zu.

»Willst du uns etwas sagen?«, fragte ihre Mutter.

»Ich bin zum Umfallen müde«, murmelte Jonata ausweichend.

»Kein Wunder! Lasst uns nach Hause gehen«, rief ihr Vater und schritt voran.

Jonata folgte ihm, erleichtert, dass sie gefunden worden war, aber auch darüber, dass niemand ihr Fragen gestellt hatte und sie die Begegnung mit dem Wolfsbanner vorerst für sich behalten konnte.

17

Tristan lief mit seinem Rudel nur so weit in den Wald hinein, dass er die Lichtung weiterhin überschauen konnte. Zwischen den Bäumen ging er in Deckung. Seinen Wölfen befahl er, sich niederzulegen.

Das Mädchen schaute verwirrt zu der Stelle, wo er zwischen den Bäumen verschwunden war. *Sie hat die Menschen, die auf die Lichtung zulaufen, bis jetzt weder gehört noch den Lichterschein bemerkt,* stellte er erstaunt fest. Er hatte zuerst den Schein wahrgenommen, der wie ein heller Punkt durch die Dunkelheit geschwebt war. Dann war ein sehr leiser Ton an sein Ohr gedrungen. Als er sich darauf eingestellt hatte, konnte er wispernde Stimmen hören.

»Noch mehr Licentianer«, brummte er und erwartete gespannt die Ankunft der Fremden. Damals als die Dörfer sich aufgeteilt hatten, war er noch zu klein gewesen, um sich an die Menschen dort zu erinnern. Ob er das Mädchen vielleicht von früher kannte? Tristans Blick blieb an ihrem Gesicht hängen, das von ihrem hellen Haar umrahmt wurde. Er kramte in seinen Erinnerungen, doch da war nichts.

Noch immer konnte er nicht glauben, dass ihm nachts eine Frau im Wald begegnet war. Als ihr langes Haar mit jedem Schritt wippte, verströmte es einen besonderen, lieblichen Duft. Er vermutete, dass es Lavendelgeruch war. Tristan schüttelte den Kopf. Die Licentianer schienen die einfachen Jagdregeln nicht zu beherrschen. Jedes Tier konnte sie hundert Meter gegen den Wind riechen.

Er lachte lautlos. *Ich hätte ihr sagen sollen, dass man sich vor der Jagd wie ein Schwein im Dreck suhlen soll, damit der menschliche Geruch übertüncht wird.* Doch dann schüttelte er den Kopf über sich selbst. Weiber hatten auf der Jagd nichts zu suchen! Warum sollte er ihr einen Rat geben?

Tristan reckte sich, um nachzusehen, ob die Fremden die Lichtung mittlerweile erreicht hatten. Sie waren nicht mehr weit entfernt. Was war, wenn es nicht ihre Leute waren? *Es könnten auch die Drachenreiter sein,* dachte er und beschloss, sie zu warnen.

»Dreh dich um!«, flüsterte er in Richtung des Mädchens, obwohl er wusste, dass es ihn auf keinen Fall hören konnte.

Es wurde zu gefährlich für ihn und seine Tiere. Er sollte gehen, doch er wollte sie noch beobachten. Das fremde Mädchen hatte seine Neugierde geweckt.

Sie lief aufgeregt hin und her, woran er erkannte, dass sie das Licht entdeckt hatte. Er überlegte, sie zu sich zu rufen, doch da sah er, wie sie sich unter einer Tanne verkroch. Als die Leute näher kamen, konnte er die Waffen in den Händen der Männer erkennen.

Sofort erwachten die Wölfe aus ihrem leichten Schlaf. Schnuppernd reckten sie ihre Köpfe und knurrten leise. Sie nahmen die fremden Gerüche wahr.

Tristan versuchte, die Tiere mit leisen Befehlen zu beruhigen. Als ein Schrei über die Lichtung hallte, drehte er sich erschrocken um. *Das Mädchen,* dachte er besorgt, als Arthus aufsprang und an ihm vorbeirennen wollte.

Geistesgegenwärtig warf Tristan sich ihm in den Weg und schlang seine Arme um den Hals des Tiers, um es auf den Boden zu pressen. Der Wolf fletschte die Zähne und versuchte, sich aus dem Griff zu befreien, doch Tristan ließ nicht locker. Keuchend und mit dem Wolf im Arm spähte er an den Baumstämmen vorbei zur Lichtung.

Er konnte erkennen, wie die Frau in der Gruppe das Mädchen an sich zog und auf den Scheitel küsste. Ebenso wie einer der Männer, der beide mit seinen Armen umfing. *Es ist ihr Volk*, dachte Tristan erleichtert und stieß einen leisen Pfiff aus. Sogleich spitzten Arthus und seine Geschwister die Ohren. Tristan spürte, wie sich sein Wolf in seiner Umarmung entspannte. Er wagte es, den Griff zu lockern, doch erst als er sich sicher war, dass Arthus seinem Befehl gehorchen würde, ließ er ihn los.

Tristan sprang auf und gab dem Rudel mit einem Fingerzeig den Befehl zum Aufbruch. Gemeinsam mit den Wölfen lief er heimwärts zu seinem Dorf.

18

Von: Josh Keller
Gesendet: Samstag, 13. Mai 2017 22:51
An: Lasarew, Wladimir
Betreff: Probleme im Sender

Hallo Wladimir,

die Produktionsleiterin Martina Straten hat durch eigenmächtiges Handeln unser Projekt massiv gefährdet, wir mussten deshalb sogar den Alarm auslösen. Deshalb erwäge ich ihre Entlassung aus dem Team. Sie ist zwar eine meiner fähigsten Mitarbeiterinnen, aber ich kann ihr Benehmen nicht ohne Konsequenzen dulden. Es würde bedeuten, dass die nächste unbefugte Aktion vorprogrammiert ist.

Durch Martinas Fehlverhalten haben sich der Wolfsbanner Tristan und die Licentianerin Jonata kennengelernt. Das war so nicht geplant und bringt uns in Bedrängnis, da wir das Wolfsbannerland nicht einsehen können. Ich habe keine Ahnung, was das für unsere Sendung bedeutet. Sobald es Neuigkeiten gibt, melde ich mich wieder.

Habe ich die Erlaubnis, Martina Straten fristlos zu entlassen?

Mit freundlichem Gruß
Josh Keller

Von: Wladimir Lasarew
Gesendet: Sonntag, 14. Mai 2017 02:11
An: Keller, Josh
Betreff: Re: Probleme im Sender

Hallo Josh,
unsere Einschaltquoten müssen wachsen! Tun Sie, was Sie für nötig halten. Sie haben freie Hand!

Grüße
W. L.

Kaum hatte Josh die Antwort gelesen, kam Martina Straten in sein Büro. Mit knappen Worten erklärte er ihr seine Entscheidung, sie aus dem Team zu kicken.

»Das kannst du nicht machen!«, rief sie aufgewühlt.

»Es tut mir leid! Die Anweisung kommt von ganz oben. Bis morgen musst du verschwunden sein«, log er, um sich aus der Verantwortung zu ziehen.

»Du kannst mich nicht entlassen! Ich brauche das Geld.«

»Und ich brauche nicht das Drama, das ich dir zu verdanken habe! Jetzt wird das Mädchen womöglich mit dem Jungen ins Wolfsbannerland gehen, wo wir sie aus dem Blick verlieren. Wenn wir Kameras in diesem Bereich hätten, wären die beiden eine eigene Sendung wert. Aber das Problem mit den Wölfen besteht nach wie vor und die handelsüblichen Drohnen können wir vergessen, weil sie nicht weit genug fliegen können«, erklärte Josh resigniert.

Plötzlich fragte Martina nachdenklich: »Was wäre, wenn ich dir eine Lösung bieten würde?«

Er runzelte die Stirn. »Wie meinst du das?«

»Wenn ich dir jemand bringe, der dir hilft, das Gebiet

der Wolfsbanner zu kontrollieren, lässt du mich dann weiter in deinem Team arbeiten?«

Fragend schaute Josh sie an.

»Gib mir einen Tag Zeit. Dann weiß ich mehr«, sagte Martina.

Josh überlegte. Schließlich nickte er. »Wenn mir deine Lösung gefällt, nehme ich die Kündigung zurück. Aber bedenke, dass niemand von uns und unserem Standort erfahren darf.«

»Das ist mir bewusst«, erklärte Martina und reichte ihm die Hand. Josh ergriff sie und besiegelte sein Versprechen mit leichtem Druck.

19

Jonata lag wie tot in ihrem Bett. Obwohl sie durchgefroren, hungrig und durstig war, wollte sie nach ihrer Heimkehr weder ein warmes Bad nehmen noch etwas essen. Sie war einfach nur froh, diesem Albtraum entflohen zu sein, und wollte nichts mehr als schlafen. Doch sie war so aufgewühlt, dass der Schlaf nicht kommen wollte.

Plötzlich hörte sie, wie ihre Zimmertür leise geöffnet wurde.

»Bist du noch wach?«, flüsterte ihre Mutter.

Jonata hatte keine Kraft, um mit ihr zu reden. Morgen würde sie ihr alles erzählen, nahm sie sich vor und stellte sich schlafend.

»Ich werde dich nie wieder aus den Augen lassen«, versprach ihre Mutter und strich ihr eine Haarsträhne aus dem Gesicht. Eine Weile lang stand sie einfach neben ihrem Bett und schien sie zu beobachten, und erst als die Türglocke ertönte, eilte ihre Mutter hinaus.

Kaum war Jonata allein, öffnete sie die Augen. Sie wollte sich ausstrecken, doch ihr Rücken schmerzte, da die Armbrust ihr beim Fallen ins Kreuz geschlagen war. Auch pochte ihr Schädel. Als die Tür sich abermals öffnete, kniff sie die Augen zusammen.

»Jonata?«, hörte sie die leise Stimme ihrer Freundin.

»Tabea! Was machst du so früh am Morgen schon hier?«, fragte Jonata freudig und wollte sie umarmen, doch der

Kopfschmerz ließ sie mitten in der Bewegung zurück aufs Kopfkissen sinken.

»Ich wollte dich unbedingt sehen! Sie haben mich bei der Suche nach dir nicht mitgenommen. Was ist passiert? Wie geht es dir?«

»Mir geht es gut so weit. Du wirst mir nicht glauben, was alles geschehen ist!«, sagte Jonata und setzte sich langsamer auf. Sie lehnte sich mit dem Rücken gegen die Wand und sah ihre Freundin an, die sich zu ihr aufs Bett setzte.

Mit einem schnellen Blick zum Lager ihres Bruders vergewisserte sie sich, dass sie allein waren.

»Es heißt, Drachen und Wölfe wären aufgetaucht. Erzähl!«, forderte ihre Freundin sie ungeduldig auf.

Jonata berichtete, wie sie mit den Jungen durch den Wald zur Lichtung gelaufen war und dann die Ricke entdeckt hatte.

»Und auf einmal waren Wölfe auf der Lichtung«, wisperte sie.

»Dann ist es also wahr?«

Jonata nickte.

»Dir muss doch das Herz in die Hose gerutscht sein«, flüsterte Tabea mit großen Augen.

»Ich kann nicht leugnen, dass ich Angst vor den Biestern hatte, zumal ich meinen Köcher mit den Pfeilen am Baum vergessen hatte. Aber das ist noch nicht alles. Plötzlich war tosender Lärm zu hören. Die Lichtung wurde in gleißendes Licht getaucht. Und über mir schwebte ein Drachen, so riesig, wie ich ihn noch nie gesehen habe.«

»Herr im Himmel! Ich wäre vor Angst in Ohnmacht gefallen«, gab ihre Freundin zu. »Was hast du gemacht? Wie bist du ihm entkommen?«

»So schnell, wie der Drache über mir war, so schnell war er auch wieder verschwunden. Doch dann …«

Jonata stockte in der Erzählung und starrte ins Leere. Sie dachte an den Wolfsbanner. Auch wenn er gefährlich und zudem ungehobelt schien, so hatte er ihr Leben verschont. Zudem hatte er etwas an sich, das sie irgendwie faszinierte. Bis jetzt wusste niemand, dass sie diesen fremden Jungen getroffen hatte. Was würden ihre Eltern sagen, wenn sie davon hören würden? Schließlich war es verboten, auch nur in die Nähe des anderen Dorfs zu gehen. Vielleicht sollte sie die Begegnung als Geheimnis für sich behalten.

»JONATA!«, hörte sie Tabeas Stimme, die sie aus ihren Gedanken zurückholte. »Was hast du?«

Fragend blickte Jonata sie an.

»Ich rede und rede und du reagierst nicht.«

»Kannst du dich noch an die Zeit erinnern, als sich unser Dorf geteilt hat?«, fragte Jonata nachdenklich.

»Wie meinst du das?«

»Als die Wolfsbanner weggegangen sind.«

»Ich war damals erst sieben Jahre oder so. Daran kann ich mich nicht mehr erinnern. Warum? Hast du einen gesehen?«

Jonata zögerte kurz, Tabea ins Vertrauen zu ziehen. Doch dann bat sie leise: »Du musst mir versprechen, es niemandem zu erzählen, wenn ich es dir verrate.«

Tabea rollte mit den Augen. »Was denkst du von mir? Wir sind beste Freundinnen.«

Jonata lächelte erleichtert und flüsterte: »Er war mit seinem Rudel unterwegs, als die Drachen kamen. Da er in einen Pelzmantel gehüllt war, habe ich ihn nicht sofort als Mensch erkannt.«

»Das sind auch keine Menschen mehr. Ich habe gehört,

dass sie bei Vollmond zum Werwolf mutieren, weil sie mit Wölfen zusammenleben.«

»Blödsinn! Er sah genauso menschlich aus wie wir. Ich schätze, er war nicht viel älter als ich.«

»Vielleicht hat er dich verzaubert, damit du ihn als Mensch siehst«, meinte ihre Freundin.

»Tabea! Jetzt geht deine Fantasie mit dir durch. Schließlich gehörten sie einmal zu uns. Nach deiner Theorie müsste ich mich in eine Ziege verwandeln, weil ich unsere Ziegen hüte und ständig mit ihnen zusammen bin«, erwiderte Jonata kichernd. Tabea stimmte in das Gelächter mit ein.

»Erzähl! Wie sah er aus?«, bat sie ungeduldig.

»Er ist einen Kopf größer als ich und hat halblanges Haar. Ich glaube, es ist braun. Seine Augenfarbe konnte ich nicht klar erkennen. Vielleicht Rehbraun …«

»Dann musst du ihm aber sehr nahe gewesen sein, wenn du seine Augenfarbe fast erkennen konntest«, spöttelte Tabea und zog skeptisch eine Braue hoch.

Jonata spürte, wie sie errötete. »Ich konnte nichts dafür. Er stand plötzlich vor mir.«

Tabea riss die Augen auf. »Und seine Bestien?«

»Die waren bei ihm und haben ihre Zähne gefletscht. Da konnte einem angst und bange werden«, verriet Jonata, der sich allein bei dem Gedanken daran die Härchen auf den Armen aufstellten.

»Zum Glück ist alles gut gegangen. Sicherlich wirst du so schnell nicht mehr zur Wildschweinjagd gehen wollen. Das ist sowieso nichts für Mädchen. Das meinte auch meine Mutter, die nicht verstehen konnte, dass deine es dir erlaubt hat. Ich weiß gar nicht, warum du so erpicht darauf bist, diesen blöden Keiler zu erlegen …«

Tabea redete in einem fort, doch Jonata hörte ihr nicht mehr zu. Sie überlegte krampfhaft, welche Augenfarbe der Wolfsbanner hatte, doch es war einfach nicht hell genug gewesen, um sie deutlich erkennen zu können. *Vielleicht sehe ich ihn wieder,* hoffte sie, als Tabea meinte: »Ich muss jetzt los und beim Melken helfen. Wenn ich mit meiner Arbeit fertig bin, komme ich dich noch mal besuchen, damit du mir mehr von den Drachen erzählst.«

Sie warf Jonata eine Kusshand zu. »Ich bin froh, dass es dir gut geht. Ich hatte schon Angst, dass ich ohne dich beim großen Jubiläum singen müsste«, kicherte sie.

»Du singst wie ein Vöglein und brauchst mich nicht«, erwiderte Jonata grinsend.

»Aber dann würdest du nicht mitbekommen, wer ausgelost wird und Licentia verlassen muss. Ich platze vor Neugierde!«, erklärte sie und verließ die Kammer.

Obwohl Jonata froh war, dass sie mit ihrer besten Freundin über das Ereignis sprechen konnte, war sie genauso froh, als Tabea schließlich ging. Erschöpft von dem langen Gespräch streckte sich Jonata auf ihrer Matratze aus und schlief dieses Mal sofort ein.

Sie spielte auf der Wiese mit den Ziegenkindern, als ein Welpe am Waldesrand auftauchte. Helles Licht umgab ihn. Freudig rannte sie auf ihn zu, wollte auch mit ihm spielen. Doch mit jedem Schritt wurde der Welpe größer und größer. Er zeigte sein starkes Gebiss. Die spitzen Zähne. Voller Angst blieb Jonata stehen. Das Tier stieß ein Knurren aus. Weinend rannte sie zurück zu der Ziegenherde, doch dann stolperte sie und fiel zu Boden. Ängstlich versteckte sie ihren Kopf zwischen den Armen und presste das Gesicht in das Gras. Sie hörte eine Frau ihren Namen schreien. Aber

Jonata wagte nicht, den Kopf zu heben, um ihr zu antworten. Neben ihr knurrte der Wolf. Laut und gefährlich hörte es sich an. Die Ziegen meckerten – auch sie klangen ängstlich. Als nichts passierte, hob Jonata vorsichtig den Blick. Da sah sie Blut. Überall Blut.

Mit rasendem Herz setzte sich Jonata in ihrem Bett auf. Sie kannte diesen Traum, der sie eine Zeit lang fast jede Nacht heimgesucht hatte. Als Kind hatte sie sich deshalb vor dem Einschlafen gefürchtet. Sie erinnerte sich wieder, wie sie heulend zu ihren Eltern ins Bett gekrochen war und ihnen von dem bösen Wolf erzählt hatte. Damals hatte ihre Mutter sie immer in den Armen gewiegt und ein Lied gesummt, bis sie wieder eingeschlafen war.

War der Traum vielleicht zurückgekehrt, weil sie dem Wolfsbanner und seinen Tieren begegnet war? Aber er hatte ihr nichts getan, versuchte sie, sich selbst zu beruhigen, und legte sich wieder hin, doch der fremde Junge spukte ihr noch eine ganze Weile im Kopf herum.

20

Nachdem Tristan die Wölfe in ihrem Gehege eingesperrt und versorgt hatte, wollte er auf leisen Sohlen in seine Kammer schleichen. Doch seine Mutter erwartete ihn am Fuß der Treppe.

»Weißt du, wie spät es ist?«, rügte sie ihn flüsternd. »Nicht mehr lange und die Sonne geht auf. Wo bist du gewesen? Wir haben die Drachen gehört. Was ist geschehen? Wie siehst du denn aus? Geht es dir gut?«

Als Tristan ihre vielen Fragen beantworten wollte, wies sie ihn an, ihr in die Küche zu folgen. Dort schloss sie die Tür. »Dein Vater hat zum Glück nicht mitbekommen, dass du so lange fort warst. Zieh deinen Umhang aus und leg ihn hier auf den Boden.« Sie deutete in die Ecke der Küche. »Hast du dein Rudel gefüttert und eingesperrt?«

»Du weißt, dass ich zuerst meine Tiere versorge, bevor ich selbst etwas esse.«

»Ja, das weiß ich. Das macht einen guten Wolfsbanner aus.«

Seine Mutter schob ihm einen Teller mit kaltem Fleisch und Brot zu. Gierig riss er sich ein Stück von dem Braten ab.

»Iss gefälligst gesitteter. Wir sind weder Wilde noch Tiere!«, schimpfte sie und goss Milch in einen Becher, den sie vor ihn stellte. »Erzähl endlich, was geschehen ist.«

»Warum glaubst du, dass etwas passiert sei?«, fragte Tristan mit unschuldigem Blick.

»Du bist die halbe Nacht fort gewesen und hast trotzdem keine Beute mitgebracht. Das ist ungewöhnlich für dich und dein Rudel. Sonst seid ihr keine zwei Stunden unterwegs und kommt mit erlegtem Wild zurück.«

»Nicht jede Jagd ist erfolgreich«, versuchte Tristan, seine Mutter zu beruhigen, und griff wieder nach dem Fleisch, doch als er ihren mahnenden Blick auf sich spürte, aß er mit Messer und Gabel. Während er ein Stück Fleisch abschnitt und sich in den Mund steckte, schielte er zu ihr hinüber.

»Du kannst mir viel erzählen, mein Sohn. Aber ich weiß genau, wenn du flunkerst. Irgendetwas muss passiert sein. Warum sonst haben sich die Drachen gezeigt? Gewöhnlich fliegen sie über Licentia, doch dieses Mal waren sie so nahe, dass sogar wir sie hören konnten. Da sie sich wegen des dichten Walds nicht über unserem Gebiet zeigen, muss es nahe der Lichtung gewesen sein. Was also hat sie dorthin gelockt, Tristan, wenn du es nicht gewesen bist? Und was hast du mit deinem Rudel außerhalb der Zone gemacht? Du weißt, dass wir mit den Wölfen nicht hinter unsere Grenze dürfen!«, sagte sie streng.

Abermals war Tristan von der Kombinationsgabe seiner Mutter überrascht. Solange er zurückdenken konnte, war es ihm nicht ein Mal gelungen, sie hinters Licht zu führen. Nicht, dass er sie anlügen wollte, aber musste eine Mutter alles über ihren sechzehnjährigen Sohn wissen? Dennoch wusste er, dass er ihr die Wahrheit nicht verschweigen konnte.

»Wenn ich dir erzähle, was sich zugetragen hat, musst du mir versprechen, dass du nichts zu Vater sagst.«

Erstaunt sah seine Mutter ihn an. »Ich denke nicht, dass es dir zusteht, mir Vorschriften zu machen. Aber wenn es dich beruhigt, werde ich deinem Vater nichts verraten, solange er es nicht unbedingt wissen muss oder mich nicht danach fragt.«

Tristan verzog das Gesicht. »Glaube mir, es wäre wirklich besser …«

»Lass mich beurteilen, was besser wäre und was nicht. Jetzt erzähl endlich, damit ich ins Bett komme, bevor die Arbeit mich wieder ruft.«

Er seufzte und erzählte mit gedämpfter Stimme, wie er mit seinem Rudel der Ricke gefolgt war, die gerade die Kitze geboren hatte. »Die Wölfe hatten sie eingekreist, als plötzlich ein Drache auftauchte. Ich habe noch nie so ein Wesen so nahe gesehen …« Er stockte, kratzte sich am Kopf und fügte hinzu: »Eigentlich habe ich noch nie einen Drachen gesehen. Er war dicht über mir und hat mich mit seinen Feueraugen angestarrt. Dabei hat er so laut gebrüllt, dass es mir in den Ohren schmerzte. Sein Flügelschlag wirbelte Dreck, Blätter und sogar Zweige durch die Luft, sodass ich die Augen schließen musste. Ich hatte Angst, dass er sich auf mich stürzen würde, und bin blindlings losgerannt. Hast du auch schon einmal einen Drachen gesehen?«

Tristan bemerkte, dass seine Mutter auf einmal wie erstarrt war.

»Mutter«, flüsterte er. Erst beim zweiten Rufen erwachte sie wieder.

Sie blinzelte mehrmals und sah ihn an. »Was wolltest du wissen?«

»Ob du schon einmal einen Drachen …«

Wieder schien ihr Blick in weite Ferne zu rücken.

Schließlich nickte sie. »Ja, ich habe schon einmal einen aus der Nähe gesehen. Ich kenne auch den Krach, den sie verursachen. Deshalb kann ich mir sehr gut vorstellen, wie sehr er dich geängstigt haben muss.«

»Wann und wo war das?«, fragte Tristan überrascht.

»Es ist eine gefühlte Ewigkeit her, ich kann mich nicht mehr so genau daran erinnern«, sagte sie hastig und erhob sich, um seinen Becher mit Milch aufzufüllen und ihm ein Stück Kuchen zu reichen.

Tristan hatte das Gefühl, dass seine Mutter ihm ausweichen wollte, und sah sie stirnrunzelnd an.

»Ich habe die Drachen gehört, lange bevor du nach Hause gekommen bist.« Ihr Blick glitt über seine Erscheinung. »Wo warst du bis eben gewesen? Du verschweigst mir doch etwas«, sagte sie und fügte gleich noch hinzu: »Wage nicht, es zu verneinen«.

Tristan druckste herum, doch als er ihren Blick sah, wusste er, dass es für ihn besser war, ihr alles zu erzählen, also berichtete er ihr von der Begegnung mit dem Mädchen.

»Du hast was?«, fragte sie sichtbar erstaunt. »Ich kann nicht glauben, dass du ein Mädchen aus Licentia getroffen hast.«

»Im wahrsten Sinn des Wortes«, sagte er mit einem schiefen Grinsen. »Der Zusammenprall hat mir kurz die Luft geraubt.«

»Geht es dir gut? Hast du Kopfschmerzen oder tut dir sonst etwas weh?«, erkundigte sie sich besorgt.

»Du musst dir keine Gedanken machen«, versicherte er ihr.

»Kennst du ihren Namen?«

Tristan überlegte. »Ich glaube, sie heißt wie meine Schwester oder jedenfalls so ähnlich. Joana oder Joanna …«

»Vielleich Jonata?«, flüsterte seine Mutter.

»Ja, so hat die Frau sie gerufen.«

»Welche Frau?« Der Blick seiner Mutter nahm wieder etwas Undefinierbares an.

»Na die, die mit den Männern auf die Lichtung kam.«

»Luzia«, flüsterte seine Mutter.

»Kennst du sie?« Er runzelte die Stirn.

Seine Mutter schien durch ihn hindurchzublicken. »Es wird Zeit, dass du ins Bett gehst«, murmelte sie geistesabwesend.

Doch so leicht wollte Tristan sich nicht abspeisen lassen. »Mutter, warum haben wir keinen Kontakt zu den Licentianern? Sie sehen weder furchterregend noch gefährlich aus. Warum darf niemand den anderen besuchen?«

»Das geht dich nichts an, Tristan«, erwiderte seine Mutter heftig. Sie stand auf und räumte das Geschirr in eine Waschschüssel.

»Warum darf ich nichts darüber wissen? Ich habe dir doch auch alles erzählt«, erwiderte er.

»Es hat seinen Grund und der liegt viele Jahre zurück. Mehr musst du nicht wissen. Halte dich von Licentia fern! Diese Menschen tun uns nicht gut«, warnte sie ihn und strich ihm über den Scheitel. »Jetzt geh zu Bett.«

Tristan erhob sich mit mürrischer Miene. Als er die Klinke der Küchentür herunterdrücken wollte, sagte seine Mutter noch: »Es wäre tatsächlich besser, wenn dein Vater nichts von dieser Nacht erfahren würde.« Verwirrt drehte er sich zu ihr um und erschrak. Seine Mutter schien von einem Herzschlag zum nächsten um Jahre gealtert zu sein.

Rasch zog er sich in seine Kammer zurück, entkleidete sich und legte sich ins Bett. Doch er fand keine Ruhe, keinen Schlaf. Zum einen brummte ihm der Schädel von dem

Sturz und zum anderen ging ihm dieses Mädchen nicht mehr aus dem Kopf. Immer wieder schob sich ihr Antlitz in seine Gedanken. Er sah ihr helles Haar deutlich vor sich. Glaubte auch, den Lavendelduft noch in der Nase zu haben, den es verströmte. Nur ihre Augenfarbe konnte er nicht bestimmen, da es nicht hell genug gewesen war.

Wie es dem Mädchen wohl geht? Ob sie ähnliche Schmerzen hat wie ich?, überlegte er und drehte sich vorsichtig auf die Seite. Jonata oder wie auch immer sie hieß, musste bei dem Zusammenprall ebenso hart mit dem Kopf auf den Boden aufgeschlagen sein wie er. Zum Glück hatte ihn sein dicker Pelzmantel vor blauen Flecken bewahrt. Doch sie war in dünner Kleidung unterwegs gewesen.

Warum hatte seine Mutter so heftig auf das Zusammentreffen mit ihr reagiert? Tristan wollte zu gern wissen, was zwischen Licentia und seinem Clan damals vorgefallen war. Vielleicht kannte er Jonata ja doch von damals? Bei diesem Gedanken beschleunigte sich sein Herzschlag.

Wenn er doch nur mit jemanden darüber sprechen könnte. Seine Freunde kamen nicht infrage, denn sie würden ihn nur auslachen. *Vielleicht sollte ich den alten Ferro fragen. Er müsste über die Geschichte unseres Clans und der von Licentia Bescheid wissen und er ist immer sehr redselig.*

Schon im nächsten Augenblick entschied Tristan sich dagegen. Da der Mann nicht mehr klar im Kopf war, konnte er ihm nicht trauen. Das Risiko war zu groß, dass er es im Dorf herumerzählen würde. Und er wollte seine Chance, vielleicht noch mehr über das Mädchen zu erfahren oder sie gar wiederzusehen, nicht sofort zerstören.

Vielleicht finde ich morgen eine Lösung, sagte er sich und schlief über dem Gedanken ein.

21

Jonata schlug die Augen auf. Erstaunt stellte sie fest, dass es helllichter Tag war. Sie dachte an ihr nächtliches Erlebnis und sah sofort wieder den Jungen vor sich.

»Er ist ein Wolfsbanner«, murmelte sie. Einer von der Sorte Mensch, mit denen man in Licentia nichts zu tun haben wollte. Auch ihre Freundin Tabea hatte sofort abwehrend reagiert. Ihr Vater hatte recht gehabt – der Wolfsbanner hatte nach Tod und Verderben gerochen. Und nach Verwesung. Sie schüttelte sich.

Ekelhaft, wie er auch ausgesehen hat. Ich hoffe, ich sehe ihn und seine Wölfe nie wieder, dachte sie und wusste gleichzeitig, dass sie sich selbst belog.

Sie schob die Decke zurück und setzte sich ächzend auf. »Danke, lieber Gott, dass du mich gerettet hast gestern«, flüsterte sie zu der Jesusfigur, die über der Tür ihrer Kammer hing. Als das kleine rote Licht, das über seinem Kopf saß, wie immer aufblinkte, lächelte sie erleichtert. Er hatte ihren Dank angenommen.

Jonata stand auf, legte sich ihr wollenes Tuch über die Schulter und schlüpfte in ihre Filzschuhe. Dann trat sie aus ihrer Kammer hinaus in den Wohnraum, in dem sich auch die Küche befand.

Ihre Mutter stand am Fenster und starrte in den Garten. Sie hatte die Hände auf dem Spülstein abgestützt und schien in Gedanken zu sein. Jonatas schlechtes Gewissen ihr gegenüber wuchs. Sie ahnte, dass ihre Mutter sich sehr gesorgt hatte, als die Jungen ohne sie nach Hause gekommen waren. Auch wenn die drei sie allein gelassen hatten, so war sie doch dankbar, dass Wolfgang, Robert und Lukas Alarm geschlagen hatten. Nur deshalb hatte man sie gesucht und zum Glück auch gefunden.

»Guten Morgen, Mutter!«, flüsterte Jonata.

Sofort wandte sich ihre Mutter zu ihr um. »Du bist wach. Geht es dir gut?«

»Ich fühle mich ausgeruht, nur meine blauen Flecken schmerzen leicht«, gestand sie mit einem schiefen Lächeln.

»Setz dich. Ich werde dein Frühstück zubereiten. Hast du Lust auf Pfannkuchen?«, fragte ihre Mutter und strich ihr über die Wange.

»Heute ist kein Festtag«, sagte Jonata erstaunt, da es diese Speise meist nur zu besonderen Anlässen gab.

»Ich möchte dir nach dem Schrecken der letzten Nacht etwas Gutes tun.«

Jonata senkte beschämt den Blick. »Es tut mir leid, dass ich dir und Vater Kummer bereitet habe.«

»Mach dir darüber keine Gedanken. Du konntest nichts dafür. Dein Vater hätte dich nicht zur Jagd gehen lassen dürfen. Ich wäre verrückt geworden, wenn dir etwas zugestoßen wäre«, flüsterte ihre Mutter und drückte ihr einen Kuss auf die Stirn.

Jonata schloss die Augen. »Ich hatte solche Angst, dass ich mich nicht mehr auf der Lichtung, sondern auf Wolfsbannerland befinden würde und ihr mich dann nicht mehr zurückholen könntet«, sagte sie leise.

»Wie kommst du darauf?«, fragte ihre Mutter überrascht.

Jonata erzählte, was ihr Vater zu ihr gesagt hatte.

»Deine Sorge war unbegründet. Wir würden immer einen Weg finden, um dich von dort heimzuholen. Die Gefahr des Wolfsbannerlands sind die Wölfe, die dort frei herumlaufen. Sicherlich hat dein Vater das gemeint, als er dich warnte. Die Jungen erzählten, dass auf der Lichtung welche aufgetaucht wären. Stimmt das?«

»Ja, das stimmt.«

Obwohl Jonata die Aussage der Jungen bestätigte, schaute ihre Mutter zweifelnd.

»Setz dich und trink deinen Tee. Später lasse ich dir ein Bad ein«, versprach sie und reichte Jonata einen Becher, in dem ein Kräutersud dampfte.

Während ihre Mutter Eier aufschlug und den Dotter und das Eiweiß mit Mehl und Milch verrührte, nippte Jonata vorsichtig an dem Getränk.

»Willst du mir erzählen, was letzte Nacht geschehen ist?«, fragte ihre Mutter über ihre Schulter.

»Nachher«, versprach sie.

Ihre Mutter nickte verständnisvoll.

Jonata beobachtete, wie sie den Teig vorsichtig in eine Pfanne fließen ließ, in der sie zuvor Gänseschmalz erhitzt hatte. Als die zähflüssige Masse auf das heiße Fett traf, zischte es. Ein herrlicher Duft breitete sich aus.

Kurz darauf stellte ihre Mutter ihr einen Teller mit dem ersten Eierkuchen vor die Nase. »Honig oder Erdbeermarmelade?«

»Beides«, antwortete Jonata keck.

»Dachte ich mir.« Ihre Mutter schmunzelte und reichte ihr die beiden Töpfchen.

»Wo sind Vater und Siegfried?« fragte Jonata kauend.

»Sie sind seit dem Morgengrauen im Stall, da heute das Kälbchen auf die Welt kommen müsste.«

»Oje, dann hat Vater kaum geschlafen«, schlussfolgerte Jonata mit zerknirschter Miene.

»Mach dir darüber keine Gedanken. Er kann sich später hinlegen. Habt ihr die Wildschweine zu Gesicht bekommen?«, fragte ihre Mutter, während sie den zweiten Pfannkuchen backte.

Jonata schüttelte den Kopf.

Ihre Mutter stellte eine Platte mit weiteren Pfannkuchen auf den Tisch und nahm sich selbst einen davon. »Erzähl mir von den Drachen und den Wölfen«, bat sie.

Jonata überlief eine Gänsehaut, als sie an die letzte Nacht dachte. Mit scheuem Blick sah sie von ihrem Teller auf, sodass ihre Mutter ihre Hand ergriff und liebevoll drückte. Jonata erzählte von der Ricke und den Wölfen.

»Wo kamen sie her?«, fragte ihre Mutter mit großen Augen.

Jonata zuckte mit den Schultern. »Ich weiß es nicht. Sie waren plötzlich da, ebenso wie der Drache, der auf einmal über mir schwebte …« Auch diese Situation schilderte sie genau.

Stirnrunzelnd blickte ihre Mutter auf die Tischplatte. »Was wollte der Drache und warum zeigen sich Wölfe außerhalb des Wolfsbannerlands?«, murmelte sie nachdenklich.

»Vater sagte, dass nichts auf die Grenze ihres Landes hinweist. Demnach gibt es dort keine Mauer und keinen Zaun, die sie zurückhalten könnten, oder?«, fragte Jonata.

Ihre Mutter sah sie erschrocken an. Scheinbar hatte sie die Worte mehr zu sich selbst gemurmelt und nicht damit gerechnet, dass Jonata ihr darauf antworten würde. »Ja, es stimmt. Nichts weist auf die Grenze hin. Trotzdem wissen wir, wo sie entlangläuft.«

»Aber wie sollen die Tiere das wissen?«

»Jeder Wolfsbanner hat ein Rudel, das er leitet und befehligt. Keiner von ihnen würde es wagen, mit seinem Rudel in der Nähe von Licentia zu jagen. Außerdem ist ihr Gebiet riesig und das Dorf der Wolfsbanner weit weg von der Grenze zur Lichtung. Womöglich waren es wilde Tiere, die sich auf die Rodung verirrt haben«, meinte ihre Mutter.

Jonata überlegte, ob sie ihr von dem jungen Wolfsbanner erzählen sollte. Vielleicht würde ihre Mutter ihr im Gegenzug auch mehr über die Trennung der Wolfsbanner und Licentianer erzählen?

»Ein Wolfsbanner war bei ihnen«, erklärte sie schließlich leise.

»Was sagst du da? Das darf nicht sein! Sie wissen, was das bedeuten würde!«, erregte sich ihre Mutter. »Sie haben auf ihrem Territorium zu bleiben. So wie wir in Licentia bleiben und nicht in die Nähe ihres Gebiets kommen.« Aufgelöst sprang sie von ihrem Stuhl hoch und ging zum Fenster und wieder zurück.

»Was hat es mit diesen Wolfsbannern auf sich? Warum fürchtet ihr sie so sehr?«

Das Gesicht ihrer Mutter nahm einen zornigen Ausdruck an. »Ihre Bestien sind gefährlich. Schon einmal haben sie Leid über unser Dorf gebracht. Ich muss dringend mit deinem Vater sprechen.«

»Ich glaube, dieser Wolfsbanner war noch jung«, bemerkte Jonata kleinlaut.

»Was heißt *jung*?«

»Ungefähr so alt wie ich.«

»So alt wie du?« Ihre Mutter ließ sich auf den Stuhl sinken, von dem sie kurz zuvor aufgesprungen war. »Hat er seinen Namen genannt?«.

»Ich weiß nicht mehr«, gab Jonata zu.

»Denk nach«, forderte ihre Mutter streng.

Jonata überlegte und schüttelte dann den Kopf. »Ich weiß es wirklich nicht mehr. Die Wölfe haben mich knurrend belauert, sodass ich mich darauf konzentriert habe, sie nicht zu reizen.«

»Es tut mir leid, ich wollte nicht so barsch reagieren. Aber die Sorge um dich letzte Nacht hat mich fast um den Verstand gebracht.«

Jonata nickte. »Darf ich mich wieder hinlegen?«

»Möchtest du nicht erst baden?«

»Später«, flüsterte sie und ging in ihre Kammer zurück.

Jonata legte sich auf ihr Bett und dachte über das Gespräch mit ihrer Mutter nach. Wieso glaubte sie, dass der Wolfsbanner ihr in solch einer Situation seinen Namen verraten hatte? Sie lachte kurz auf, aber dann dachte sie an die Heftigkeit, mit der ihre Mutter die Frage gestellt hatte. Warum interessierte sie sich für seinen Namen?

Je länger sie darüber nachdachte, desto mehr musste Jonata sich eingestehen, dass sie tatsächlich gerne seinen Namen kennen würde, und hoffte im Stillen, dass sich ihre Wege noch einmal kreuzen würden.

22

Am Nachmittag musste Tristan die gespaltenen Holzscheite, die auf dem Hof zu einem Berg aufgetürmt waren, an der hinteren Scheunenwand hoch stapeln. Die Hitze und die viele Arbeit trieben ihm den Schweiß aus den Poren. Immer wieder rieb er sich mit dem Ärmel über das Gesicht. Er war froh, als der Holzberg endlich kleiner und kleiner und der Stapel höher und höher wurde.

Nach getaner Arbeit ging er über den Hof, um sich am Brunnen zu erfrischen. Da bemerkte er seine Mutter, die auf der Bank vor dem Wolfsgehege saß. Zu ihren Füßen spielten zwei Welpen, während das Muttertier entspannt im Gehege lag und in der Sonne döste. Die beiden Jungtiere spielten mit dem Rocksaum seiner Mutter, die ihre Beobachtungen in einem Heft notierte und Zeichnungen der Tiere anfertigte.

»Ich grüße dich!«, rief Tristan ihr zu.

Sofort schaute sie von ihren Notizen hoch. Als sie ihn erblickte, lächelte sie. »Weißt du, ob der Hufschmied bei der Stute war?«, wollte sie wissen.

»Er ist vorhin an mir vorbei zur Koppel gegangen«, erwiderte er und wischte sich den Schweiß von der Stirn.

Sie wies mit dem Stift in der Hand zum Anbau neben der Küchentür. »Dort ist frisches Wasser zum Waschen.«

Tristan ging zu dem Tisch, auf dem eine Waschschüssel

stand. Er zog sein Hemd aus und nahm das Stück Seife in die Hand, als er plötzlich grob an der Schulter gepackt und zurückgezogen wurde. Erschrocken blickte er in die grimmigen Augen seines Vaters.

»Ich habe gehört, du bist mit deinem Rudel auf der Lichtung gewesen!«, schimpfte er.

Tristan zuckte ertappt zusammen. Wer konnte ihn gesehen und verraten haben? Es war doch schon später Abend gewesen.

Seine Mutter eilte ihm zu Hilfe. »Wer behauptet das?«, fragte sie scharf.

»Ferro hat ihn und die Wölfe gesehen.«

Tristan hätte sich ohrfeigen können. Wie konnte er nur den Alten übersehen haben? Hilfe suchend sah er zu seiner Mutter. Die verstand sofort und sperrte die Welpen ins Gehege.

»Warum antwortest du nicht? Stimmt das etwa?«, fragte sein Vater.

Seine Mutter kam zu ihnen und baute sich vor seinem Vater auf. »Du meinst, den Ferro, der morgens schon unverdünnten Wein zum Frühmahl trinkt? Den Ferro, der durch den Wald schleicht, weil er glaubt, mit den Tieren sprechen zu können? Den Ferro, der erzählt, Jesus wäre ihm begegnet?«

Tristan erkannte, dass die Fragen seinen Vater durcheinanderbrachten, denn er kratzte sich verlegen den struppigen Bart. Jeder im Dorf kannte den alten Ferro, der meist wirres Zeug von sich gab. Da er seine Geschichten jedoch spannend erzählte, war er bei den Kindern sehr beliebt. Mit großen Augen und offenen Mündern lauschten sie stets seinen Märchen.

»Dein Sohn hatte einen Unfall, mein Lieber. Zum Glück

ist ihm nichts Schlimmes passiert«, erklärte seine Mutter mit ernstem Blick.

»Einen Unfall?«, fragte sein Vater nun sichtlich betroffen.

»Jawohl!«, bestätigte seine Mutter und forderte Tristan auf: »Erzähl deinem Vater, wie du mit dem Kopf auf den Boden aufgeschlagen bist, weil du in der Dunkelheit über eine Wurzel gestolpert bist. Auch wie dir übel und ganz schwarz vor den Augen wurde. Und zeig ihm auch gleich die Beule an deinem Kopf, damit er dir glaubt«, höhnte sie und reckte angriffslustig das Kinn.

»Ich wusste nicht …«, versuchte sein Vater, sich zu verteidigen.

»Natürlich wusstest du nicht, denn anscheinend vertraust du dem Geschwätz eines wirren alten Mannes, anstatt deinen Sohn direkt zu fragen«, meckerte sie übertrieben.

Tristan stand zwischen seinen Eltern und schaute zu Boden. Hätte er den Blick gehoben und seine Mutter angesehen, hätte er sicher laut losgeprustet. Doch er beherrschte sich. Sein Vater räusperte sich. Vorsichtig sah Tristan auf.

»Ich werde mich heute um deine Tiere kümmern, mein Sohn«, sagte sein Vater mit schuldbewusster Miene. Dann eilte er über den Hof in Richtung Gehege.

»Das ist seine Art, sich bei dir für seine Unterstellung zu entschuldigen«, erklärte seine Mutter, die ihrem Mann gelassen hinterherschaute.

»Aber Ferro hat …« , stotterte Tristan, doch er wurde sofort von seiner Mutter unterbrochen: »Wir beide werden fünfmal das Vaterunser beten. Jeder von uns! Ich hoffe, dass wir dadurch Gott wieder gnädig stimmen. Er wird sicherlich ein Einsehen mit uns haben, schließlich war es eine Notlüge.« Mit einem Augenzwinkern ging sie zurück ins Haus. Im Türrahmen drehte sie sich zu ihm um und sagte: »Beeil dich mit dem Waschen, sonst wird dein Essen kalt.«

Betroffen blickte Tristan auf die geschlossene Küchentür. Seine Mutter hatte sich für ihn versündigt und seinen Vater angelogen. Doch da sie das als Notsituation abtat, machte er sich keine weiteren Gedanken darüber. Er schnaufte tief durch. *Hoffentlich erfährt Vater niemals die Wahrheit*, dachte er und tunkte die Seife ins Wasser.

23

Von: Josh Keller
Gesendet: Montag, 15. Mai 2017 12:51
An: Lasarew, Wladimir
Betreff: Lösung

Hallo Wladimir,

dank Martina Stratens Kontakten haben wir eine Lösung für die Überwachung des Wolfsbannerlands gefunden! Sie hat mich mit Rauf Guliyev bekannt gemacht, dem Inhaber der Firma *Droidair*. Seine Firma baut und vertreibt professionelle Überwachungsdrohnen, die weltweit eingesetzt werden.

Nach Mister Guliyevs Aussage und Erfahrung ist es kein Problem, Drohnen für die Beobachtung der Wolfsbanner zu nutzen, die sie weder sehen noch hören würden.

Somit könnten unsere Zuschauer endlich auch an dem Leben des zweiten Dorfs teilhaben. Diese Folgen wären anders als die, die in Licentia spielen, wo die erste Generation von unserer Fernsehsendung weiß und mitspielt. Die Menschen im Wolfsrevier würden nichts von der Überwachung wissen. Dadurch bekämen wir einen Einblick in das ungekünstelte Leben der Wolfsbanner und unsere Zuschauer hätten einen neuen Anreiz, unsere Sendung zu verfolgen. Natürlich würden wir die Privatsphäre der Menschen dort respektieren. Interessant wären vor allem die Forschungsarbeiten der Wolfsforscherin Elisabeth.

Laut Guliyev kann seine Firma Drohnen für jeden Zweck herstellen. In unserem Fall heißt das, dass man eine Drohne sogar auf eine einzelne Person ansetzen könnte, die diese dann rund um die Uhr überwacht.

Wir werden Erkundigungen über ihn einholen. Schließlich muss unser Standort geheim bleiben. Ich habe keine Lust, Suchtrupps loszuschicken, um irgendwelche Wochenendcamper aus dem unwegsamen Uralgebirge zu befreien, weil sie sich als MacGyver fühlen und in unserer Sendung mitspielen wollen. Zudem darf die zweite Generation von Licentia nicht erfahren, dass es außerhalb ihres Landes eine andere Welt gibt. Melde mich, sobald ich mehr weiß.

Mit freundlichen Grüßen
Josh Keller

PS: Ich habe die Kündigung Martina Stratens zurückgezogen, da sie uns durch ihren Kontakt zu Guliyev die Lösung unseres Problems geboten hat. Das war der Deal zwischen ihr und mir.

Von: Wladimir Lasarew
Gesendet: Montag, 15. Mai 2017 19:21
An: Keller, Josh
Betreff: Re: Lösung

Hallo Josh,
warum bedarf es erst Martina Straten, um an die Drohnen zu kommen? Auf diese Idee hätten Sie ebenfalls kommen müssen. Wofür bezahle ich Sie?

Grüße
W. L.

24

Es war Nachmittag, als Jonata endgültig aufstand. Ihre Mutter hatte bereits warmes Wasser zubereitet und es in dem Zuber im Wäscheraum eingelassen, damit sie baden konnte.

Jonata rieb sich mit der Seife über die Arme. Sie duftete nach den Wildblumen, die im Sommer auf den Wiesen wuchsen. Nachdem sie auch ihre Haare damit eingeschäumt hatte, hielt sie die Luft an und tauchte mit dem Kopf unter, um sich den Schaum abzuwaschen. Prustend kam sie hoch und wischte sich das Wasser aus den Augen. Als der Duft der Seife in ihre Nase stieg, dachte sie sofort an den Wolfsbanner, der nach Verwesung gestunken hatte.

Vielleicht ist ihr Gestank der Grund, dass wir nichts mit ihnen zu tun haben wollen, überlegte sie und rümpfte die Nase. Aber dann schüttelte sie den Kopf. »Du spinnst, Jonata. Welch dummer Gedanke.«

Wegen ihres Geruchs wäre ihre Mutter sicherlich nicht so wütend gewesen über die Nachricht, dass ihr ein Wolfsbanner begegnet war. Außerdem konnte man den Mief abwaschen. Jonata schnupperte an ihrem Haar.

Sie würde zu gerne wissen, wie er bei Tageslicht aussah, und bedauerte, dass sie im fahlen Mondlicht sein Gesicht kaum hatte erkennen können. Ob er wohl auch an sie dachte?, fragte sie sich.

Da das Wasser mehr und mehr abkühlte, stieg sie aus dem Bottich und wickelte sich in das große Leinentuch ein, das ihre Mutter für sie bereitgelegt hatte. Dann trat sie hinter dem Vorhang hervor. Sofort glitt ihr Blick zu dem Kreuz über der Tür. Ihre Mutter hatte ihr und ihrem Bruder schon im frühen Alter eingeschärft, sich niemals unbekleidet vor dem Antlitz Jesu zu zeigen, da er sie dafür bestrafen würde. Deshalb zog sie das Tuch fest vor ihre Brust und achtete darauf, nicht zu viel nackte Haut zu zeigen. Auch in ihrem Zimmer gab es einen Bereich, den man nicht einsehen konnte und hinter dem sie sich umzogen.

Jonata schnappte sich ihre frische Kleidung, die auf einem Hocker lag, und verschwand abermals hinter dem Vorhang, um sich anzukleiden. Erst als sie ihr bodenlanges Gewand übergestreift und die Kordel im Brustbereich zugezogen hatte, trat sie hervor und verließ die Waschkammer.

Sie ging in die Küche, wo sie sich an die Feuerstelle des Herds setzte, in dem ein helles Feuer brannte. Während sie mit einem Tuch ihr langes Haar trocken rubbelte, hörte sie auf einmal Stimmen auf dem Hof, die miteinander stritten. Neugierig schlich sie zu dem Küchenfenster, das einen Spalt offen stand.

Ihre Eltern standen nahe des Holzschuppens zusammen. Während ihr Vater keine Miene verzog und die Arme vor seiner Brust verschränkt hielt, gestikulierte ihre Mutter aufgebracht und heftig. Da Jonata ihre Stimmen zwar hören, aber kaum verstehen konnte, stieß sie das Fenster vorsichtig ein Stück weiter auf. Nun konnte sie jedes Wort verstehen.

»Ich werde sie melden!«, erklärte ihre Mutter wütend.

»Das wirst du nicht!« erwiderte ihr Vater.

»Elisabeth und Richard müssen zur Verantwortung gezogen werden!«

»Beruhige dich, Luzia! Du weißt nicht, ob es ihr Sohn war, den Jonata auf der Lichtung getroffen hat.«

»Unsere Tochter sagt, dass der Bursche so alt wie sie sein muss. Es gibt in der Siedlung nur einen, auf den das zutrifft, und das ist Elisabeths und Richards Sohn Tristan. Alle anderen in ihrem Dorf sind jünger oder älter«, zischte ihre Mutter.

Tristan! Jetzt weiß ich endlich seinen Namen, jubelte Jonata innerlich. Doch dann konzentrierte sie sich wieder auf das Gespräch ihrer Eltern.

»Wenn er es tatsächlich war, dann kam er sicher nicht mit Absicht auf die Lichtung. Es war bestimmt ein Versehen, dass der Junge sich mit seinen Wölfen außerhalb ihres Territoriums gewagt hat. Vielleicht ist ihm ein Tier abgehauen und er ist ihm hinterhergelaufen. Es kann viele Gründe geben.«

»Pah!«, rief ihre Mutter. »Es ist mir einerlei, warum und weshalb er dort war. Was ist, wenn er das nächste Mal mit seinen Wölfen nach Licentia kommt?«

»Das wird er nicht wagen.«

»Hagen, verstehst du denn nicht? Siehst du denn nicht die Gefahr, in der wir uns befinden?«

»Du übertreibst, Luzia!«, donnerte ihr Vater wütend.

»Erinnere dich an den Grund, warum sie Licentia verlassen mussten! Oder hast du das wirklich vergessen? Wenn ich nur daran denke, erfasst mich wieder das Grausen«, hörte sie ihre Mutter sagen.

Ihr Vater nickte. »Nein, das werde ich niemals vergessen können. Trotzdem denke ich immer noch, dass du übertreibst, Luzia. Der Welpe war keine zwei Jahre alt damals. Er hätte sie sicherlich nicht getötet.«

»Wie kannst du so leichtfertig darüber reden?«, rief ihre Mutter aufgebracht.

»Luzia! Dämpfe deine Stimme«, mahnte ihr Vater.

Nun konnte Jonata nur noch Gesprächsfetzen verstehen, die für sie keinen Zusammenhang ergaben. Worüber redeten die beiden nur? Sie war so kurz davor gewesen, den Grund zu erfahren, warum die Dörfer sich getrennt hatten. Neugierig kam sie ein kleines Stück aus der Hocke hoch. Doch egal wie sehr sie sich konzentrierte, die Stimmen ihrer Eltern blieben unverständlich.

Auf einmal wandte sich ihre Mutter um und kam auf das Haus zu. Jonata wollte sich bereits zu ihrem Stuhl zurückschleichen, als ihr Vater ihr hinterherrief: »Geh zu Elisabeth und versuch, ihr deine Angst und deine Bedenken zu schildern. Sie wird dafür sorgen, dass das nicht wieder geschieht, und die Wolfsbanner anweisen, ihre Tiere nicht mehr in unsere Richtung zu lassen. Ihr seid einst beste Freundinnen gewesen. Sie wird auf dich hören.«

Ihre Mutter machte einen Schritt in seine Richtung. »Wer weiß, ob sie mich in ihr Dorf lassen. Es wäre besser, wenn die *anderen* die Wolfsbanner zurechtweisen würden. Schließlich haben sie das Abkommen gebrochen und das muss bestraft werden. Ich will nicht wieder in Angst leben müssen«, antwortete sie gereizt.

»Du weißt, was das bedeuten kann?« fragte ihr Vater, der ihre Mutter ungläubig anstarrte. »Sie könnten die Tiere verlieren.«

Ihre Mutter zuckte mit den Schultern. »Unsere Sicherheit geht vor!«, sagte sie und überquerte den Hof.

Jonata setzte sich rasch zurück auf den Hocker vor das Feuer und rubbelte ihr Haar trocken.

»Wie schön, du hast gebadet. Dein Vater hat bereits die Ziegen versorgt«, grüßte ihre Mutter sie.

»Prima«, sagte Jonata mit klopfendem Herzen und kämmte ihr Haar. Eigentlich wollte sie sich die Frage verkneifen, aber ihre Neugierde war stärker. »Mutter …«, begann sie. Unter dem erwartungsvollen Blick ihrer Mutter schluckte Jonata und fragte: »Warum fürchtet ihr die Wolfsbanner so sehr?«

Der Blick ihrer Mutter schweifte zum offenen Fenster. »Du hast gelauscht«, stellte sie entrüstet fest.

Jonata spürte, wie sie heiße Wangen bekam. Doch statt eines Donnerwetters war nur ein leises Seufzen von ihrer Mutter zu hören.

»Ach, Kind, eines Tages werde ich es dir vielleicht erzählen, aber nicht jetzt … nicht heute … irgendwann …«, flüsterte sie und strich Jonata über das Haar. »Ich muss zu Martha gehen. Sie fühlt sich nicht wohl.«

Jonata sah ihrer Mutter hinterher. Irgendwie beschlich sie das Gefühl, dass sie eine schwere Last auf ihren Schultern trug.

Ich muss mit Tabea sprechen. Wenn wir beide zusammen in unserer Erinnerung kramen, können wir das Rätsel vielleicht lösen, überlegte sie und legte das Handtuch zur Seite. *Tristan! Der Name passt zu ihm,* dachte Jonata und verließ beschwingt die Küche.

Jonata fand ihre Freundin in der Milchkammer auf dem Bauernhof von Tabeas Eltern. Dort schöpfte sie mit einer Kelle aus großen Kannen den Rahm von der Milch und füllte ihn in kleinere Gefäße um.

»Ich grüße dich, Tabea!«, rief Jonata an der Tür.

Ohne ihre Arbeit zu unterbrechen, sah das Mädchen über ihre Schulter zu ihr. »Jonata! Geht es dir besser?«, fragte sie freudig und wischte sich über die Stirn. Ihre dunklen Zöpfe wurden von einem hellen Tuch bedeckt.

»Du weißt doch: Unkraut vergeht nicht«, erwiderte Jonata lachend und trat neben sie.

»Wenn du tatsächlich ein Unkraut wärst, dann wahrscheinlich eine Brennnessel. Zart und hübsch anzusehen und sehr robust.«

Fragend schaute Jonata ihre Freundin an.

»Meine Mutter meint immer, wenn sie Unkraut jätet: ›Auch wenn alles andere erfriert, die Brennnessel überlebt selbst die kältesten Temperaturen.‹ So ähnlich bist du auch.«

Jonata lachte laut auf. »Dann bist du eine Distel. Ebenfalls hübsch anzuschauen, doch wenn dir jemand zu nahe kommt, kannst du piksen.« Grinsend stach sie Tabea mit dem Zeigefinger mehrmals in den Oberarm.

»Au!«, beschwerte sich ihre Freundin, die sich nicht wehren konnte, da sie die Schöpfkelle in beiden Händen hielt.

»Musst du heute nicht zu deinen Ziegen?«, fragte Tabea.

Jonata schüttelte den Kopf. »Mein Vater hat mir die Arbeit abgenommen.«

»Hast du es gut. Ich rühre schon ewig in der Milch. Vorhin musste ich den Käse ausdrücken. Aber wir haben Glück, ich bin gleich fertig, dann können wir zusammen zu unserem Platz gehen. Du musst mir unbedingt noch mal erzählen, was in der Nacht passiert ist.«

Ihr geheimer Treffpunkt war ein Hochsitz, der am Rand des Walds stand. Eigentlich war es verboten, dort zu sitzen, da vor einigen Jahren ein Kind von oben in die Tiefe gestürzt war, wobei es sich ernsthaft verletzt hatte. Seitdem war es nur noch Jägern gestattet, auf den Hochsitz zu steigen.

Aber da Tabea eine nervige Schwester hatte, die überall dabei sein wollte, kamen sie auf die Idee, sich auf dem Hochsitz zu treffen. Jonata scheute sich zuerst, das Verbot zu ignorieren. Doch dann hatte Tabea gemeint: »Du bist ebenfalls eine Jägerin und deshalb ist es dir erlaubt, dorthinauf zu steigen.«

Während Jonata sich an den Einstieg setzte und die Füße auf dem Leitertritt abstellte, lehnte sich Tabea von innen gegen die Wand und ließ die Arme durch den offenen Ausguck baumeln. Sie tratschten über ihre Freunde und die drei Jungen, die bei der Wolfsjagd dabei gewesen waren.

»Ich finde Robert, Lukas und Wolfgang feige, weil sie dich im Stich gelassen haben. Das zeigt nur, dass sie keinen Funken Ehre im Leib besitzen. Gerade Wolfgang, der immer stark und schlau sein will, ist ein richtiger Angsthase. Wenn ich ihn das nächste Mal sehe, werde ich ihm sagen, was ich von ihm halte!«, schimpfte ihre Freundin. »Aber jetzt erzähl von den Wölfen und ihrem Gebieter.«

»Gebieter«, murmelte Jonata. »Das hört sich gut an«, meinte sie und schilderte Tabea abermals die Begegnung zwischen dem Wolfsbanner und seinen Wölfen.

Ihre Freundin hing ihr regelrecht an den Lippen.

Jonata merkte verwundert, dass sie mit Freude über Tristan erzählte und ihn gerne beschrieb. Jetzt, da sie seinen Namen kannte, erschien er ihr vertraut. Mit Abstand betrachtet, war das Ereignis auch nicht mehr so schlimm. Selbst die Wölfe hatten ihren Schrecken verloren. Jonata blendete das wüste Aussehen und die Erinnerung an den Geruch des Wolfsbanners aus. Sie stellte ihn sich wie einen Jungen aus ihrem Dorf vor.

Während sie über ihn redete, nahm sie ihre Hände hinzu und machte ausschweifende Gesten in der Luft.

Bei mancher Beschreibung wusste sie nicht mehr, ob sie wahr oder gerade ihrer Fantasie entsprungen war. »Er hat kinnlanges Haar und weiße Zähne, die im Mondlicht geleuchtet haben …«

»Du hast bemerkt, wie lang seine Haare und wie hell seine Zähne waren?«, bemerkte ihre Freundin kritisch.

Jonata nickte eifrig.

»Das kann ich mir nicht vorstellen. In solch einer gefährlichen Situation fallen einem sicher nicht die Zähne des Gegners auf, der einen womöglich angreifen oder gar töten will.«

»Wie kommst du darauf, dass er mich töten wollte?«, fragte Jonata entsetzt.

»Wenn nicht er, dann sicherlich seine Bestien!«, erwiderte Tabea hitzig.

»Das glaube ich nicht. Schließlich hat er mir Ratschläge gegeben, wie ich mich verhalten soll, damit seine Tiere sich beruhigen.«

»Letzte Nacht haben sich deine Schilderungen anders angehört«, wurde sie von Tabea erinnert.

Jonata blähte ihre Wangen auf und ließ die Luft durch ihre gespitzten Lippen entweichen. »Das mag sein. Aber da war ich auch müde und konnte kaum einen klaren Gedanken fassen. Ich will nicht leugnen, dass ich mich vor ihm und seinem Rudel gefürchtet habe. Aber nur im ersten Augenblick. Doch da habe ich ihn auch noch nicht gekannt.«

»Ach! Und jetzt kennst du ihn?«

»Na ja … nicht so richtig, aber doch schon besser«, druckste Jonata herum.

Tabea zog ihre Mundwinkel in die Höhe.

»Warum grinst du?«, fragte Jonata.

»Kann es sein, dass du von dem Jungen schwärmst?«

»Wie kommst du denn darauf?«, entrüstete sich Jonata schwach.

»Deine Augen strahlen, wenn du von ihm sprichst.«

»Blödsinn! Das bildest du dir nur ein«, erklärte Jonata hastig und stierte zu der Wiese hinüber, damit ihr Blick nicht noch mehr preisgab. »Meine Mutter will ihn melden«, lenkte sie ihre Freundin ab, die sofort darauf einging.

»Wem will sie ihn melden?«

Jonata zuckte mit den Schultern. »Ich habe keine Ahnung, bei wem oder wo. Ich habe nicht alles verstehen können.« Kurz überlegte Jonata, ob sie ihrer Freundin verraten sollte, dass der Junge wahrscheinlich Tristan hieß. Doch sie entschied sich dagegen. *Solange es nicht sicher ist, werde ich es nicht erwähnen, sonst glaubt sie wieder, ich bekäme leuchtende Augen,* entschied Jonata.

Es ärgerte sie, dass Tabea behauptete, sie würde von ihm schwärmen. Aber noch viel mehr ärgerte es sie, dass ihre Freundin sie durchschaut hatte. Jonata musste ihre Lippen fest aufeinanderpressen, damit man ihr Lächeln nicht erkennen konnte. Sah man es ihr tatsächlich an, dass sie Bauchkribbeln bekam, wenn sie an Tristan dachte oder von ihm sprach? Zu blöd, dass man sich nicht einfach gegenseitig besuchen konnte, denn sonst wäre sie in sein Dorf gegangen und hätte ihn aufgesucht.

»Kannst du dich noch an die Zeit erinnern, als wir eine große Gemeinschaft waren?«, erkundigte sie sich bei Tabea.

Die schüttelte den Kopf. »Du hast mich das letzte Nacht schon gefragt. Ich habe deshalb gegrübelt, aber es ist alles weg. Ich will aber auch nicht meine Eltern danach fragen. Alle Einwohner von Licentia scheinen noch immer in Aufregung zu sein wegen gestern. Aber keiner redet laut darüber. Und eigentlich ist es mir auch egal. Ich will mit diesen Wolfsbannern nichts zu tun haben. Ich fürchte mich vor Hunden und erst recht vor Wölfen. Sie sollen in ihrem Gebiet bleiben und uns in Ruhe lassen.«

»Ich kann mir nicht vorstellen, dass die Wölfe der Wolfsbanner so gefährlich sind. Schließlich leben sie mit ihren Rudeln zusammen. Wäre es nicht toll, wenn er uns seine Wölfe mal zeigen würde?«, rutschte es aus Jonata heraus.

Erschrocken darüber sah sie zu Tabea. Die schien ihre Frage jedoch nicht gehört zu haben, denn sie starrte über Jonatas Schulter vorbei zum Dorf. »Da kommt der Pfarrer«, flüsterte Tabea und kroch tiefer in den Unterstand hinein.

Rasch krabbelte Jonata ihr hinterher. Aneinandergekuschelt summten beide die Melodie ihres Jubiläumslieds. Als die letzte Strophe verklungen war, wisperte Jonata: »Vielleicht könnten wir mit dem Pfarrer über diese Zeit reden.«

»Bist du von Sinnen? Ich bin froh, wenn unsere Chorproben für das Jubiläum vorbei sind, da werde ich ihn nicht noch mal in meiner Freizeit aufsuchen«, erklärte Tabea energisch. »Warum ist es dir plötzlich so wichtig, das alles zu wissen?«

Jonata zuckte mit den Schultern. »Es interessiert mich eben.«

»*Es* oder *er*?«, fragte Tabea und schaute Jonata grinsend an.

»Fängst du schon wieder damit an!«, schimpfte sie verhalten. »Warum unterstellst du mir, dass er mich interessieren würde? Ich werde ihn sicherlich nicht wiedersehen.«

»Das will ich hoffen, denn ein Wolfsbanner wäre bestimmt nicht willkommen in unserem Dorf«, murmelte Tabea.

Erschrocken schaute Jonata zu ihrer Freundin, die aufstand und über die Brüstung zwischen die Bäume schaute, wohin der Pfarrer verschwunden war. »Wo wird er hingegangen sein? Von hier geht es nur in den verbotenen Forst«, murmelte sie und sah Jonata stirnrunzelnd an.

»Verbotener Forst? Davon habe ich noch nie gehört.«

»So nennt meine Mutter den Wald, damit mein Bruder sich nicht dorthin traut. Sie sagt, dass dort gefährliche Wildscheinrotten hausen würden. Außerdem stehen dort die Bäume so dicht, dass man sich leicht verirren könnte«, erklärte Tabea.

Das Glockengeläut erklang, das jeden Mittag die zwölfte Stunde ankündigte.

»Oje! Es ist schon so spät. Ich muss jetzt nach Hause. Kommst du mit?«, fragte Tabea und stieg die Leiter hinunter.

Jonata nickte, doch sie folgte ihrer Freundin nicht gleich. Sie dachte an deren Worte, dass Tristan womöglich nicht willkommen wäre in ihrem Dorf.

Was würden sie wohl machen, wenn ich ihn einladen würde?

»Jetzt komm endlich, Jonata!«, rief Tabea am Fuß der Leiter.

Jonata drängte ihre Gedanken zur Seite, bevor ihre Freundin wieder dachte, sie würde von Tristan träumen, und stieg leise seufzend die Stufen hinab.

25

Von: Josh Keller
Gesendet: Montag, 16. Mai 2017 22:01
An: Lasarew, Wladimir
Betreff: Rauf Guliyev

Hallo Wladimir,

wir haben die Informationen über Rauf Guliyev schneller als erwartet erhalten. Wir können beruhigt sein. Er gehört zu den Großen im Drohnengeschäft. Seine Firma *Droidair* hat nicht nur bei diversen Hollywoodspielfilmen, Tatortdrehs und Werbespots mitgewirkt, sondern wird auch von renommierten Firmen gebucht, um unter anderem das Aufstellen von Windrädern zu dokumentieren. Außerdem hat er schon dem BKA bei der Überwachung verdächtiger Personen geholfen.

Einer seiner Kunden ist der Kronprinz von Dubai, Sheikh Hamdan bin Mohammed bin Rashid Al Maktum! Er hat sich bei ihm bereits mehrere Drohnen bestellt, die für die Falkenjagd eingesetzt werden.

Ich denke, wir können ihm vertrauen.

Mit freundlichen Grüßen
Josh Keller

Von: Wladimir Lasarew
Gesendet: Dienstag, 17. Mai 2017 03:15
An: Keller, Josh
Betreff: Re: Rauf Guliyev

Hallo Josh,
lassen Sie den Mann kommen!

Grüße
W. L.

26

Als Tristan am nächsten Morgen die Küche betrat, saßen seine Eltern am Tisch und aßen ihren Morgenbrei aus warmer Hirse.

»Guten Morgen«, begrüßte ihn seine Mutter freudig. »Ich habe dir Honigpflaumen für deinen Mus aufgehoben«, sagte sie und zwinkerte ihm zu. Dann schob sie ihm die Schüssel und einen Teller mit mehreren in Honig eingelegten Pflaumen vor die Nase.

»Was macht dein Schädel?«, fragte sein Vater und schlürfte seinen Kräutersud.

»Die Kopfschmerzen sind weg und auch die Übelkeit. Nur die Beule ist noch da«, sagte Tristan und sah fragend zu seiner Mutter, die ihn aufmunternd ansah.

»Dein Vater hat sich bereits um dein Rudel gekümmert«, verriet sie ihm.

»Ab morgen fütterst du sie wieder selbst«, brummte sein Vater, der sich eine Scheibe Brot griff und dick mit Marmelade bestrich.

»Danke schön«, murmelte Tristan. Sein schlechtes Gewissen dem Vater gegenüber war zwar groß, allerdings genoss er es auch, dass man ihm seine Arbeit abgenommen hatte. »Ich wollte nachher Forellen angeln«, verriet er, da er wusste, dass gebratene Forellen zu der Leibspeise seines Vaters gehörten. »Oder brauchst du mich bei der Arbeit?«, schickte er schnell hinterher. Dabei senkte er seinen Blick über der Schüssel. Er hoffte, dass seine Eltern seine Lüge nicht durchschauten, da das Angeln nur vorgeschoben war.

Tristan wollte nach Licentia gehen, um dort heimlich Jonata zu suchen. Letzte Nacht war sie ihm im Traum erschienen, doch ab ihrer Nase hatte ihr Gesicht im Schatten gelegen. Wie sollte er an sie denken und sie in Erinnerung behalten, wenn ihr Gesicht in seiner Erinnerung unvollständig war?

Aber das war nicht der einzige Grund, weshalb er sie wiedersehen wollte. Zwar hatte er Jonata verhöhnt, als er hörte, dass sie zur Wildschweinjagd unterwegs war, doch im Grunde faszinierte ihn ihr Mut. Tristan war sich sicher, dass es in seinem Dorf nicht ein Mädchen gab, das sich nachts in den Wald trauen würde. Erst recht keins, das jagen konnte. Und Jonata wollte sogar eine Wildsau erlegen! Wie tapfer war das denn?

In Gedanken hörte er noch ihre Stimme, auch ihre Entrüstung über seinen Spott und ihre Behauptung, dass sie eine gute Bogenschützin sei. Das glaubte er ihr sogar, denn sie hatte eine edle Armbrust vor sich gehalten. Keine Spielzeugwaffe, wie sie die jüngeren Kinder in seinem Dorf hatten.

Vielleicht kann ich mit Jonata zusammen auf die Jagd gehen, überlegte er und dachte, wie froh er war, dass er es gewagt hatte, mit den Wölfen auf die Lichtung zu gehen. Sie wären sich sonst sicherlich niemals begegnet. *Manchmal hält das Schicksal tolle Überraschungen bereit,* lachte er innerlich.

Er hoffte inständig, Jonata zu finden, denn er war neugierig, wie sie bei Tageslicht aussah. Auch, wo sie lebte, wie ihr Land aussah und wie sie reagieren würde, wenn er ihr unerwartet gegenüberstehen würde. Ob sie sich freuen würde?

Tristan wunderte sich über sich selbst. Wenn ihm gestern jemand erzählt hätte, dass er nach Licentia schleichen würde, um dort ein Mädchen wiederzusehen, hätte er ihn für verrückt erklärt. Schließlich gab es in seinem Dorf genügend Mädchen, die hübsch anzusehen waren. Von Julia und Anna wusste er zum Beispiel, dass er den beiden gefiel. Ständig lauerten sie ihm auf und wollten mit ihm Zeit verbringen.

Julia war besonders hartnäckig. Ihr Vater war der Schlachter im Dorf. Jedes Mal, wenn Tristan Knochen für die Wolfsrudel bei ihm abholte, begegnete er dem Mädchen. Julia betonte dann immer wieder, dass sie ihrem Vater Anweisung gegeben hätte, dass Tristan nur die besten Stücke bekam. »Für deine Wölfe heben wir die Knochen mit den meisten Fleischresten auf. Die anderen Wolfsbanner bekommen so etwas Gutes nicht«, säuselte sie dann.

Leider hatte Tristan den Fehler gemacht, ihr eine Wolfsfigur als Dankeschön zu schenken. Nun glaubte Julia, dass er sich für sie interessieren würde. Hätte er Jonata nicht getroffen, hätte er ihrem Werben sogar vielleicht nachgegeben. Doch nun war Julia für ihn uninteressant geworden.

»Frische Forellen als Nachtmahl würden mir gefallen«, riss sein Vater ihn aus seinen Gedanken. »Ich brauche dich erst am späten Nachmittag, um die gebrochenen Feuersteine im Backofen zu erneuern. Zuerst muss ich mit dem Schreiner das Dach der Schule begutachten, da sich beim letzten Sturm Schindeln gelöst haben«, sagte er und zwinkerte ihm zu.

»Ich werde rechtzeitig zurück sein«, versprach Tristan und leckte sich den Honig von den Fingern.

»Wann gehst du mit deinem Rudel wieder auf die Jagd?«, wollte sein Vater wissen. Er stand auf und griff nach seinem Umhang.

»In den nächsten Tagen«, antwortete Tristan ausweichend.

Sein Vater nickte zustimmend.

»Ich werde frischen Bärlauch im Wald sammeln und Wurzelgemüse aus dem Garten holen, um damit die Forellen zu füllen«, versprach seine Mutter und nahm einen Korb und die kleine Kräutersichel. Gemeinsam verließen seine Eltern die Küche.

Kaum hatte die Tür sich hinter ihnen geschlossen, seufzte Tristan erleichtert auf. Er fühlte sich unwohl dabei, seine Eltern anzulügen. »Aber auch das ist eine Notlüge«, entschuldigte er sich mit einem Blick zu der Jesusfigur an der Wand.

Er ging zum kleinen Küchenfenster und blickte hinaus auf den Hof. Sein Vater war nirgends zu sehen und seine Mutter mit dem Wurzelgemüse beschäftigt.

Allein bei dem Gedanken, nach Licentia zu gehen, durchströmte ein freudiges Kribbeln seinen Körper. Als er sich dessen bewusst wurde, brannten seine Wangen. »Ich werde doch wegen eines Weibsbilds nicht rot werden«, murmelte er und ging hinaus in den Schuppen, um seine Angel zu holen. Mit heftigem Herzklopfen verließ er sein Heim und machte sich auf den Weg, um Licentia zu finden.

Dieses Mal würde er vorsichtig sein und die Gegend genau beobachten. Nicht auszudenken, wenn jemand hinter sein Geheimnis kommen würde und er deshalb Jonata nicht wiedersehen durfte. Doch dann beruhigte er sich. *Ich werde immer einen Weg finden, um sie wiederzusehen,* versprach er sich und eilte durch sein Dorf Richtung Wald.

27

Seit dem frühen Morgen stand Jonata am Bach und wusch die Wäsche. Ihr Rock war bis zu den Waden mit Wasser vollgesogen und hing schwer an ihrem Körper. Müde strich sie eine Strähne unter ihr Kopftuch zurück, die ihr immer wieder in die Augen fiel. Ihre Hände schmerzten von dem eisigen Bachwasser, das aus den Bergen kam. Jonata schaute den Weg entlang, ob ihre Mutter zurückkäme, denn eigentlich wollten sie zusammen die Wäsche waschen. Doch als sie am Morgen am Bach das Leinen einweichten, kam der Vater des kleinen Samuel auf sie zu. Anscheinend hatte der Junge sich den Magen verdorben, weshalb er über heftiges Bauchweh klagte.

»Er hat heimlich zu viel von dem warmen Hefekuchen genascht«, hatte der Mann verraten und Jonatas Mutter gebeten, nach dem Kind zu sehen. Nun war es schon fast Mittag und ihre Mutter immer noch nicht zurück. *Hoffentlich ist Samuel nicht ernsthaft krank,* dachte Jonata und legte die gewaschene Kleidung in den Weidenkorb, der am Bachufer stand. Dann rieb sie die Flecken auf dem Hemd ihres Bruders dick mit Seife ein. Da das Mittel erst einweichen musste, streckte sich Jonata auf der Wiese aus und schloss die Augen.

Vor ihr inneres Auge schob sich sofort Tristans Gesicht. Jonata musste grinsen. Je öfter sie an ihn dachte, desto besser aussehend wurde er, fand sie. Leider hatte sie wegen des

Pelzumhangs seine Statur nicht erkennen können. Doch sie war sich sicher, dass er schlank und durchtrainiert war. Schließlich musste er mit seinem Rudel Schritt halten können. *Ich kann mir vorstellen, dass alle Mädchen in seinem Dorf hinter ihm her sind. Ob er wohl eine Freundin hat?*, dachte sie und spürte allein bei dem Gedanken einen Stich im Herzen.

Seine zweifelnde Haltung, als sie ihm von ihrer Jagd erzählte, kam ihr wieder in den Sinn. *Wenn ich ihm doch nur beweisen könnte, wie gut ich im Bogenschießen bin,* dachte sie. Schließlich übte sie jeden Dienstag mit ihrem Vater das Treffen der Strohscheiben. Kein anderes Mädchen in Licentia war so geschickt darin wie sie. Das würde Tristan sicher imponieren, überlegte sie, als plötzlich ein Schatten auf sie fiel.

»Ich schlafe nicht, Mutter, sondern wärme mich nur etwas auf. Geht es Samuel besser?«, fragte Jonata und hielt die Augen geschlossen.

»Das kann ich dir nicht beantworten, meine Tochter«, sagte der Pfarrer des Dorfes.

Ruckartig setzte sich Jonata auf und legte die Hand vor die Stirn, da die Sonne sie blendete. »Entschuldigt, Herr Pfarrer, ich dachte, meine Mutter wäre von ihrem Krankenbesuch zurück.«

»Was hat mein Schäfchen?«, fragte er.

Jonata stand auf und erzählte ihm von dem Jungen.

»Daran sieht man, dass man nicht zu gierig sein darf. Ich denke, dass wir uns um den kleinen Samuel nicht sorgen müssen. Bei deiner Mutter ist er in guten Händen«, erklärte er lächelnd und musterte sie. »Hast du dich von der schlimmen Nacht erholt, meine Tochter? Drachen und Wölfe … wie furchtbar muss das für dich gewesen sein«, meinte er mitfühlend und verschränkte seine Arme hinter dem Rücken.

Jonata nickte zaghaft. Obwohl er freundlich war, fühlte sie sich in der Nähe des Pfarrers unwohl. Vielleicht lag es an dem durchdringenden Blick aus seinen schwarzen Augen, überlegte sie und sah hastig zu Boden, da sie Angst hatte, dass er ihre Gedanken erraten könnte. Es reichte schon, dass ihre Freundin ahnte, dass sie ständig an den Wolfsbannerjungen dachte. Nicht auszudenken, wenn der Geistliche es auch noch herausfinden würde. Obwohl sie ihn nach der Zeit vor der Dorfspaltung ausfragen wollte, wagte sie es nicht, das Gespräch darauf zu bringen. Unwohl kaute Jonata auf ihrer Unterlippe.

»Du scheinst einen süßen Tagtraum gehabt zu haben?«, spottete er leise.

»Da irrt Ihr Euch. Ich dachte über das Jubiläum nach«, log sie und schaute ihn unschuldig an. »Ich muss zurück zur Wäsche, sonst trocknet die Seife ein«, murmelte sie und wollte sich umdrehen, als er fragte: »War das der Grund, warum du dich mit Tabea auf dem verbotenen Hochsitz getroffen hast? Um das Lied für die Feierlichkeiten einzustudieren?«

Überrascht schaute sie ihn an.

»Ich habe euch das Lied summen gehört.«

Jonata nickte. »Es ist der einzige Platz weit und breit, wo wir laut und ungestört üben können. Sonst stören uns immer Tabeas kleinere Geschwister. Deshalb treffen wir uns heimlich dort am Waldesrand.« Bevor er etwas dazu sagen konnte, erklärte sie: »Ich bin froh, dass ich nicht gezogen werden kann. Ich wollte nicht zu den Drachenmenschen gehen.«

Der Pfarrer sah sie nachdenklich an. »Wärst du nicht neugierig, wie und wo sie leben?«

»Ich weiß, wo sie leben.« Jonata zeigte hinüber zu den hohen Bergen. »Ihre Stadt ist irgendwo dahinten.«

Der Pfarrer schaute in die Richtung und kräuselte die Stirn. »Wieso denkst du das?«

»Wo sollen diese Riesen sonst leben?«, fragte sie erstaunt.

Der Blick des Pfarrers schweifte umher. »So betrachtet hast du natürlich recht.«

»Habt Ihr schon einmal einen von ihnen gesehen? Ich meine, so von Angesicht zu Angesicht?«

Er schien zu überlegen, was Jonata verwunderte. Schließlich konnte man auf die Frage nur mit Ja oder Nein antworten. Schließlich nickte er. »Nur aus der Ferne.«

»Sie sind sicher furchterregend.«

»Sie sind laut und ihre Umgebung ist gleißend hell …«

»Genau wie in der Nacht, als der Drache über mir schwebte«, unterbrach sie ihn aufgeregt. »Derjenige, der gezogen wird, tut mir jetzt schon leid. Ich hoffe, dass es einer der Jungen und keines der Mädchen sein wird.«

»Es gibt keinen Grund, sich zu fürchten. Gott wird denjenigen beschützen.«

Jonata sah den Pfarrer skeptisch an. In diesem Augenblick veränderte sich sein Blick, der eben noch freundlich war. Jetzt schaute er zornig. »Zweifelst du etwa an meinen Worten? An den Worten eines Gottesmannes!«, schrie er und ballte die Hände zu Fäusten. Er bekam hektische rote Flecken am Hals. Jonata glaubte sogar, Schweißperlen auf seiner Stirn zu erkennen. Sein pockennarbiges Gesicht glänzte. »Du denkst wohl, ich wäre einfältig! Du wirst schon sehen, was du davon hast, du undankbares Weibsstück«, fauchte er. Doch dann lachte er laut auf und trat mit seinem Fuß gegen den Wäschekorb, sodass die frisch gewaschene Kleidung auf dem Boden landete. Ohne ein weiteres Wort stapfte er mit eiligen Schritten am Bachlauf entlang Richtung Wald.

Erschrocken schaute Jonata ihm hinterher. *Was ist nur in ihn gefahren?*, fragte sie sich. Aus Angst, er könnte zurückkommen, sah sie ihm so lange hinterher, bis er aus ihrem Blickfeld verschwunden war. Erst dann wagte sie, die Wäschestücke einzusammeln, um sie im Bachwasser erneut auszuspülen.

28

Josh war erleichtert, da er über Rauf Guliyev und seine Firma nur Positives gehört hatte. Nun warteten er und Martina Straten ungeduldig in seinem Büro auf ihren Gast, der am Morgen eingetroffen war. Schon klopfte es an der Bürotür. Josh erkannte durch das milchige Glas einen Mann mit einer Baseballcap.

»Komm herein!«, rief Josh durch die geschlossene Tür.

Guliyev trat ein und begrüßte Martina und dann ihn. Dabei bemerkte er die große Glaswand, die in sechzehn Bildschirme eingeteilt war.

»Alle Achtung«, sagte er anerkennend. »Ist das alles Licentia?«, fragte er.

Martina nickte. »Sicher möchtest du Näheres wissen.«

»Das wäre nicht schlecht.«

»Du weißt, dass nichts davon nach außen dringen darf?«

Guliyev nickte. »Ich weiß, dass ihr euch über mich und meine Firma erkundigt habt. Deshalb weiß ich auch, dass der mächtige Oligarch Wladimir Lasarew dahintersteckt. Er hat großen Einfluss, deshalb werde ich besonders aufpassen, keine Fehler zu machen.«

Josh musste darüber schmunzeln. »Wahrscheinlich ist er harmloser als sein Ruf. Trotzdem ist er ein knallharter Geschäftsmann. Er hat Licentia erschaffen. Oder besser gesagt, er stellt uns die Mittel zur Verfügung, damit das hier …« Josh zeigte zu den vielen Monitoren. »… existieren kann.«

Neugierig wanderte Guliyev von einem Bildschirm zum nächsten und betrachtete die Aufnahmen. »Hochinteressant«, murmelte er, sichtbar fasziniert.

»Ja, das finden wir auch. Es war zuerst als Experiment gedacht, denn wir wollten Menschen die Möglichkeit geben, ohne Handys, Computer oder sonstige Technik ein einfaches Leben wie damals im Mittelalter zu führen«, erklärte Martina ihm.

»Wladimir Lasarew hatte den Einfall, eine Survivalsendung aus dieser Idee zu machen. Sicher kennst du diese verschiedenen Natursendungen, in denen gezeigt wird, wie man angelt oder in der Wildnis ein Feuer entfacht. Sie sind der Renner und locken Tausende von Menschen vor die Bildschirme. Lasarews Plan ging auf. Die Einschaltquoten sprechen für sich. Allerdings benötigen die Zuschauer immer wieder neue Anreize, damit sie jeden Dienstag und Freitag die Sendung einschalten«, erklärte Josh und seufzte.

»Liegt Licentia auch auf diesem Gelände?«, erkundigte sich Rauf Guliyev.

»Es liegt einige Kilometer von uns entfernt«, verriet Josh und sah auf die Bildschirme. Plötzlich erstarrte er. »Wo will er hin?«

Guliyev und Martina schauten nun ebenfalls auf die Monitore.

Josh fing Martinas ungläubigen Blick auf. Er konnte hören, wie sie den Atem anhielt, den sie dann entweichen ließ. Sie ging zu dem Schreibtisch, wo sie auf der Tastatur herumtippte und das Bild vergrößerte.

»Tristan geht nur fischen«, sagte sie erleichtert und zoomte die Angel heran.

»Warum geht er dann zur Lichtung, wo es keinen Bach oder See gibt?«, fragte Josh mit finsterem Blick.

»Von wem redet ihr?«, wollte Rauf Guliyev wissen.

»Er ist unser Problem und deshalb bist du hier!«, presste Josh zwischen den Zähnen hervor und zeigte auf Tristan.

29

Tristan versteckte die Angel unter der Tanne auf der Lichtung, unter die sich Jonata vor zwei Tagen verkrochen hatte. Hier würde er sie später wieder abholen, um wie versprochen Forellen für das Nachtmahl zu angeln. Doch zuerst wollte er wissen, wo Jonata lebte. Er überquerte die Rodung und trat in den Wald hinein, der an Licentia grenzte.

Er hatte es sich leichter vorgestellt, den Weg nach Licentia zu finden. Ihn beschlich das Gefühl, bereits seit Stunden kreuz und quer durch den Forst zu rennen. Von seinem Vater wusste er, dass dieses Dorf in Richtung der hohen Berge lag, die man von ihrer Hütte aus sehen konnte. »Du darfst mit deinem Rudel niemals auch nur in die Nähe von Licentia gelangen«, hatte er ihn einst mit ernstem Blick gewarnt. Auf seine Frage nach dem Warum hatte sein Vater geschwiegen und zu den Bergen gestarrt.

Tristan schaute über sich. Nicht einmal den Himmel konnte er erkennen. Nur hier und da schimmerte ein blauer Fetzen durch das Blätterwerk. Er ging weiter und gelangte immer tiefer in den Wald hinein. Ein Käuzchen schrie, eine Wildtaube schlug mit den Flügeln, ein Mäuschen huschte über den Waldboden und brachte das Laub zum Rascheln. All diese Geräusche waren ihm nicht fremd. Sie waren auch in ihrem Waldgebiet zu hören. Beruhigt marschierte er weiter.

Plötzlich konnte er zwischen Zweigen einen grünen und blauen Streifen erkennen. Er kniff die Augen zusammen. *Himmel und Wiese,* dachte er und glaubte, leise Tierstimmen zu hören. Er drehte den Kopf zur Seite und spitzte die Ohren. »Das müssen meckernde Ziegen sein«, murmelte er und schlich darauf zu.

30

Butterblume, so bleib doch stehen! Gretel verhungert, wenn du sie nicht trinken lässt.« Jonata schimpfte mit dem Muttertier. Abermals nahm sie das erst drei Tage alte Zicklein hoch, das sie nach dem Mädchen aus ihrem Lieblingsmärchen getauft hatte, und versuchte, es an die Zitzen der Mutter zu setzen. Doch Butterblume sprang mit einem Satz fort. Jonata setzte das Ziegenkind ab und jagte der Alten hinterher.

Die Ziege sprang meckernd über die Wiese. Als Jonata sie packen wollte, stolperte sie über eine Wurzel und fiel der Länge nach hin. Im Gras liegend sah sie, wie Butterblume nach einigen Metern stehen blieb, dann seelenruhig zu ihrem Kind zurücktrabte und es auf einmal trinken ließ, so als sei nie etwas gewesen. Seufzend drehte sich Jonata auf den Rücken, blinzelte in den wolkenlosen Himmel und schloss die Augen. Sofort sah sie im Geiste den Jungen vor sich. Tristan.

»Tristan«, formten ihre Lippen stumm. *Der Name gefällt mir mehr und mehr,* dachte sie grinsend. Noch immer beschäftigte sie die Frage, warum die Wolfsbanner und die Licentianer keinen Kontakt hegen durften. Sie wollte zu gerne wissen, was damals vorgefallen war.

Sie stützte sich auf den Ellenbogen ab und sah blinzelnd zu den kleinen Ziegen, die einem Schmetterling hinterherliefen. Jonata beobachtete das Treiben der jungen Tiere, als sie den Schatten eines Menschen dicht vor sich auf dem Gras entdeckte. Erschrocken setzte sie sich auf.

Jonata wusste nicht, ob sie wach war oder träumte. Zweifelnd schaute sie zu dem Jungen hoch, der regungslos vor ihr stand und auf sie herabstarrte. Sie wusste sofort, dass Tristan vor ihr stand. Trotzdem schweifte ihr Blick zur Seite. Vielleicht träumte sie. Sie würde bis zwanzig zählen und dann erst wieder hinschauen, nahm sie sich vor. Aber schon bei fünfzehn hielt sie es nicht länger aus und blickte wieder zu ihm hinauf.

Er ist da! Ein Glücksgefühl durchströmte sie, doch dann dachte sie an seine Wölfe. Hastig sprang sie auf, ging einige Schritte rückwärts und blickte sich dabei verängstigt um.

»Du musst keine Furcht haben«, versicherte er ihr.

»Wo sind deine Wölfe?«

»Sie sind zu Hause in ihren Gehegen.«

Jonata musterte ihn, aber sie konnte keine Lüge in seinen Augen erkennen. »Und du bist dir sicher, dass sie nicht ausbrechen und dir hierherfolgen können?«

»Ich glaube nicht.« Er fuhr sich durch seine dunklen Haare.

»Das klingt nicht sehr überzeugend«, krächzte sie. Sie hatte das Gefühl, ihr Mund wäre ausgedorrt. Jonata blickte zum Waldrand. Als sie dort nichts Ungewöhnliches erkennen konnte, beruhigte sich ihr Herzschlag. Sie schaute wieder zu Tristan, und was sie sah, gefiel ihr. Seine Kleidung glich tatsächlich jener der Jungen in ihrem Dorf. Auch er trug ein grobes helles Leinenhemd, dessen Ärmel bis zu den Ellenbogen hochgekrempelt waren. Über seinen Muskeln an den Oberarmen spannte der Stoff. Seine dunkle Hose reichte ihm bis über die Knie. Seine Füße steckten in Lederschnürschuhen. Jonata konnte nicht leugnen, dass er gut aussah. Alles Bedrohliche, das er bei ihrem ersten Treffen für sie verkörpert hatte, schien von ihm abgefallen zu sein.

»Bist du Tristan?«, fragte sie ihn.

Er schaute erstaunt und nickte. »Woher weißt du, wie ich heiße?«

»Von meinen Eltern. Sie kennen anscheinend deine Eltern.«

»Bist du Jonata?«

Nun war sie überrascht, was er ihr scheinbar ansah.

»Ich habe gehört, wie deine Mutter deinen Namen geschrien hat, als sie dich auf der Lichtung gefunden haben. Allerdings konnte ich ihn nur undeutlich verstehen. Doch meine Mutter wusste sofort, dass du Jonata heißt … Ein schöner Name«, fügte er zaghaft hinzu.

Er hatte sie nicht allein gelassen in der Nacht, sondern sie aus der Ferne beobachtet, dachte sie glücklich.

»Ich würde lieber Diana heißen. So wie die römische Göttin der Jagd«, verriet sie ihm. Sie bemerkte, wie Tristan eine Augenbraue hob. »Jaja, ich weiß, dass du der Ansicht bist, dass Mädchen nicht jagen sollen. Du hast es mir in der Nacht schließlich gesagt.«

Er hob abwehrend die Hände. »Ich habe meine Meinung diesbezüglich geändert.«

»Ach ja?«, fragte sie neugierig.

Tristan nickte. »Warum sollen Mädchen nicht auch jagen können? Vielleicht hast du Lust, mir zu zeigen, wie gut du mit der Armbrust schießen kannst.«

Jonata zog verwundert die Augenbrauen hoch. Seltsam, dass er das vorschlug, was auch ihr schon durch den Kopf gegangen war. Doch im gleichen Augenblick freute sie sich darüber.

»Dann müsstest du ein weiteres Mal nach Licentia kommen, denn ich habe meine Armbrust nicht dabei«, murmelte sie schüchtern.

»Wann soll ich wiederkommen?«, wollte er sofort wissen.

Jonata drehte sich von ihm fort und tat so, als ob sie dringend die Ziegen zählen müsste. Dabei wollte sie nur nicht, dass er ihre roten Wangen bemerkte, die vor Scham brannten. *Wenn ich doch nur nicht immer so furchtbar rot anlaufen würde,* dachte sie und kaute auf ihrer Unterlippe.

»Du hast mir meine Frage noch nicht beantwortet«, hörte sie ihn hinter sich sagen.

»Mhm!«, brummte sie, um Zeit zu schinden. Als sie glaubte, dass ihre Gesichtsfarbe sich wieder normalisiert hatte, wandte sie sich ihm zu. Doch sofort brannten ihre Wangen erneut, als ihr Blick seinem begegnete.

»Du siehst süß aus, wenn du errötest.«

Beschämt schloss sie die Augen. Musste er sie auch noch darauf hinweisen?

Sie spürte seine Hand auf ihrem Arm und riss die Augen auf.

Nun standen sie sich so dicht gegenüber, dass sie sein Gesicht deutlich erkennen konnte. Ein feiner heller Flaum zeichnete sich auf seinen Wangen ab. Auch bemerkte sie eine kleine Narbe neben seinem Kinn, die fingernagellang war. *Woher die wohl stammen mag?,* überlegte Jonata und blickte in seine Augen. Im Licht der Sonne leuchteten sie hellbraun, fast golden.

Er hatte einen warmen, freundlichen Blick. Nichts Böses oder Furchteinflößendes, so wie ihr Vater und all die anderen Dorfbewohner von den Wolfsbannern behaupteten. Jonata bemerkte, dass Tristan sie genauso musterte, und hoffte, dass sie ihm trotz der roten Wangen gefiel.

»Hast du Lust zu angeln?«, fragte er sie plötzlich.

»Angeln?«

»Mein Vater wünscht sich Forellen zum Abendbrot.«

»Eigentlich muss ich nach Hause«, sagte sie wehmütig und schaute zu dem Dorf hinüber, während sie mit sich rang. Er war hierhergekommen, um sie zu sehen! Sie konnte ihn jetzt nicht einfach ziehen lassen. »Aber das dauert ja keine Ewigkeit, oder?«, hörte sie sich selbst fragen.

»Heißt das, du kommst mit?«, rief er freudig.

Sie nickte.

31

Tristans Herz hatte sich regelrecht in seiner Brust überschlagen, als er Jonata auf der Wiese erkannt hatte. Ihr bodenlanges weinrotes Gewand ließ sie größer und fraulicher erscheinen. Strähnen ihres hellen Haars waren rechts und links über den Ohren geflochten und die beiden Zöpfe am Hinterkopf zusammengebunden. Sie sah aus wie aus gutem Hause und hatte kaum etwas mit dem Waldmädchen gemein, das er in der Nacht getroffen hatte.

Auch jetzt, da er ihr so nah war, klopfte sein Herz wie wild. Bei jeder ihrer Bewegungen wehte ihr Lavendelduft zu ihm hinüber und benebelte seine Sinne.

Ihre Augen haben die gleiche Farbe wie die Wildtauben, die wir manchmal fangen, dachte er und betrachtete ihre langen dunklen Wimpern, dann ihre rosa gefärbten Wangen. Er konnte nicht verstehen, dass sie sich wegen ihres roten Gesichts zu schämen schien. Sie sah so süß aus, dass er kaum den Blick von ihr wenden mochte.

Als seine Frage wegen des Angelns plötzlich aus seinem Mund heraussprudelte, hatte er schon mit einer Absage gerechnet. Um so überraschter war er, als sie zusagte.

»Dann lass uns gleich losgehen, damit du keine Schwierigkeiten bekommst«, schlug er vor.

Als sie nickte, schien die Welt zu klein für seine Freude zu sein.

32

Wer ist das?«, fragte Rauf Guliyev.

»Das ist Tristan«, erklärte Josh.

»Ich nehme an, dass er aus dem Dorf stammt, das ihr mit den Drohnen überwachen wollt. Warum ist er ein Problem?«, fragte Guliyev.

»Geh auf die Kameras außerhalb des Dorfes. Am besten die, die nahe des Waldrandes angebracht sind«, sagte Josh zu Martina.

»Da ist sie«, seufzte Josh erleichtert, als er Jonata auf der Ziegenweide entdeckte.

»Wer?«, fragte Guliyev neugierig und stellte sich neben ihn.

Josh zeigte auf das Mädchen und erklärte: »*Sie* heißt Jonata. Als sie ein Kind war, gab es einen Zwischenfall mit einem Wolf, seitdem lieben die Zuschauer sie. Sie ist ein toughes Mädchen, das mit der Armbrust jedes Ziel trifft. Zudem eines der Kinder, die mit der ersten Generation nach Licentia gekommen sind. Seit wir auf Sendung sind, wird jeder Schritt von ihr verfolgt. Als sie sich vor zwei Tagen zur Wildschweinjagd aufmachte, schnellten die Zuschauerzahlen direkt in die Höhe.« Josh erzählte, was sich auf der Lichtung zugetragen hatte.

»Was sind das für Drachen? Sicherlich keine Märchenwesen«, meinte Guliyev.

»Natürlich gibt es keine Drachen. Die zweite Generation glaubt, dass unsere Hubschrauber Drachen wären, die außerhalb von Licentia leben. Das gleißende Licht der Scheinwerfer, der ohrenbetäubende Lärm der Motoren, der Wind, den die Propeller entfachen, all das macht ihnen Angst. Sie denken, dass die Drachen sie kontrollieren und bewachen würden, damit sie Licentia nicht verlassen.«

»Warum nennt ihr eure Hubschrauber nicht einfach Hubschrauber? Mit dem Wort können die Kinder doch ebenso wenig anfangen wie mit Drachen.«

»Ja, das hätte man machen können. Aber Drachen fanden wir mehr mittelaltertauglich«, verriet Martina augenzwinkernd.

»Können die Menschen Licentia verlassen, wenn sie wollen?«, fragte Guliyev neugierig.

»›Licentia‹ bedeutet in erster Linie Freiheit, aber auch Erlaubnis. Die Menschen hier leben in Freiheit, aber sie müssen um Erlaubnis fragen, wenn sie gehen wollen. Bei der Auswahl unserer Kandidaten haben wir sehr darauf geachtet, nur diejenigen aufzunehmen, die voll und ganz hinter diesem Entschluss stehen.«

»Trotzdem kann man seine Meinung ändern«, merkte Guliyev an.

»Von der Zusage der Kandidaten bis zur Ausstrahlung der Sendung verging knapp ein Jahr, in dem die Auserwählten in einer Art Camp auf ihr neues Leben vorbereitet wurden. Gerade diese Findungsphase, die wir direkt filmten und später ausstrahlten, war für die Zuschauer interessant. Dort lebten sie spartanisch und wurden mit Ackerbau und Viehzucht sowie allem anderen, was sie im Mittelalter benötigen, vertraut gemacht. Allerdings hatte dieses eine Jahr auch einen anderen Grund. Wir wollten den Kandidaten die Möglichkeit geben, wieder auszusteigen, wenn sie merken sollten, dass sie auf ihr altes Leben doch nicht verzichten wollten oder gar konnten. Sehr zu unserer Überraschung gab es niemanden, der in dieser Zeit oder in den zehn Jahren danach Licentia verlassen wollte.«

Guliyev sah nachdenklich auf einen der Monitore und meinte: »Okay, dann lasst uns überlegen, welche Drohnen ihr zur Überwachung benötigt.«

33

Jonata hatte Mühe, mit Tristan Schritt zu halten, da ihr Gewand sie am schnellen Laufen durch das Unterholz hinderte. Zwar schaute er sich immer wieder nach ihr um, doch meist blieb sie einige Schritte hinter ihm.

Oje! Wie ich aussehe!, dachte Jonata entsetzt, als sie an sich herunterblickte. Ihr weinroter Rock war mit Schmutzflecken übersät. Auch war der bestickte Saum nur noch als dunkler und feuchter Rand zu erkennen. Ihre hellen Strümpfe waren mittlerweile braun und ihre Lederschuhe von dem feuchten Waldboden aufgeweicht und dick mit Morast verklebt. Und dann verfing sich ihr Kleid auch noch in einem dornigen Gebüsch und sie stolperte. Als sie an dem Stoff zerrte, hörte sie ein leises Reißen.

»Oh nein! Mein Kleid!«, stöhnte sie und versuchte, den Rock von den Dornen zu befreien.

»Ach du Schreck! Dein schönes Kleid! Willst du lieber zurück, bevor dein Gewand gänzlich hinüber ist?«, fragte Tristan.

Überrascht blickte sie zu ihm auf. »Wie meinst du das?«, fragte sie und versuchte, die Schmutzflecken wegzuwischen.

»Der Pfad wird nachher noch schmaler und unwegsamer«, erklärte er und sah sie zerknirscht an. »Es tut mir leid, dass ich daran nicht gedacht habe, als ich dir den Vorschlag machte mitzukommen.«

Sie blickte an sich herunter. »Vielleicht hast du recht. Ich gehe besser zurück«, erklärte sie leise.

Doch eigentlich wollte sie sich noch nicht von ihm trennen. Angestrengt überlegte sie, was sie zu ihm sagen könnte, damit ihr Zusammensein nicht so abrupt endete.

»Ist es nicht dumm, dass sich unsere Dörfer getrennt haben? Ich weiß gar nicht, warum meine Leute so schlecht über euch reden. Kannst du dich noch daran erinnern, wie wir ein Volk waren?«, fragte sie ihn. »Deine Eltern müssen meine Eltern kennen, denn sie wussten, wer wir sind.«

»Mein Vater und meine Mutter reden nicht über euch. Sie schimpfen höchstens über Licentia«, erwiderte Tristan seufzend.

»Mein Vater und meine Mutter reden nur über euch, wenn ich nicht in ihrer Nähe bin. Dabei würde ich gern mehr über die vergangene Zeit wissen. Ich glaube, irgendetwas muss damals vorgefallen sein. Auch meine Freundin hat keine Erinnerung an diese Zeit. Wahrscheinlich waren wir noch zu jung damals. Ich weiß nicht, wen ich darüber ausfragen könnte. Meine Großeltern sind schon lange tot.«

»Dann haben wir ein ähnliches Schicksal. Meine sind schon vor meiner Geburt gestorben«, erklärte Tristan leise.

Die beiden standen sich gegenüber. Keiner wagte, einen Schritt auf den anderen zuzugehen. Dabei konnte Jonata deutlich das Knistern in der Luft spüren.

»Ich glaube, es ist besser, wenn ich jetzt gehe«, flüsterte Tristan. »Mein Vater erwartet Forellen zum Abendmahl.«

»Sollen wir uns morgen wiedersehen?«, fragte Jonata, ohne lange darüber nachzudenken.

Zuerst weiteten sich seine Augen ungläubig, doch dann

strahlte er sie an. »Ja! Soll ich wieder zu dir auf die Weide kommen?«

Sie nickte und lächelte ebenfalls. Schon glaubte sie, er würde ihre Hand ergreifen, doch dann versteckte er seine Hände hinter seinem Rücken.

»Dann bis morgen«, sagte er und lief davon.

Jonata glaubte, sein Lachen zu hören, als er zwischen den Bäumen verschwand. Sie lächelte, doch dann überfiel sie eine seltsame Trauer.

Es gibt keinen Grund, traurig zu sein, sagte sie sich. *Schließlich treffe ich ihn morgen wieder.* Allein bei dem Gedanken an das Wiedersehen erhellte ein Lächeln ihr Gesicht. *Er ist zu mir nach Licentia gekommen. Obwohl es verboten ist, war es ihm wichtig, mich wiederzusehen. Schade, dass er so schüchtern ist. Wie gern hätte ich seine Hand genommen.*

Verträumt folgte sie dem Pfad zurück, von dem sie glaubte, dass er sie nach Hause führen würde. Aber nach einer Weile erkannte sie die Umgebung nicht mehr.

»So ein Mist!«, schimpfte sie, denn sie hatte keine Ahnung, wo sie sich befand. Unschlüssig schaute sie um sich, doch sie konnte sich an nichts erinnern, das ihr auf dem Hinweg aufgefallen wäre. Kein Findling, kein umgefallener Baum, kein Bachlauf, kein Abhang – nichts, an dem sie ihre Richtung hätte bestimmen können.

Unsicher stapfte Jonata weiter durch den Wald, in der Hoffnung, irgendwann auf die Wiese nahe ihres Dorfs zu kommen. Als ein Eichhörnchen vor ihr den Weg kreuzte, übersah sie eine Mulde. Ihr linker Fuß versank bis zum Knöchel in dem aufgeweichten Waldboden. Ächzend versuchte sie, den Fuß herauszuziehen. Doch er flutschte aus dem Schuh, der im Morast stecken blieb.

»Verflucht!«, rief sie und sah an sich herunter. »Jetzt ist nicht nur mein Kleid, sondern auch noch mein Schuh ramponiert. Wenn meine Eltern mich so sehen, werde ich mir sicherlich eine Standpauke anhören müssen. Erst recht, wenn sie erfahren, warum ich durch den Wald gelaufen bin.«

Sie kniete sich nieder, um ihren Schuh aus dem Matsch herauszuziehen. Während ihre Hände in dem aufgeweichten Waldboden den Schuh ausgruben, glaubte sie, in ihrer Nähe Ästeknacken und hastige Schritte zu hören. Sie hielt in der Bewegung inne und lauschte.

Ihr erster Gedanke war, dass Tristan sie suchen würde. Doch dann verwarf sie den Gedanken. Vielleicht war es ein Holzfäller? Oder waren es die Wölfe? Bei dem Gedanken setzte ihr Herz einen Schlag aus. Doch da hörte sie leises Fluchen und unflätige Sätze, die jemand wütend ausstieß. Sie glaubte »Blöde Kuh!« und »Der werde ich es zeigen!« zu verstehen. Hastig presste sie ihren Körper zu Boden. *Hoffentlich sieht derjenige mich nicht. Ich habe keine Lust, diesem Menschen zu erklären, was ich hier mitten im Wald zu schaffen habe.*

Endlich schienen sich die Schritte zu entfernen, sodass Jonata es wagte, langsam den Kopf zu heben. Keine Menschenseele war zu sehen. Gerade als sie aus der Hocke hochkommen wollte, registrierte sie schwarzen Stoff zwischen den Bäumen. Sie reckte sich und konnte den Kittel des Pfarrers erkennen, der zwischen den Bäumen umherlief. Was machte der Geistliche hier in diesem Waldabschnitt? Jonata war froh, dass er sie nicht gesehen hatte.

»Vielleicht ist das der Weg nach Hause«, murmelte sie und folgte der Richtung, in die er verschwunden war. Aber schon bald beschlich sie das Gefühl, tiefer in den Forst hineinzugehen anstatt hinaus. Die Bäume standen dicht an dicht, sodass das Tageslicht nur noch spärlich durch ihre Wipfel zu Boden fiel. Als eine Eule über ihr schuhute, zuckte Jonata heftig zusammen.

Unvermittelt tauchte plötzlich der Pfarrer in einiger Entfernung vor ihr auf. Obwohl sie vor seiner Schelte Angst hatte, wollte sie ihn nach dem Rückweg fragen. Doch bevor sie ihn rufen konnte, war er schon wieder verschwunden.

»Wo ist er jetzt schon wieder hin?« Ihre Furcht, nicht mehr aus dem Wald herauszufinden, schwand und machte der Neugierde Platz. Sie wollte zu gern wissen, was der Pfarrer hier zu suchen hatte, also schlich sie zu der Stelle, wo sie ihn zuletzt gesehen hatte. Dort entdeckte sie einen Unterstand, der zwischen eng stehenden Tannen gebaut und mit Tannenzweigen verkleidet war. Sogar der Eingang war mit dichten Ästen verhangen, sodass man nicht hineinsehen konnte.

Jonata war unschlüssig, was sie machen sollte. Nervös presste sie sich gegen einen Baum. Auf einmal hörte sie aus dem Innern des Verstecks ein Keuchen und ein hässliches Lachen. Der Pfarrer war also tatsächlich dadrin.

Unsicher blickte sie sich um. Niemand sonst war in diesem verbotenen Waldstück. Was machte er hier? Von der Neugierde getrieben, schlich Jonata sich an den Unterstand heran. Sie entdeckte zwischen den Tannenzweigen eine Stelle, die etwas lichter schien. Mit heftig pochendem Herz schob sie die einzelnen Ästchen auseinander. Nun konnte sie in das Innere der Hütte spähen.

Da durch eine kleine Öffnung in der Decke Licht hineinfiel, sah sie den Pfarrer deutlich auf dem Boden sitzen. Zudem brannten mehrere Kerzen in der Mitte der kleinen

Behausung. Der Geistliche hantierte mit verschiedenen Gegenständen, die Jonata nicht kannte. Als sie jedoch sah, was er in diesem Augenblick vorhatte, konnte sie den entsetzten Laut, der sich aus ihrer Kehle stahl, nicht unterdrücken. Erschrocken darüber schlug sie die Hände vor den Mund und lief zu einem dicken Baum, hinter dem sie sich versteckte. Ihr Körper vibrierte vor Angst, dass der Pfarrer sie gesehen und gehört haben könnte. Doch ihre Furcht schien unbegründet zu sein. Alles blieb ruhig.

Jonata schaute zu dem Verschlag. Sie nahm abermals ihren Mut zusammen und wagte sich zu der Hütte, um durch die Öffnung ins Innere zu linsen. Mit angehaltenem Atem schob sie die Äste auseinander. In dem Augenblick hob der Pfarrer den Kopf und schaute sie böse an.

34

Als Tristan das Gefühl hatte, weit genug von Jonata entfernt zu sein, versteckte er sich hinter einem Baum. Grinsend lehnte er sich gegen den Baumstamm. Er fand keine Worte, um sein Glücksgefühl zu beschreiben. Nur zu gerne hätte er sie beim Angeln dabeigehabt, aber die Aussicht, sie morgen wiederzusehen, war hundertmal mehr wert.

Niemals hätte er gedacht, dass ihr Wiedersehen so schön sein würde. Wenn er nur an ihre Begegnung im Wald dachte, bei der er beinahe seine Wölfe auf sie gehetzt hätte, überlief ihn ein Frösteln. Nicht auszudenken, wenn Jonata etwas passiert wäre. Aber ihr war nichts geschehen, versuchte er, sich zu beruhigen. Nachdem sein Atem wieder ruhig ging, lief er weiter zu der Lichtung, wo er seine Angel versteckt hatte.

Fröhlich pfeifend holte Tristan die Rute aus dem Versteck unter der Tanne hervor. Nachdem er geprüft hatte, ob die Sehne und der Haken fest verknotet waren, marschierte er zu dem Bach, der zwischen Lichtung und Wolfsbannerland floss.

Alles, was er machte, tat er, ohne zu überlegen, denn seine Gedanken waren einzig und allein bei Jonata. Seine Freunde würden ihn sicherlich auslachen, weil er sich in ein Mädchen verguckt hatte, und gleichzeitig würden sie schimpfen, weil sie aus Licentia stammte. Doch ihm war das alles egal. Er sah Jonatas taubenblaue Augen vor sich und hörte ihre weiche Stimme. Nur zu gerne hätte er sich länger mit ihr unterhalten. Aber da war plötzlich etwas in der Luft gewesen, das er nicht beschreiben konnte und das ihn verunsichert hatte. Auch hatte er gespürt, dass in ihm das Bedürfnis aufgekeimt war, sie an der Hand zu nehmen. Da das Gefühl immer stärker wurde, er aber nicht wusste, wie sie darauf reagieren würde, hatte er seine Hände auf dem Rücken verschränkt. Jetzt ärgerte er sich, dass er zu feige gewesen war.

Morgen werde ich sie wiedersehen und dann ihre Hand halten, dachte er und kniete sich am Ufer nieder, um den feuchten Treibsand nach Würmern zu durchwühlen. »Tata!«, rief er und zog ein Prachtexemplar aus dem Sand. Dabei scheuchte er einen Reiher auf, der bewegungslos am Ufer gestanden und nach Futter Ausschau gehalten hatte.

Tristan spießte den Wurm auf den Angelhaken auf und folgte dem Bachlauf, bis das Gewässer breit wurde und schnell dahinfloss. Er streifte seine Schuhe von den Füßen und stieg mutig bis zur Wade in das eiskalte Gebirgswasser. Doch als es seine Beine umfloss, sog er die Luft zwischen die Zähne. »Verdammt, ist das kalt«, japste er, aber neben ihm schwammen große Forellen, also riss er sich zusammen.

Kaum hatte er seine Angel ausgeworfen, biss auch schon der erste Fisch an. Freudig löste er den Haken aus dem Kiefer der Forelle und warf den Fisch ans Ufer, wo er zappelnd liegen blieb. So fing er noch fünf weitere Fische, die er mit einem Stein von ihrem Leiden erlöste.

Ob Jonata gerne Fisch aß? Er dachte an Susanna, die Schwester seines Freundes Kilian. Sie hasste Fisch geradezu. »Sie sind glitschig und starren einen an«, hatte sie gesagt, als Tristan und ihr Bruder die gefangenen Forellen in die Küche gebracht hatten. Daraufhin hatte Kilian ihr einen Fisch in ihrem Bett versteckt. Tristan lachte laut auf, als er sich an Susannas Geschrei erinnerte.

Seine Jonata war sicherlich nicht so empfindlich. Schließlich war sie eine Jägerin! »Meine Jonata«, murmelte er. Ob ihr das gefallen würde?

Tristan freute sich darauf, wenn sie ihm ihr Können beim Armbrustschießen zeigen würde. Mit einem letzten Blick in Richtung Licentia ging er mit seinem Fang nach Hause.

»Du scheinst einen guten Tag erwischt zu haben«, sagte seine Mutter, die seine Beute begeistert betrachtete. »Ich sehe schon, wie deinem Vater das Wasser im Mund zusammenläuft, wenn er seine gefüllte Forelle vor sich stehen hat.« Sie nahm ihm die Fische ab.

»Zwei davon sind für mein Rudel«, erklärte Tristan und griff nach besonders großen Exemplaren.

»Deine Tiere werden sich freuen«, meinte seine Mutter lachend und legte die restlichen Fische in eine Schüssel, um sie auszunehmen.

Tristan ging mit seinen beiden Forellen hinaus zu dem Tisch im Hof, wo sein Vater und er das Fressen für die Wölfe zerlegten und einteilten. Hier schnitt er die Fische in kleine Stücke, die er in einen Holzeimer warf. Gerade als er zum Gehege gehen wollte, kam seine Mutter mit den Innereien der anderen Forellen zu ihm und warf sie lächelnd in den Trog.

»Das wird ein Festschmaus für dein Rudel«, sagte sie und ging zurück ins Haus.

Der Fischgeruch ließ die Wölfe aufheulen und unruhig

werden. Einige Tiere sprangen an dem Holzgatter hoch und bleckten vor Freude die Zähne.

»Aed, Rigani, Morrígan, verzieht euch!«, befahl Tristan, da sie nebeneinander mit den Vorderpfoten über dem Tor hingen, sodass er es nicht öffnen konnte. Die drei konnten es anscheinend kaum erwarten, die Leckerbissen zu verschlingen. Sie wichen zurück, sodass er das Gehege betreten konnte.

Tristan schloss hinter sich das Gatter. Sogleich kam Britani angelaufen. Aufgeregt winselnd schlich sie mit ihren drei Geschwistern um Tristan herum. Die vier hatten die Köpfe gesenkt und das Kreuz durchgebogen. Nur Arthus stand einige Schritte entfernt und rührte sich nicht. Er reckte die Nase in die Höhe und schnupperte. Aus seinen goldgelben Augen beobachtete er jede Bewegung, die sein zweibeiniger Leitwolf machte.

Tristan setzte sich auf einen kniehohen Baumstumpf, nahm ein Stück rohen Fisch zwischen die Zähne und fütterte so zuerst Arthus mit mehreren Portionen. Als er ihn wegschicken wollte, leckte der Rüde ihm über die Mundwinkel. Tristan kraulte ihm sein sandfarbig meliertes Fell. Dann gab er ihm einen leichten Stoß, um zu zeigen, dass der nächste kommen durfte. Nun lief Aed aufgeregt vor ihm hin und her, bis Tristan ihn mit Fisch aus seinem Mund fütterte. Erst nachdem Rigani und Britani ihre Portion gefressen hatten, durfte die rangniedrigste Morrígan zu ihm kommen. Auch sie wurde gefüttert, gekrault und liebkost. Zufrieden steckte die Wölfin ihre Schnauze unter Tristans Achseln und winselte leise.

Tristan setzte sich auf den Boden und lehnte sich mit dem Rücken gegen den Baumstumpf, die Beine weit von sich gestreckt. Das Weibchen nahm neben ihm Platz und legte ihren Kopf auf seinen Schoss. »Ich weiß, was du willst, meine Schöne«, flüsterte er und kraulte sie zwischen den Ohren. »Von wegen Bestien! Diese dummen Licentianer wissen nichts über euch.«

Aber woher sollte Jonata das auch wissen, wenn sie nur Schlechtes über die Wölfe gehört hatte? »Vielleicht sollte ich dich mitnehmen, wenn ich mich mit ihr treffe«, überlegte er mit Blick auf Morrígan. Dann schloss er die Augen. Sanfte Sonnenstrahlen, die durch das Geäst der Bäume auf ihn fielen, erwärmten sein Gesicht.

Morgen werden wir Jonata zusammen besuchen, beschloss er und nickte ein.

35

Von: Josh Keller
Gesendet: Mittwoch, 18. Mai 2017 16:38
An: Lasarew, Wladimir
Betreff: Drohnen

Hallo Wladimir,
Rauf Guliyev ist ein wahrer Segen für uns. Sein Wissen und seine Ideen sind genial. Allerdings mussten wir ihm einige Interna über Licentia und die Sendung verraten. Es war interessant, seine Meinung zu unserem Projekt zu hören, die nicht immer mit unserer Begeisterung für Licentia korrespondiert. Aber das muss es auch nicht, denn wichtig sind schließlich seine Drohnen.
Folgendes über die Flugkörper: Drohnen können aus durchsichtigen Polycarbonaten oder aus Carbon hergestellt werden, das man in der Farbe des Himmels lackieren könnte, damit sie in den Wolken unsichtbar werden.
Natürlich erzeugen ihre Propeller einen Ton, der allerdings sehr hoch ist (wie ein Pfeifen oder Zischen). Wenn wir Drohnen nehmen, die einen zwanzigmal höheren Gesamtschub haben, als ihr Eigengewicht schwer ist, kann man sie in einer Höhe von fünfzig Metern auf der Erde nicht mehr hören. Selbst wenn sie über einem Menschen stehen. Auch ihr Einsatz bei Tieren wäre angeblich kein Problem, obwohl sie ein sensibleres Gehör als wir Menschen haben. Bei Filmpro-

duktionen flogen Drohnen sogar über und neben Tieren, doch keines hat auf sie reagiert. Warum das so sei, kann Guliyev nicht sagen. Vielleicht weil die Tiere nicht nach oben schauen oder weil Drohnen nicht riechen.

Bei unserem Vorhaben gibt es ein kleines Problem, denn die Drohnen müssen eine größere Strecke bewältigen, um zu dem Tal zu gelangen. Das heißt, sie müssen stabil und extrem leicht aus Kohle-/Aramidgewebe- und Titanium-Bauteilen sein. Zudem brauchen sie einen Akku, der länger als normal halten muss, da die Drohne wieder zum Sender soll. Deshalb wäre es einfacher, wenn wir zwei Drohnen hätten, die sich abwechseln. Während die eine auftankt, kann die andere observieren. Interessant: Drohnen stabilisieren sich bei Wind und weichen Hindernissen selbstständig aus. Um auch nachts Aufnahmen zu machen, könnte man sie zusätzlich mit einem Nachtsichtgerät ausrüsten.

Man kann auch einzelne Personen mit ihnen überwachen. Dazu markiert man die Person am Monitor und die Drohne folgt ihr. Allerdings funktioniert das nur, solange die Drohne die Person erkennt. Ist zum Beispiel der Flugakku leer und die Drohne muss zurückfliegen, um aufzutanken, muss der Pilot, also derjenige, der die Drohne steuert, für die nächste Verfolgung die Person neu markieren. Was in unserem Fall schwierig wäre. Doch Guliyev hat auch dafür eine Lösung parat: Man kann an der Person einen GPS-Sender anbringen, sodass die Drohne sie überall findet. Selbst wenn sie zurückfliegen muss, um den Akku aufzuladen, findet sie die Person beim nächsten Anflug von selbst wieder. Wie wir den GPS-Sender der Person unterjubeln, müssen wir noch lösen.

Mit freundlichen Grüßen
Josh Keller

Von: Wladimir Lasarew
Gesendet: Mittwoch, 18. Mai 2017 17:00
An: Keller, Josh
Betreff: Re: Drohnen

Hallo Josh,
das hört sich sehr kostspielig an. Schicken Sie mir den Kostenvoranschlag, sobald Guliyev weiß, wie hoch die Kosten für das
Gesamtpaket sind. Das Team soll sich Gedanken machen, wie
wir das Geld wieder reinholen können. Die meisten Sendun-
gen bieten Merchandise an.
Außerdem will ich rasch die Lösung für den GPS-Sender wissen.

Grüße
W. L.

36

Das Gesicht des Pfarrers wurde von den Kerzen im Innern der Hütte gespenstig angestrahlt. Schatten flackerten auf seiner Haut. Sein grimmiger Blick hielt Jonata gefangen. Sie starrte auf seinen Arm, unfähig, sich zu rühren. Wie durch einen Tunnel gelangten die Geräusche um sie herum an ihr Ohr.

»Du kleines Miststück!«, keuchte der Pfarrer, wobei Speichelfäden aus seinem Mund flogen. Da erwachte Jonata aus ihrer Erstarrung. Sofort bemächtigte sich hämmernde Angst ihrer Sinne. *Ich muss hier fort*, dachte sie panisch und wollte schon weglaufen, als der Pfarrer auf einmal stöhnend zur Seite kippte. Regungslos blieb er auf dem Boden liegen.

Jonata fuhr der Schreck durch Mark und Bein. Ungläubig blickte sie zu dem Regungslosen.

Fort, fort, fort!, schrie alles in ihr und doch rührte sie sich nicht und starrte entsetzt auf den bewusstlosen Mann. Erleichtert sah sie, dass sein Brustkorb sich hob und senkte. Was war nur mit ihm? Warum stand er nicht auf? Sie wartete einige Herzschläge, doch er gab keinen Laut von sich. Jonata schluckte hart. *Ich muss nach ihm sehen*, überlegte sie und zögerte noch.

Nur langsam fasste sie Mut und trat ein. Sogleich umfing sie ein Geruch, der sie an die Heilkräuter ihrer Mutter erinnerte und doch eigentümlich roch. Angewidert verzog sie das Gesicht. Als sich ihre Augen an das schwache Licht gewöhnt hatten, erkannte sie die Einrichtung. Nahe des Feuers stand ein grob zusammengezimmertes Tischchen, auf dem verschiedene Gegenstände lagen, die Jonata zuvor noch nie gesehen hatte. Sie beugte sich über die Gefäße. In manchen waren getrocknete Blätter, in zwei dunkles Pulver. In einer Ecke der kleinen Hütte hingen getrocknete Blätter an einem Holzstamm.

Ihr Blick wanderte zu dem Pfarrer. Neben ihm lag ein seltsames Gerät, aus dem eine spitze Nadel ragte. Vorsichtig stupste sie ihn mit der Schuhspitze an. Er rührte sich nicht, aber seine Augen waren weit geöffnet.

»Herr Pfarrer …«, flüsterte Jonata. »… geht es Euch gut?«

Er öffnete den Mund, doch er brachte nur unverständliche Laute zustande, die in seiner Kehle stecken blieben. Dabei starrte er auf einen unsichtbaren Punkt vor sich.

»Ich werde ins Dorf laufen und meine Mutter zu Euch bringen. Sie kann Euch sicher helfen«, wisperte Jonata und wollte loslaufen, als seine Hand ihren Fußknöchel packte und festhielt. Vor Schreck schrie sie auf. Sie versuchte, sich aus seinem Griff zu befreien, aber seine Hand hielt sie wie eiserne Klauen gefangen. »Lasst mich gehen, bitte! Ich will Euch nichts Böses, sondern helfen!«, rief sie und zerrte an ihrem Bein. Unerwartet ließ er sie los. Jonata fiel rückwärts zu Boden. Wie bereits vor zwei Tagen auf der Lichtung durchzuckte ein stechender Schmerz ihr Becken und raubte ihr den Atem.

Der Pfarrer schien plötzlich wieder zu Kräften zu kommen. Langsam setzte er sich ächzend auf. Er schüttelte sich, als ob er Wasser in den Ohren hätte. Als er aufstehen wollte, wankte er. Fluchend ließ er sich zurück auf den

Boden sinken. Sein bitterböser Blick war auf sie gerichtet.

Jonata wich so dicht an die Wand des Verschlags zurück, dass sie das Piksen der Tannennadeln in ihrem Rücken spürte. »Ich muss nach Hause. Meine Eltern sorgen sich sicher schon«, flüsterte sie und versuchte aufzustehen.

»Du bleibst hier!«, raunzte er undeutlich und rutschte dichter an die Kerzen heran.

Jonata konnte erkennen, dass seine Gesichtshaut glänzte, auch sein Haar war feucht. Er zitterte.

»Meine Eltern werden mich suchen …«

»Erst erzählst du mir, was du in diesem Teil des Waldes verloren hast. Bist du mir gefolgt?«, stammelte er keuchend.

Er wankte. Immer wieder wischte er sich mit beiden Händen über das Gesicht und über den Kopf. Speichel tropfte aus seinem Mund.

Mit ungelenken Bewegungen hob er das seltsame Gerät auf und betrachtete es eingehend. Die Nadel blitzte im Schein des Lichts auf. Er tippte mit dem Zeigefinger dagegen. »Zum Glück ist sie heil geblieben«, nuschelte er und legte das Gerät zu den anderen Dingen auf dem Tischchen.

Dann wandte er sich Jonata zu und sah sie fragend an. »Ich warte auf deine Antwort.«

Jonata schüttelte heftig den Kopf, sodass ihre Haare hin und her flogen. »Ich schwöre bei allen Heiligen, die ich kenne, dass ich Euch erst hier im Wald gesehen habe. Ich habe mich verirrt und wollte Euch nach dem Weg fragen. Deshalb bin ich Euch zu dieser Hütte gefolgt.«

Der Pfarrer schien zu überlegen. Sein Blick wirkte müde. Schließlich schien er sich zu entspannen. Er beugte sich zu ihr herüber und sagte mit einer seltsam monotonen

Stimme: »Jonata, du darfst niemandem erzählen, dass du in den verbotenen Wald gegangen bist. Sonst werden dich deine Eltern bestrafen. Das bleibt unser beider Geheimnis«, erklärte er und lächelte, doch das Lächeln erreichte seine Augen nicht.

Jonata sah ihn misstrauisch an. »Darf ich auch meiner Mutter nichts erzählen?«, fragte sie unschlüssig.

»Ich habe gesagt: Niemandem!«, brüllte er plötzlich.

Eingeschüchtert senkte sie den Blick. »Aber meine Mutter könnte Euch sicherlich …«

»Niemandem!«, schrie er nun mit finsterem Blick und hob die Hand, als ob er sie schlagen wollte.

Jonata presste sich dichter gegen die Wand, obwohl die Tannennadeln sie schmerzhaft durch das Kleid stachen.

Plötzlich schlug die Laune des Pfarrers wieder um und er lächelte freundlich. »Hast du das verstanden, mein Kind?«

Der Mann, der in seiner schwarzen Ordenstracht schon immer unheimlich auf Jonata gewirkt hatte, flößte ihr jetzt noch mehr Angst ein. Deshalb nickte sie zustimmend.

»Ich will ein lautes Ja hören!«, verlangte er.

»Aber was soll ich meinen Eltern berichten?«, wagte sie zu erwidern.

»Du ungezogenes Balg!«, schimpfte er. »Wenn du nicht machst, was ich sage, wird Gott dich für deinen Ungehorsam bestrafen!«

Ihr Magen zog sich zusammen. »Aber ich habe nichts verbrochen, dass Gott mich deshalb strafen müsste«, wisperte sie.

»Verrätst du auch nur ein Wort, werde ich dafür sorgen, dass er dich verdammt«, sagte der Pfarrer und lachte, als ob er irre geworden wäre.

Jonata sah ihn ängstlich an. Als er sich von ihr abwandte und eines der Gefäße betrachtete, fasste sie sich ein Herz und stürmte nach draußen. Kaum war sie im Freien, lief sie, so schnell sie konnte, davon.

37

Luzia strich sich müde eine Locke aus ihrem Gesicht. Scheinbar saß ihr noch immer die Anspannung dieser unsäglichen Nacht in den Knochen. Zum Glück schien Jonata die Aufregungen gut verkraftet zu haben. Sie fand, dass ihre Tochter ausgesprochen fröhlich und gut gelaunt war. *Hoffentlich spielt sie uns das nicht vor,* überlegte Luzia besorgt. Sie kannte dieses Verhalten von Patienten, die traumatische Erlebnisse gehabt hatten.

»Quatsch!«, murmelte Luzia. »Jonata ist ein intelligentes Mädchen, das mit ihrer Situation umzugehen weiß.«

Sie erreichte das Haus von Matthias, dem Schmied, sodass sie die Sorgen um Jonata erst einmal beiseiteschieben musste.

Matthias' schwangere Frau Ida erwartete sie bereits am Gartentörchen.

»Geht es dir gut, Luzia?«, erkundigte sich Ida.

»Das sollte ich wohl eher dich fragen«, erwiderte Luzia schmunzelnd.

»Ich bin froh, dass heute meine Routineuntersuchung ist«, stöhnte Ida und stützte ihren vorgewölbten Bauch mit beiden Händen im Rücken ab.

Luzia öffnete das Törchen und trat auf das Grundstück.

»Die Schwangerschaft wird von Tag zu Tag beschwerlicher. Als ich heute Morgen den Blumenstrauß auf dem Altar in der Kirche erneuert habe, musste ich mich erst eine

Weile ausruhen, damit ich den Heimweg packe«, gestand die Schwangere grinsend.

»Ach, Ida, das kann doch eines deiner Kinder übernehmen. Der Weg zur Kirche ist viel zu weit. Davon abgesehen, ist es völlig normal, dass du müde und erschöpft bist.«

»Ja, ich weiß. Es ist ja schließlich meine fünfte Schwangerschaft. Trotzdem macht man sich Sorgen. Doch weißt du, was, Luzia? Als ich auf der Bank saß, kam unser Herr Pfarrer in die Kirche. Ist dir auch schon aufgefallen, dass Gabriel in letzter Zeit gereizt und übellaunig wirkt?«

»In letzter Zeit? War er nicht schon immer mürrisch?«, wollte Luzia lachend wissen.

Ida zuckte mit den Schultern und bat sie mit einer Geste ins Haus. »Mir fällt es in letzter Zeit besonders auf.«

»Vielleicht hat er zu viel zu tun.«

»Was hat ein Pfarrer Großartiges zu schaffen?«, fragte Ida empört. »Er muss weder Felder bestellen noch Ställe ausmisten. Meistens wird er auch noch zum Essen eingeladen, sodass er sich um sein leibliches Wohl nicht selbst kümmern muss. Außerdem muss er keine Kinder hüten.«

»Erst recht keine bekommen!«, meinte Luzia mit Blick auf Idas runden Bauch und lachte.

Ida stimmte ein und führte Luzia in die Küche.

»Mhmhh, was duftet hier so köstlich?«, fragte Luzia und leckte sich über die Lippen.

»Ich habe Hefezopf gebacken. Möchtest du ein Stück davon mit Butter?«

Luzia nickte und stellte ihre Tasche, in der sie ihre Utensilien mitführte, auf der Bank ab. Während Ida Kuchen abschnitt, sagte sie: »Ich habe Kräuter mitgebracht, die dich entspannen, aber nicht müde machen.«

Ida brachte zwei Teller an den Tisch und sie setzten sich.

»Ich bin froh, wenn es endlich losgeht. Außerdem möchte ich wissen, ob es ein Mädchen geworden ist. Nach vier Buben wäre es ein wahrer Segen.«

Luzia blickte von ihrem Kuchen auf, da sie glaubte, plötzlich Niedergeschlagenheit aus Idas Stimme herauszuhören. »Was hast du?«, fragte sie die Frau besorgt.

»Unser Peter hat Angst davor, gezogen zu werden.«

»Das kann ich mir vorstellen«, erklärte Luzia mitfühlend.

Ida schaute sie unglücklich an. »Allein der Gedanke, dass die Drachenmenschen ihn mitnehmen, lassen den Jungen nicht mehr schlafen. Ich würde ihm nur zu gerne erklären, dass er sich nicht fürchten muss. Dass er die beste Ausbildung bekommt, die man sich wünschen kann und er ein Leben ohne Geldsorgen führen wird.«

»Du weißt, dass wir das nicht dürfen! Wenn du ihm gegenüber auch nur andeutest, wer in Wahrheit die Drachenmenschen sind, könnte unser Geheimnis und damit Licentia auffliegen. Sie werden es demjenigen sagen, sobald er in unserem Versammlungsraum angekommen ist. Dann wird das Kind erkennen, dass es nichts zu befürchten hat. Du weißt, dass wir dieser Auslosung damals zugestimmt haben, weil wir einigen Kindern eine andere Zukunft ermöglichen wollten«, erinnerte Luzia sie.

Ida nickte unter Tränen. »Ich weiß. Matthias und mir fällt es trotzdem nicht leicht, Peters Namen in der Kiste zu wissen. Ich füge mich ja auch, denn er soll die Chance erhalten, etwas aus seinem Leben zu machen. Peters Fähigkeiten liegen nicht in der körperlichen Arbeit, sondern in seinem Kopf. Er macht sich über Gott und die Welt Gedanken, ist wissbegierig und saugt alle Informationen wie ein trockener Schwamm auf. Er besitzt Kreativität,

Vorstellungskraft, Ausdauer und Konzentration. Zudem ist er ein begnadeter Schachspieler.« Ida hielt kurz inne, um dann erneut von ihrem Sohn zu schwärmen: »Peter ist so gut darin, dass das Spiel mit anderen ihn langweilt. Ich besitze keine seiner Eigenschaften. Ich verstehe noch nicht einmal das Schachspiel.« Sie lächelte verlegen.

Luzia war über Idas Beschreibung überrascht. Für sie war der Junge zu groß und zu kräftig geraten und wirkte wie ein tapsiger Bär. Auch hatte es für sie immer den Anschein gehabt, dass er eher langsam im Denken war. Sein Schachtalent war für sie ebenfalls neu. Sie blickte in Idas lächelnde Augen.

»Ich weiß, was du denkst«, meinte diese verständnisvoll. »Ihr alle glaubt, dass Peter grobschlächtig, behäbig und dumm ist. Aber ihr lasst euch von seinem äußeren Erscheinungsbild täuschen. Im Innern ist er sanftmütig und hat ein freundliches Wesen. Zudem ist er vielen überlegen. Er analysiert die Menschen und schaut in ihr Inneres. Er verurteilt oder beurteilt niemanden nach seinem Aussehen.«

»Das traut man dem Jungen wirklich nicht zu«, murmelte Luzia.

Ida nickte. »Ich weiß, dass mein Großvater mütterlicherseits ebenfalls ein sehr guter Schachspieler war. Man sagt, dass Talente oft eine Generation überspringen. Vielleicht ist das bei mir und unserem Peter auch so«, versuchte sie zu spaßen. Doch wegen ihres traurigen Blicks misslang das.

»Du willst ihn nicht gehen lassen«, sagte Luzia mitfühlend.

Mit Tränen in den Augen verriet Ida: »Damals habe ich dem Projekt Licentia zugestimmt, weil ich mir nichts sehnlicher gewünscht habe, als eine große Familie zu haben, die in Sicherheit zusammenleben kann. Weit weg von all dem Schlechten auf der Welt.«

»Deshalb möchtest du Peter nicht gehen lassen?«

Ida zuckte mit den Schultern. »Ich bin hin- und hergerissen. Er soll die Möglichkeit bekommen, die andere Welt kennenzulernen. Doch wenn ich noch mal vor der Entscheidung stehen würde, würde ich diesen Vertrag, dass ab dem zehnjährigen Jubiläum alle drei Jahre ein Kind gehen muss, nicht mehr unterschreiben. Wer weiß schon, wie sich die Welt vor unserer Haustür weiterentwickelt hat. Wie schnell sie sich gedreht hat und weiterdrehen wird. Werden unsere Kinder damit zurechtkommen oder werden sie von all den Reizen wie Handy und Computer, Fernsehen oder sonstigen Technologien überfordert sein? Ich kann mir nicht vorstellen, wie sie sich in einer Großstadt zurechtfinden sollen. Wir sind hierhergekommen, um dem allen zu entfliehen. Und jetzt schicke ich mein Kind vielleicht dorthin zurück?«

»Warum hast du unterschrieben und dich nicht geweigert?«

»Warum hast du unterschrieben, Luzia? Sicher aus demselben Grund wie ich: Wir wollten unser schlechtes Gewissen beruhigen, weil wir egoistisch sind und unsere Kinder schon ihr ganzes Leben lang anlügen.«

Luzia zuckte unter der Rüge zusammen, denn Ida hatte mit allem recht, was sie sagte.

»Es sind sieben Jungen und zwei Mädchen. Peter hat gute Chancen, nicht gezogen zu werden. Falls doch, wird ihm die beste Schulausbildung der Welt bezahlt. Zudem bekommt er hunderttausend Euro, sobald er zwanzig Jahre alt ist. Das ist ein beachtliches Startkapital«, versuchte Luzia, sie zu trösten.

Ida nickte. »Das wissen wir alles selbst und wollen unserem Kind auch nicht im Weg stehen. Doch wenn wir könnten, würden wir die Zettel austauschen, bevor wir womöglich unser Kind verlieren«, flüsterte sie und sah Luzia mit einem Blick an, der ihr das Herz zerriss.

Nachdenklich aß sie ihren Kuchen, als Ida sie plötzlich fragte: »Würdest du Jonata fortschicken wollen?«

»Zum Glück stellt sich mir die Frage nicht. Da nur Sechszehnjährige nominiert werden, ist Jonata dieses Jahr nicht dabei, und was in drei Jahren ist … wer weiß das schon? Trotzdem kann ich nachempfinden, wie es dir geht.«

»Aber wenn sie schon sechzehn wäre dieses Jahr, würdest du sie gehen lassen?«, wiederholte Ida ihre Frage.

»Jonata zeigt ebenfalls Talent, wenn auch auf einem anderen Gebiet. Trotzdem würde ich sie nicht gehen lassen wollen«, gestand Luzia.

»Und würde dein Mann Jonata leichten Gewissens ziehen lassen? Schließlich ist er nicht ihr Vater.«

Entsetzt schaute Luzia Ida an. »Wie kommst du dazu, das zu behaupten? Woher willst du das wissen?«

Ida lachte leise. »Nur weil wir im Dorf nicht darüber reden, jedenfalls nicht vor dir, heißt das nicht, dass wir uns nicht darüber austauschen oder nichts ahnen würden. Jeder kann sehen, dass Jonata weder dir noch Hagen gleicht. Also ist sie mit größter Wahrscheinlichkeit nicht von deinem Mann. Und deswegen wird er nicht diese väterliche Bindung zu ihr haben, wie mein Mann sie zu unseren leiblichen Kindern spürt.«

Luzia starrte Ida an. Wie kam diese Frau dazu, sich in ihre Angelegenheiten einzumischen? Es ging niemand etwas an, dass sie nicht Jonatas leibliche Eltern waren. In all den vergangenen Jahren hatte das keinen interessiert. Warum ausgerechnet jetzt?

Ihr Blick fiel auf den Bauch der schwangeren Frau, da unter der Schürze Beulen zu erkennen waren. Das ungeborene Kind bewegte sich.

»Hoppla, da scheint jemand sehr munter zu sein«, sagte Luzia und war froh, das Thema wechseln zu können.

38

Von: Josh Keller
Gesendet: Donnerstag, 19. Mai 2017 15:50
An: Lasarew, Wladimir
Betreff: Kostenvoranschlag

Hallo Wladimir,

die Drohnen sind genau das, was wir benötigen. Beim Kauf von zwei gewährt uns Rauf Guliyev 10 % Rabatt. Hinzu kommen die speziell für die Sendung angefertigten Armbänder mit Münzmedaillons für alle Kinder, die älter als zehn Jahre sind. In diesen kleinen Münzen wird unauffällig ein GPS-Sender versteckt sein. Da wir im Augenblick nur Jonata beobachten wollen, würden wir zuerst nur ihren Sender aktivieren, sodass die Drohnen sich auf das Mädchen tracken und sie aufspüren können.

Diese Armbänder werden am Tag des Jubiläums an die Kinder verteilt. Wir finden diese Lösung unauffällig und genial, da alle denken werden, dass es ein Schmuckstück als Andenken an diesen großen Tag ist.

Der Kostenvoranschlag ist dieser Nachricht angehängt.
Bitte um Zustimmung für die Drohnen und die Armbänder.

Mit freundlichen Grüßen
Josh Keller

Von: Wladimir Lasarew
Gesendet: Donnerstag, 19. Mai 2017 21:15
An: Keller, Josh
Betreff: Re: Kostenvoranschlag

Hallo Josh,
das ist ein gehöriger Batzen Geld, den Guliyev da verlangt!
Doch wenn ich nicht investiere, könnte dies das Aus der Sendung bedeuten. Da meine Frau die Sendung liebt und es mir
nicht verzeihen würde, wenn ich sie aus Kostengründen ein-
stellen würde, habt ihr mein Okay!
In China könnten billige Kopien der Armbänder – ohne Sender – als Merchandise produziert werden, die man an die Fans
der Sendung verkaufen könnte. Das spielt zusätzlich Geld ein.

Grüße
W. L.

39

Wie ein gehetztes Tier lief Jonata durch den Wald. Tief hängende Zweige peitschten über ihren Körper, aber sie durfte weder langsamer werden noch anhalten. Trotz stechender Schmerzen unter den Rippen sprang sie über Pfützen und kletterte über Hindernisse. Immer wieder versank sie in knöchelhohem Matsch. Keuchend blickte sie hinter sich. Hoffentlich folgte ihr der Pfarrer nicht! Weder hörte noch sah sie ihn. Seine Worte über Gottes Verdammnis hallten in ihrem Kopf nach und trieben sie vorwärts. Sie würde in der Kirche zur Mutter Gottes beten, damit die sie beschützte.

Plötzlich kam ihr der Waldabschnitt, in dem sie war, bekannt vor. Als Jonata zwischen mehrere Baumreihen rannte und durch zwei Hecken sprang, stand sie plötzlich auf der Ziegenweide. Heidi, die Leitziege, hockte wie üblich auf einem großen Stein und überwachte wiederkäuend die Herde. Als sie Jonata erkannte, meckerte sie leise, stand auf und lief auf sie zu. Die anderen Ziegen, auch Butterblume und ihr Zicklein, folgten ihr.

Jonata hatte keine Ahnung, wie sie den Weg zur Wiese gefunden hatte. Vielleicht hatte ihr Instinkt sie geleitet? So wie Tristan und seine Wölfe sich von der Nase leiten ließen. Im Grunde war es ihr egal. Hauptsache, sie war wieder zu Hause. Sie schaute skeptisch zum Waldesrand. Alles schien ruhig. Schnaufend stützte sie die Hände auf den Knien ab und atmete mehrmals tief durch, damit sich ihr Herzschlag beruhigte. Als Butterblume sie stupste, kniete sie sich vor das Zicklein.

Eine Ziegenhirtin und ein Wolfsbanner, passt das überhaupt?

Schnell wischte sie den Gedanken an Tristan fort. Sie durfte sich von der Schwärmerei nicht ablenken lassen sondern musste auf der Hut sein. Ihre Beine zitterten, als sie aufstand, um an sich hinabzublicken.

Sie hatte ihren linken Schuh verloren. Auch das schöne dunkelrote Kleid war nun vollkommen hinüber. Es war nicht nur mit Dreck bespritzt, auch der bestickte Saum hing zerrissen an einer Seite herunter. *Wenn das meine Mutter sieht, wird es Ärger geben,* dachte Jonata zerknirscht. Am besten wäre es, wenn sie sich ins Haus schleichen und geschwind in das Stallkleid schlüpfen würde, bevor sie entdeckt wurde. Vielleicht konnte sie den Saum selbst anheften und den Schmutz rauswaschen, überlegte sie und zog den anderen Schuh ebenfalls aus. Auf Strümpfen lief sie in Richtung Dorf.

Nachdem sie die Weide hinter sich gelassen hatte, stieß sie auf den Weg, der zu ihrem Haus führte. Kaum kam sie um die Biegung, sah sie ihre Mutter mit der Hebammentasche unter dem Arm.

Mist, dachte Jonata und schaute sich nach einem Versteck um, aber ihre Mutter winkte ihr bereits zu. Was sollte sie tun? Rasch hob sie ihr Kleid an, um den ausgerissenen Saum zu verbergen. Mit schlechtem Gewissen und gesenktem Blick ging sie zögerlich ihrer Mutter entgegen. Sie suchte fieberhaft nach einer Ausrede, denn sie wollte weder den Pfarrer noch Tristan erwähnen.

Kaum stand sie vor ihrer Mutter, donnerte diese los. »Jonata, sag mir bitte, dass ich träume und dein Sonntagskleid nicht zerrissen ist und schmutzig an dir hängt!«

Zerknirscht biss sich Jonata auf die Lippen und schwieg, denn sie wusste, dass ihre Mutter nachbohren würde, wenn sie anfing, sich zu rechtfertigen.

»Also, ich höre«, presste ihre Mutter, mühsam beherrscht, hervor, während ihr Blick zwischen den Matschflecken, den Rissen im Stoff, den durchgeweichten Strümpfen und dem einen Schuh in Jonatas Hand hin und her wanderte.

»Herr im Himmel, jetzt sprich endlich!«, befahl ihre Mutter, als Jonata nicht antwortete, und stemmte ihre Hände in die Hüfte.

Jonata sah sie reumütig an. Sie wusste, dass sie furchtbar aussehen musste. Sie hätte sich ohrfeigen können, dass sie beim Ziegenhüten ihr gutes Kleid angezogen hatte, das sie eigentlich am Jubiläumstag tragen sollte. Erst am Morgen hatte ihre Mutter ihr den Saum gekürzt.

Hätte sie es danach nur gleich ausgezogen, aber sie hatte es ja unbedingt Tabea zeigen wollen und auf dem Weg zu ihrer Freundin nur kurz bei der Herde nach dem Rechten sehen wollen. Dass Butterblume ihr Junges nicht saufen lassen und dort Tristan auftauchen würde, hatte sie ja nicht ahnen können.

Jonata öffnete den Mund, schloss ihn jedoch wieder, ohne ein Wort zu sagen.

Wie sollte sie ihrer Mutter das begreiflich machen, wenn die Gefahr bestand, dass sie Tristan dann nie wiedersehen durfte?

»Na gut. Da du anscheinend nicht gewillt bist, mir zu erklären, warum dein bestes Kleid zerfetzt ist, gehst du jetzt geradewegs nach Hause und bereitest das Abendessen vor. Ich bin schon sehr gespannt, was dein Vater dazu sagen wird. Und jetzt, Fräulein, geh mir aus den Augen«, zischte ihre Mutter und ging an ihr vorbei in Richtung ihres Hauses.

Mit einem letzten Blick hinüber zum Wald folgte Jonata ihr mit gesenktem Haupt.

40

Jonata saß mit gekreuzten Beinen auf ihrem Bett und starrte in das Buch in ihrem Schoß, ohne die Buchstaben zu erkennen, weil ihre Gedanken immer wieder abschweiften.

Ihr Vater hatte ihr nicht nur Stubenarrest aufgebrummt, sondern sie musste Hosen tragen.

»Du machst dich schmutzig wie ein Gassenjunge, dann wirst du dich ab heute auch so kleiden. In nächster Zeit darfst du dich nur für den Kirchgang wie ein Mädchen anziehen. Ansonsten trägst du Beinkleider wie ein Junge«, hatte er geschimpft und ihr zerzaustes Haar und zerrissenes Kleid grimmig betrachtet.

Ich kann froh sein, dass er mir mein Haar nicht auch noch wie bei einem Jungen kurz geschoren hat, dachte sie sauertöpfisch. Zum Glück dauerte die üble Laune ihres Vaters meistens nicht länger als drei Tage. In dieser Zeit würde sie ihm aus dem Weg gehen, beschloss sie und dachte an den Pfarrer. Sogleich lief ein Schauer über ihren Rücken. Was hatte er nur in diesem Versteck zu schaffen? Und was waren das für seltsame Dinge, die auf dem kleinen Tisch gelegen hatten? Vielleicht wusste Tristan, wie man diese nannte.

Ach, wenn ich doch nur schon mit ihm darüber reden könnte, dachte Jonata und versuchte, sich auf die Geschichte im Buch zu konzentrieren.

Der Versuch wurde wenig später von einem Klopfen an

ihre Fensterscheibe zunichtegemacht. Hastig stand Jonata auf, um die Gardine zur Seite zu schieben, und sah in Tabeas strahlendes Gesicht. Erleichtert, nicht mehr allein zu sein, öffnete Jonata ihrer Freundin das Fenster.

»Ich habe gehört, dein Vater hat dir Stubenarrest aufgebrummt. Da dachte ich, ich besuche dich heimlich. Was ist passiert, dass er so sauer auf dich ist?«, quatschte ihre Freundin los und krabbelte über die Brüstung ins Zimmer. »Wie siehst du denn aus?«, fragte sie und betrachtete amüsiert die Hosen und das Hemd, die Jonata trug.

»Das ist meine zusätzliche Strafe zum Stubenarrest«, erklärte Jonata seufzend und setzte sich zurück auf ihr Bett.

Tabea nahm ihr gegenüber Platz. »Erzähl! Was hast du ausgefressen?«, erkundigte sich ihre Freundin und sah sie dabei grinsend an.

Jonata überlegte kurz, ob sie Tabea von Tristan erzählen sollte, doch sie entschloss sich, ihr zuerst von ihrem schrecklichen Erlebnis mit dem Pfarrer zu berichten.

»Er hat was gemacht?«, fragte Tabea ungläubig.

»Sich dieses Ding in den Arm gestochen.«

»Du bist verrückt«, wisperte Tabea. »Wie sah das Ding aus?«

Jonata holte Stift und Papier und zeichnete es auf.

»So etwas habe ich noch nie gesehen«, meinte Tabea nachdenklich.

»Ich auch nicht. Vor allem war das in dem Waldstück, wohin wir nicht gehen sollen, da dort gefährliche Wildschweinrotten hausen sollen. Genau dort hat er sich einen Unterstand gebaut. Das ist doch merkwürdig, oder?«

Tabea schaute nachdenklich. »Ich finde, dass der Pfarrer sehr seltsam ist in letzter Zeit. Ständig meckert er und ist gereizt. Irgendwie sieht er auch ungesund aus, was zu deiner Beschreibung passen würde. Vielleicht hat das mit dem Jubiläum zu tun? Er hat schließlich ziemlich viel Arbeit mit der Organisation.«

»Das weiß ich nicht. Aber ich kann dir sagen, dass ich mächtig Angst hatte, zumal ich nicht wusste, wie ich nach Hause komme. Ich musste durchs Unterholz kriechen und über Schlammlöcher steigen. Dabei habe ich mir mein Kleid zerrissen und einen Schuh verloren.«

»Ach deshalb der Hausarrest …«, begann Tabea und stockte. Stirnrunzelnd sah sie Jonata an. »Was hast du überhaupt im Wald gemacht?«

»Wie meinst du das?« Jonata spielte die Ahnungslose.

»Verkauf mich nicht für dumm!«, schimpfte ihre Freundin. »Du bist dem Pfarrer sicher nicht von zu Hause aus gefolgt. Demnach musst du schon vorher im Forst gewesen sein.«

Ertappt schaute Jonata vor sich auf die Decke. Schließlich atmete sie tief ein und aus und gestand leise: »Ich habe den Wolfsbanner wiedergesehen und wollte mit ihm angeln gehen.«

»JONATA! Wie konntest du nur? Er ist unser Feind!«

Sofort ergriff Jonata Partei für Tristan. »Das stimmt nicht! Er ist kein Feind! Er ist richtig nett. Außerdem sah er nicht mehr wie ein Wolfsbanner aus und hat auch nicht mehr so gerochen. Er sah aus wie ein Junge aus unserem Dorf.«

»Du bist verrückt! Scheinbar hat er dich verzaubert, sonst würdest du nicht solch ein dummes Zeug von dir geben«, rügte Tabea sie. »Wenn das dein Vater erfährt, dann kannst du froh sein, wenn er dich nicht auf ewig einsperrt.«

»Tabea, du wirst mich doch wohl nicht verraten wollen?!«, rief Jonata aufgeschreckt.

»Eigentlich müsste ich das tun, denn wegen dir könnten noch mehr Wolfsbanner mit ihren Rudeln in Licentia auftauchen«, erklärte ihre Freundin ernst.

»Tabea, das darfst du nicht! Wir sind doch beste Freundinnen.«

»Ich sage nichts, wenn du mir bei allen Heiligen versprichst, diesen Burschen niemals wiederzusehen.«

Jonata sah sie entsetzt an. Als sie zögerte, zischte Tabea: »Wenn du es nicht schwörst, werde ich dich verraten.«

»Aber unsere Freundschaft …«, sagte Jonata ungläubig.

»Mit einer Verräterin will ich nichts zu schaffen haben«, erklärte Tabea und öffnete das Fenster. Bevor sie hinausstieg, erklärte sie: »Es liegt an dir, ob dir unsere Freundschaft so viel wert ist. Bis morgen kannst du darüber nachdenken.« Dann ließ sie Jonata allein.

Jonatas Blick verschwamm. Wie konnte Tabea so etwas von ihr verlangen? Sie kannte Tristan nicht und hatte keine Ahnung, wie er war. *Ich werde mich hüten, so etwas zu versprechen,* dachte sie. *Wäre ja noch schöner, wenn ich mich wegen Tabea nicht mehr mit Tristan treffen würde. Sie würde ihre Meinung über ihn sicher ändern, wenn sie ihn kennenlernen würde.*

Doch bevor Jonata ihn ihrer Freundin vorstellte, wollte *sie* ihn besser kennenlernen. Morgen schon würde sie dazu Gelegenheit haben, wenn er wieder nach Licentia kam. Lächelnd nahm sie wieder das Buch zur Hand, obwohl sie wusste, dass sie sich wahrscheinlich nicht konzentrieren konnte und nur von Tristan träumen würde.

41

Tristan, wo bist du nur mit deinen Gedanken? Wie lange muss ich auf die nächste Schindel warten? Ich habe keine Lust, noch in der Mittagshitze auf dem Dach zu stehen!«, schimpfte sein Vater.

Erschrocken schaute Tristan zu ihm hoch. »Entschuldige«, murmelte er und reichte ihm mehrere Dachabdeckungen hinauf.

Die Männer standen auf einem Gerüst, das am Dorfgemeinschaftshaus aufgebaut worden war, an dessen Dach schadhafte Schindeln ausgebessert werden mussten. Doch Tristan war unkonzentriert. Immer wieder schweiften seine Gedanken zu Jonata. Je öfter er an sie dachte, desto mehr vermisste er sie.

Bei ihrem ersten Zusammentreffen auf der Lichtung hätte er nie gedacht, dass eine Licentianerin ihn verzaubern könnte. Doch er konnte nichts dagegen tun – Jonata spukte ihm ständig und überall durch die Gedanken.

»Du schaust aus wie ein verliebter Gockel!«, meinte der Schreiner grinsend, als er ihm den Hammer aus der Hand nahm. Tristan hatte nicht gehört, wie der Mann ihn um das Werkzeug gebeten hatte.

»Ich muss mein Rudel füttern. Wie lange soll ich hier noch helfen?«, fragte Tristan, um schnell von sich abzulenken.

»Wegen der Wölfe musst du dir keine Gedanken machen.

Denen geht es gut«, nuschelte sein Vater, der mehrere Nägel zwischen seinen Lippen geklemmt hatte.

»Aber ich wollte mit Morrígan in den Wald gehen. Sie wird von den anderen beim Jagen zur Seite gedrängt, sodass sie nie zum Zug kommt«, erklärte Tristan in der Hoffnung, dass er gehen durfte. Er wollte schon längst auf dem Weg nach Licentia sein. Wenn er nicht bald von hier wegkam, würde es zu spät für den langen Marsch sein. Auch befürchtete er, dass Jonata dann sicherlich nicht mehr auf ihn warten würde.

Flehend sah er zu seinem Vater, doch der schlug einen Nagel nach dem anderen ins Holz und erklärte zwischendrin: »So ist das nun mal in einem Rudel. Die Stärkeren haben das Sagen und die Schwächeren müssen weichen. Frag deine Mutter, sie wird dir das bestätigen. Wir sind noch lange nicht fertig. Zeig Ehrgeiz und du kannst am Nachmittag zu deinen Tieren gehen.«

»Dann kann es zu spät sein«, murmelte Tristan niedergeschlagen.

Als er aufblickte, sah er, wie die Männer sich angrinsten.

»Ich glaube, seine Arbeitsmoral hat weniger mit den Vierbeinern als mit einer Zweibeinigen zu tun«, höhnte der Zimmermann.

Tristan verstand nicht, was er meinte, doch als er die belustigten Gesichter der Männer sah, begriff er. Sofort schoss ihm das Blut ins Gesicht. Nun grölten die Männer erst recht.

»Du musst dir keine Gedanken machen, Tristan. Julia hat dir sicherlich wieder dicke Fleischknochen für dein Rudel zur Seite gelegt!«, rief der Zimmermann ihm zu.

Ein anderer meinte: »Das Mädchen solltest du dir warmhalten.«

Tristan spürte den prüfenden Blick seines Vaters, der dann den Kopf schüttelte. »Julia? Das kann ich mir wahrlich nicht vorstellen. Tristan liebt nur seine Tiere.«

»Ich gebe dir Brief und Siegel! Wenn die Richtige kommt, wird das Rudel an zweiter Stelle stehen. Lass ihn gehen, Richard. Er ist uns sowieso keine große Hilfe!«, rief der Schreiner vom Dachfirst herunter.

Sein Vater schien kurz nachzudenken, dann zwinkerte er ihm zu. »Hau ab, mein Sohn, und geh zu deinen Wölfen oder wo immer du hinwillst!«, rief er lachend.

Das ließ Tristan sich nicht zweimal sagen. »Danke«, rief er seinem Vater zu und stieg vom Gerüst. So schnell ihn seine Beine trugen, rannte er nach Hause. Unterwegs sprang er vor Freude in die Luft. Es störte ihn nicht, dass die Männer dachten, er würde zu Julia gehen. Solange sie das vermuteten, würde sein Geheimnis gewahrt bleiben.

Am Wolfsgehege rief er Morrígan zu sich. Die Wölfin kam sofort angetrottet. Er ließ sie frei und kraulte ihr den Pelz. »Heute triffst du Jonata wieder. Das Mädchen aus dem Wald«, flüsterte er der Wölfin zu. Dann lief er mit ihr vom Hof.

»Hoppla! Warum so eilig, mein Sohn?«, rief seine Mutter erschrocken aus, da er fast gegen sie geprallt wäre, als er um die Häuserecke bog. »Bist du schon mit deiner Arbeit beim Dorfgemeinschaftshaus fertig?«

»Sie benötigen meine Hilfe nicht mehr!«, entgegnete Tristan fröhlich und verschwand mit Morrígan im Wald.

42

Jonata fuhr mit dem Zeigefinger unter das Kopftuch und kratzte sich über die Kopfhaut. Sie hatte die Hosenbeine hochgekrempelt und mistete barfuß den Stall aus. Immer wieder dachte sie über Tabeas Verhalten nach. Seufzend stützte sie sich auf die Mistgabel ab. Vielleicht war Tabea nicht die Freundin, die sie in ihr gesehen hatte? Eine wahre Freundin würde doch nicht verbieten, den Jungen zu treffen, für den man schwärmte.

Nicht nur, dass sie Jonata gestern diese Forderung an den Kopf geworfen hatte, nein – in der Schule heute Morgen hatte sie sie keines Blicks gewürdigt und zum ersten Mal, seit sie sich kannten, saß Tabea nicht neben ihr in der Schulbank. Auch in der Pause auf dem Schulhof wurde Jonata von ihr ausgegrenzt.

Jonata schmerzte Tabeas Verhalten sehr. Trotzdem wollte sie nicht nachgeben.

»Selbst wenn die Erde deshalb einfriert. Ich werde ihr niemals versprechen, dass ich Tristan nicht mehr wiedersehen werde«, murmelte Jonata und sah zu dem Zicklein, das meckernd am Törchen stand.

Sie hatte die Herde ausgesperrt, damit sie in Ruhe ausmisten konnte. Während die Alten unbekümmert auf der Koppel Gras zupften, schimpften die Kleinen in einem fort. Ein regelrechtes Meckerkonzert fand vor dem kleinen Gatter statt.

Jonata schmunzelte über die Ziegenkinder. »Jetzt seid nicht so ungeduldig! Ihr dürft schon bald wieder im Heu toben!«, versprach sie ihnen. Sie wusste, sobald sie den Verschlag öffnete, kämen die sieben Zicklein hereingestürmt, um Bocksprünge zu veranstalten, als tobten Menschenkinder in ihren Betten herum. Das hing sicher auch mit den Brotkrumen zusammen, die Jonata überall versteckte.

Als sie sich wieder an die Arbeit machen wollte, schweifte ihr Blick zu den Bergen. Erneut hielt sie inne und legte ihr Kinn auf dem Knauf der Mistgabel ab. Schon bald würde jemand aus ihrer Mitte dorthin gehen. Die Namenszettel von sieben Jungen und zwei Mädchen befanden sich in einer Kiste, die der Pfarrer auf dem Altar platziert hatte. Er wollte beim Gottesdienst vor dem Jubiläum die Namen segnen. Wer wohl gezogen werden würde? Jonata war froh, dass sie noch keine sechzehn Jahre alt war, denn das war die Voraussetzung, um an dem Verfahren teilzunehmen.

Seit sie zurückdenken konnte, hatte sie Angst vor den Drachen. Zwar behaupteten die Erwachsenen, dass die Drachen niemandem Leid zufügen würden, solange man sich auf dem erlaubten Gebiet bewegen würde. Doch konnten sie das auch garantieren? Außer bis zur Lichtung war noch nie jemand aus ihrem Dorf vorgedrungen, da ihr Bereich um Licentia riesengroß war. Auch gab es hier alles, was sie zum Leben benötigten.

Aber warum hatten sich dann die Drachen in der Nacht gezeigt, in der sie Tristan getroffen hatte? Vielleicht hatte es mit dem Jubiläum zu tun und die Drachen überwachten sie?

Eine Gänsehaut breitete sich auf ihren Armen aus. *Hof-*

fentlich wird es dem Erwählten gut gehen bei den Drachenmenschen.

Jonata kannte die Jungen und auch die beiden Mädchen. Sie war mit ihnen groß geworden. Manche mochte sie, andere konnte sie nicht besonders gut leiden. Aber keinem wünschte sie dieses geheimnisvolle Schicksal. Selbst wenn nach der Bekanntgabe des Namens der oder die Erwählte zwei Tage lang gefeiert, gehuldigt und mit Abschiedsgeschenken überhäuft wurde, so war Jonata froh, dass sich nicht ihr Name in der Kiste befand.

Nicht auszudenken, wenn ich aus Licentia fortmüsste und meine Familie und Freunde nicht mehr wiedersehen könnte. Und Tristan.

Seufzend nahm sie die Mistgabel wieder auf und beendete ihre Arbeit. Dabei summte sie eines der Lieder, das sie bei dem Fest zum Besten geben würde. Obwohl sie es hasste, vor vielen Menschen zu singen, war sie froh, dass dies die einzige Aufgabe für sie bei dem Jubiläum war.

Nach dem Chor- und ihrem Soloauftritt würde der Pfarrer den Namen ziehen. Zwei Tage später würde der Ältestenrat den Jungen oder das Mädchen zum Berg bringen, wo die Drachenmenschen ihn oder sie in Empfang nehmen würden.

Wie es wohl hinter den grauen Bergen aussah? Ob vielleicht jemand der Wolfsbanner das Land hinter den Bergen kannte?

Warum musste sie ständig an diese Menschen denken? Seit sie Tristan auf der Lichtung begegnet war, galten ihre Gedanken allein ihm. Sie würde sogar mit ihrer Freundin brechen, nur um ihn wiederzusehen.

»Tristan«, murmelte sie leise und überlegte, ob er schon einmal ein Mädchen geküsst hatte, und spürte, wie Hitze sich in ihren Wangen ausbreitete. Ihm galt ihr erster Gedanke am Morgen und ihr letzter am Abend. Jonata freute sich auf ihr Wiedersehen. Außerdem musste sie ihm unbedingt von dem Erlebnis mit dem Pfarrer erzählen. Vielleicht wusste Tristan, wie diese gefährlichen Dinge hießen.

Jonata schüttelte sich. Seitdem sie den Geistlichen im Wald getroffen hatte, wich sie ihm aus. Doch bei der letzten Chorprobe vor dem Jubiläum würde sie ihn wiedersehen müssen. Allein der Gedanke, ihm gegenüberzustehen, ließ Jonata erschaudern. Erneut sah sie dieses seltsame Gerät vor sich – auch das, was der Pfarrer damit gemacht hatte. Da Jonata überlegte, ob es vielleicht ein medizinisches Gerät war, hätte sie gern mit ihrer Mutter über das Erlebnis gesprochen. Doch wegen seiner Drohung, dass Gott sie bestrafen würde, wagte sie es nicht. Zudem hatte sie Angst, dass ihre Mutter den Geistlichen zur Rede stellen könnte. Tristan jedoch würde sie in ihr Geheimnis einweihen, denn er hatte keinen Kontakt zu dem Pfarrer. Ihn kannte er nicht und somit schloss sein Redeverbot den Wolfsbanner sicherlich nicht mit ein.

Jonata wurde aus ihren Gedanken gerissen, als ein junger Ziegenbock mit seinen Hörnern die Stalltür rammte, sodass das Törchen in seiner Verankerung klapperte. »Du kleiner Tunichtgut!«, schalt sie ihn. »Es dauert dir anscheinend zu lange, bis du die Leckereien suchen darfst.« Jonata versteckte hastig noch zusätzlich einige Karottenstücke in der Raufe, dann öffnete sie das Türchen.

Sofort durchpflückten die Zicklein mit ihren Köpfen das frische Stroh. Meckernd tauchten sie in die goldenen Halme und suchten nach den Leckerbissen. Jonata schloss den unteren Teil des Stalltörchens, damit die Zicklein nicht von ihren Eltern zur Seite gedrängt wurden, da die Alten ebenfalls nach den Karottenstücken gierten.

Amüsiert schaute Jonata den Kleinen zu, deren Felle mit Strohhalmen übersät waren. »Das schmeckt euch wohl«, meinte sie lachend und warf weitere Happen in den Stall. Sofort hüpfte ein Böckchen zu der Stelle, wo die orangefarbenen Stücke zwischen dem Stroh verschwunden waren. Da schimpfte ein anderes Böckchen und stieß ihn mit den kaum gewachsenen Hörnern zur Seite. »Fridolin, lässt du wohl Kasimir in Ruhe!«, ermahnte Jonata ihn, als sie sah, wie es seinen Zwillingsbruder wegstieß. Sie wollte gerade über das halbe Türchen steigen, um die beiden Streithähne auseinanderzubringen, als jemand hinter ihr fragte: »Heute ohne kostbares Gewand und Lederschuhe?«

Erschrocken hielt Jonata inne, sodass sie mit angewinkeltem Bein halb über dem Gatter hing. Ihr mit Mist verschmutzter Fuß zeigte nach oben, während sie wackelnd auf dem anderen stand. Ihre Wangen glühten. Um Zeit zu gewinnen und die rote Farbe wieder aus ihrem Gesicht zu vertreiben, setzte sie ihren Fuß langsam zurück auf den Boden und drehte sich bedächtig zu Tristan um.

Er schwieg, also hob sie ihren Blick und stellte fest, wie Tristan grinsend ihre Erscheinung musterte. »Ich hätte dich vielleicht gar nicht erkannt, wenn du mir so auf der Straße begegnet wärst.«

Jonata presste ihre Lippen aufeinander und die Röte stieg wieder in ihren Wangen auf, als sie selbst an sich hinuntersah. Ihre Beine waren bis zu den Knien mit Mist und Stroh verklebt und das vielfach geflickte Stallgewand voller dunkler Flecken. Ihr Flachshaar hatte sich aus dem Band gelöst und fiel wirr über ihre Schulter. Beschämt strich sie eine Strähne hinter das Ohr und zupfte einzelne Halme von ihrem Kittel. Plötzlich spürte sie Tristans Hand in ihrem Haar.

»Da war noch ein Halm«, sagte er mit rauer Stimme und ließ ihn in seiner Hosentasche verschwinden.

Obwohl sie seine Berührung kaum gespürt hatte, glaubte sie, dass die Stelle brennen würde. Ihr Herz schlug gegen ihre Rippen. »Ich habe dich nicht so früh erwartet«, gestand sie ihm leise. Wachsam schaute sie hinüber zum Dorf.

»Ich wollte wissen, ob du sicher heimgekommen bist«, erklärte er.

»Dafür ist es ein bisschen spät. Wenn ich zusammengebrochen wäre, dann wäre ich jetzt womöglich verhungert und verdurstet«, lachte sie.

»Jetzt übertreibst du. Ich dachte, dass jemand, der gerne nach der Göttin der Jagd benannt wäre, wagemutig ist und sich in jeder Situation zurechtfindet.«

»Das bin ich doch auch. Schließlich habe ich allein nach Hause gefunden«, erwiderte sie kichernd und schlug ihm sanft auf den Arm.

Er drehte sich lachend zur Seite. »War doch nur Spaß! Natürlich habe ich dich noch eine Weile beobachtet. Erst als ich sicher war, dass du dem richtigen Pfad zurück ins Dorf folgst, bin ich zum Bach gegangen.«

»Du hast mich beobachtet? Dann hast du den Pfarrer gesehen?«

»Was war mit dem Pfarrer?«, hakte er sofort nach.

»Nichts!« Obwohl sie ihm gern von dem Zusammentreffen erzählt hätte, traute sie sich auf einmal doch nicht, ihn einzuweihen. Zu groß war die Angst vor der Verdammnis. Zum Glück meckerten hinter ihr im Stall die Ziegenkinder, da sie zurück auf die Wiese wollten. Jonata öffnete das Tor und schon sausten die Kleinen zu ihren Eltern.

»Ich habe Karotten im Stroh versteckt«, murmelte sie, als Fridolin mit seinen kleinen Hörnern gegen Tristans Beine stieß.

»Das dachte ich mir.« Er lachte und scheuchte das übermütige Böckchen fort.

»Ich konnte leider meine Armbrust nicht aus dem Haus schmuggeln.«

»Dann verschieben wir das Schießen auf ein anderes Mal. Ich möchte dir gern jemand vorstellen.«

Jonata schaute sich neugierig um.

»Sie hält sich versteckt.«

»Sie?« Nun wurde ihr unbehaglich zumute.

Anscheinend konnte er ihre Miene deuten, denn er sagte leise: »Du kannst mir vertrauen.« Tristan griff vorsichtig nach ihrer Hand und ließ sie dabei nicht aus den Augen. Jonata ließ es geschehen. Sie hörte seinen erleichterten Seufzer.

»Komm mit zum Waldrand. Dann werde ich sie dir vorstellen«, raunte er ihr zu.

»Ist sie deine Freundin?« Jonata wagte nicht, ihn anzusehen, aus Angst, dass er nicken würde.

»Ja, so könnte man sie bezeichnen. Allerdings eine Freundin mit vier Beinen.« Er schmunzelte.

Erstaunt sah sie ihn an, dann verstand sie und versuchte, ihm ihre Hand zu entziehen.

»Fürchte dich nicht! Es liegt mir sehr viel daran, dass du Morrígan kennenlernst und sie dich«, sagte er leise.

Jonata schaute ihm kritisch in seine geheimnisvollen Augen. Ihr Blick wanderte über sein Gesicht. »Woher stammt die Narbe neben deinem Kinn?«

Sofort fuhr seine linke Hand zu der Stelle. »Du hast sie bemerkt?«, fragte er überrascht.

Jonata nickte. »Sie ist mir bereits gestern aufgefallen.«

»Du hast eine gute Beobachtungsgabe«, lobte er sie, sodass sie verlegen zu Boden sah.

»Ich habe sie schon eine gefühlte Ewigkeit. Ein Freund hat mich aus Versehen mit der Mistgabel verletzt.«

»Wie konnte das geschehen?«

Tristan zuckte mit den Schultern. »Aus Übermut. Kilian und ich haben kämpfen geübt und dabei ist es passiert.«

»Seid ihr trotzdem noch Freunde?«

»Natürlich! Es war keine Absicht. Bitte, komm mit mir.«

Jonata nickte. »Aber nur kurz. Ich habe keine Lust auf eine weitere Standpauke meines Vaters«, sagte sie.

»Es dauert so lange, wie du es willst«, versprach Tristan und ging voran.

Misstrauisch schaute sich Jonata um, ob sie jemand beobachten würde. Doch weit und breit schien niemand zu sein.

Das glaubt mir niemand, dachte sie und folgte Tristan zu seinem Wolf.

43

Tristan war sehr aufgeregt. Wie würde Jonata auf Morrígan reagieren? Und wie die junge Wölfin auf den fremden Menschen?

Als Jonata schließlich zustimmte, ihn zu begleiten, hätte er vor Freude in die Luft springen mögen. Was war nur mit ihm? Warum wirbelte dieses Mädchen ihn innerlich derart durcheinander, dass er nicht mehr derselbe war? Tristan musste sich eingestehen, dass er zuvor noch nie für jemanden so empfunden hatte.

Dieses Gefühl war anders als das, was er anderen Mädchen gegenüber verspürte. Er empfand Bauchkribbeln, Aufregung, Freude und Angst vor Abweisung zugleich. Zwar hatte er mit Julia schon Zeit verbracht, doch er hatte nie das Bedürfnis verspürt, Julia an die Hand zu nehmen oder ihr gar einen Kuss zu geben. Doch bei Jonata hätte er all das gerne gemacht. Da er sie aber nicht erschrecken wollte, hielt er sich zurück.

Sein Herz raste wie noch nie und dabei gingen er und Jonata nur nebeneinander einher – ohne sich zu berühren. Erstaunt darüber schielte er zu ihr hinüber. Selbst in der Burschentracht mit verdreckten Beinen und zerzaustem Haar war sie für ihn das schönste Mädchen weit und breit. Hoffentlich mochten sich Jonata und Morrígan. Seine Wölfe gehörten zu ihm und er wüsste nicht, was er tun sollte, wenn Jonata sich weiter vor ihnen ängstigte.

»Weiß jemand aus deinem Wolfsclan, dass du hier bist?«

»Wo denkst du hin! Das würden sie genauso wenig dulden wie deine Leute, wenn sie wüssten, dass du mit mir spazieren gehst.«

Plötzlich rollte ein Knurren durch die Bäume. Sie waren bereits in der Nähe der Wölfin, die die Fremde roch.

»Bleib stehen«, mahnte Tristan Jonata.

Sie sah ihn ängstlich an. »Ist das eine Falle?«

Tristan roch ihre Furcht. Dieser Geruch wurde mit jedem ihrer Atemzüge stärker und übertünchte den Stallgeruch der Ziegen.

»Vertrau mir, Jonata! Ich würde dich niemals in Gefahr bringen. Tu, was ich sage, und bleib stehen, dann geschieht dir nichts«, bat er und sah sie dabei zärtlich an. Als sie zaghaft nickte, pfiff er eine kurze Melodie, mit der er seine Tiere immer zu sich rief.

»Wird sie mir auch wirklich nichts tun?«

Er hörte die Angst in ihrer Stimme. Nur zu gern hätte er sich nach ihr umgedreht. Aber das wäre zu gefährlich gewesen. Er musste seiner Wölfin in die Augen blicken, wenn sie aus dem Unterholz auftauchte.

»Ich habe nur eine Wölfin mitgebracht. Sie ist ruhig und zahm und würde dir niemals etwas antun. Bleib bei mir!« Ohne darüber nachzudenken, ergriff er Jonatas Hand und zog sie an seinen Rücken.

Sie zitterte, aber ließ es geschehen.

»Ich würde niemals zulassen, dass dir ein Leid geschieht. Vertrau mir!«, versprach er abermals und sog den Duft ihrer Haare ein. Da sprang die Wölfin auf sie beide zu und fletschte die Zähne. Tristan streckte seinen Arm von sich. »Bleib stehen, Morrígan«, befahl er. Die Wölfin gehorchte sofort, knurrte aber laut.

Tristan zog Jonata mit sich, als er einige Schritte auf die Wölfin zuging. Dabei sprach er beruhigend auf Morrígan ein. Nun winselte sie, sprang an ihm hoch und legte ihre Pfoten auf seine Schultern, um seine Mundwinkel zu lecken. Tristan umfasst ihren Hals und kraulte sie. »So ist es brav, mein Mädchen«, flüsterte er. Als Morrígan sich zurück auf den Boden stellte, stieß ihre Schnauze in Jonatas Richtung. Sie knurrte gefährlich.

»Schluss, Morrígan! Leg dich nieder!«, befahl er in scharfem Ton.

Die Wölfin gehorchte seinem Befehl.

»Bleib nah bei mir«, flüsterte Tristan Jonata zu.

Ihre Finger schoben sich in seine Hand, die er ihr hinter seinem Rücken entgegenstreckte. Sanft umschlossen seine Finger ihre und drückten sie zart. Tristan zog Jonata dichter an sich, sodass ihr Arm unter seinem nach vorne kam. Dann ging er mit ihr in die Hocke.

»Morrígan, das ist Jonata. Sie ist meine Freundin und tut dir nichts.«

44

Jonata hielt die Luft an, als sie sich über Tristans Rücken beugte und mit ihm in die Knie ging. Sie spürte seine Wärme, aber auch die Anspannung seiner Muskeln.

Mit zusammengepressten Augen wartete sie ängstlich auf das, was kommen würde. Als sie die weiche Schnauze der Wölfin an ihrer Hand spürte, zuckte sie kurz zurück. Doch Tristan ließ sie nicht los. Das Tier schnupperte an ihren Fingern und leckte schließlich darüber.

Tristans Muskeln lockerten sich und er ließ ihre Hand los. Jonata legte ihre Wange gegen seinen Rücken und sog seinen Duft ein. Er verweilte noch einige Augenblicke in der Stellung. Dann erhob er sich.

»Morrígan hat dich akzeptiert. Trotzdem musst du wachsam sein. Ich vertraue meinen Tieren, weiß aber auch, dass sie ihrem Instinkt folgen. Deshalb bin ich stets aufmerksam, niemals leichtsinnig und mache keine unüberlegten Bewegungen. Wenn du das beherzigst, wird sie dir nichts tun«, erklärte er ihr.

»Wie soll ich mich in ihrer Gegenwart unverkrampft bewegen, wenn ich weiß, dass sie im Grunde alles reizen könnte?«, fragte Jonata und spähte misstrauisch zur Wölfin.

»Mit der Zeit wirst du im Umgang mit ihr entspannter werden …«

»Mit der Zeit?«

»Ich dachte, wir sehen uns jetzt öfter?« Plötzliche Unsicherheit schwang in seiner Stimme mit.

Er will mich wiedersehen! Ihr Herz hüpfte vor Freude. Aber sie durfte nicht die Gefahr vergessen, in der sie sich beide befanden.

»Man darf uns niemals zusammen sehen«, sagte sie leise.

Tristan wandte sich ihr zu. »Das wird man auch nicht. Wir können einen geheimen Treffpunkt ausmachen, der außerhalb von meinem und deinem Land liegt. Einen Platz, wohin keiner unserer Leute geht.«

»Solche Orte kenne ich nicht.«

»Ich auch nicht. Alles, was nahe ist, kennt auch mein Volk.«

Plötzlich hatte Jonata eine Idee. »Ich weiß von einem Waldstück, das die Licentianer meiden. Unser Pfarrer geht dorthin. Doch vor ihm müssen wir auf der Hut sein.«

Sie zeigte in die Richtung. »Dort drüben beim alten Tannenbestand gibt es dichtes Unterholz mit Dornengestrüpp, in dem sich Wildschweinrotten aufhalten. Als du mich im Wald zurückgelassen hast, sah ich den Pfarrer und bin ihm gefolgt, da ich glaubte, er würde nach Hause gehen.«

»Was ist passiert?«, fragte Tristan und schaute hinüber zu dem Waldstück, das düsterer erschien als der übrige Forst.

Jonata zögerte kurz, doch dann weihte sie ihn in ihr Geheimnis ein. Sie beschrieb ihm auch die seltsamen Gegenstände in der Hütte, die sie nicht einzuordnen wusste.

Tristan hörte ihr aufmerksam zu, aber dann schüttelte er den Kopf. »Ich habe keine Ahnung, was das für Werkzeuge sein könnten. Ich müsste sie sehen.«

»Ich habe keine Zeit mehr, ich muss zurück nach Hause«, wisperte Jonata.

»Sollen wir morgen dorthin gehen, damit du mir die Dinge zeigen kannst?«, fragte er leise und sah sie erwartungsvoll an.

Jonata nickte. »Ich bin morgen zur gleichen Zeit wieder hier.«

Glücklich nahm Tristan ihre Hände in seine. »Ich freue mich«, flüsterte er.

Jonata lächelte. Sie wusste nicht, wie sie sich verhalten sollte. Doch dann nahm sie ihren Mut zusammen und drückte ihm einen Kuss auf die Wange. Ohne seine Reaktion abzuwarten, verschwand sie mit klopfendem Herzen zwischen den Bäumen.

45

Andrej folgte dem Pfad. Schon nach wenigen Minuten erlosch das Licht seines Smartphones.

Mist! Ich habe vergessen, das Handy aufzuladen.

Nun konnte er nur noch vage die Unebenheiten des Bodens ausmachen. Trotzdem vermutete er, dass der Weg ihn tiefer in den Berg hineinführte.

Plötzlich endete der Pfad in einer kleinen Höhle, die im vorderen Teil durch fahles Licht beschienen wurde. Mit einem mulmigen Gefühl in der Magengegend trat er ein und sah sich um.

Ein Mann mit langen Haaren kam aus einer dunklen Ecke auf ihn zu. Andrej wäre fast das Herz vor Schreck stehen geblieben, denn er kannte den Pfarrer aus der Survivalsendung.

»Guten Tag, Hochwürden«, flüsterte er höflich.

Der Pfarrer grinste. »Sei gegrüßt, mein Sohn! Du bist der Bote des Päckchens?«, fragte er mit rauchiger Stimme.

Andrej nickte und streckte ihm den Karton entgegen.

»Du hast ihn nicht geöffnet?«, fragte der Geistliche mit schneidender Stimme, sodass Andrej heftig den Kopf schüttelte und gleichzeitig stotterte: »Nein, nein! Ganz bestimmt nicht!«

»Dann werde ich dir glauben!«, sagte der Mann und betrachtete das Paket in seiner Hand und dann ihn.

Andrej konnte deutlich sein vernarbtes Gesicht erkennen. Bereits als er ihn das erste Mal in der Fernsehsendung gesehen hatte, hatte er sich gefragt, woher diese Narben wohl stammen würden. Doch jetzt, da er den Mann fragen könnte, traute sich Andrej nicht. Der Typ war ihm irgendwie unheimlich.

»Ein interessantes Tattoo«, sagte der Pfarrer unvermittelt.

Verwirrt blickte Andrej auf seinen blanken Arm, auf den das Bild eines Fallschirms gestochen war. Er nickte zaghaft. »Ich war bei den Fallschirmspringern beim Bund.«

»Ich war im Afghanistankrieg und habe davon ein Andenken mitgebracht«, erklärte der Geistliche und tippte mit seinem Zeigefinger gegen seinen Kopf. »Ein Granatsplitter wandert durch mein Gehirn.«

Andrej schaute ihn ehrfürchtig an, verbiss sich aber jeglichen Kommentar. Stattdessen sagte er, ohne darüber nachzudenken. »Sie spielen den Geistlichen in dieser Serie.«

Sofort erschallte das raue Lachen des Pfarrers in der Höhle, das ihn frösteln ließ. »Du denkst, es ist bloß ein Spielfilm und wir sind Schauspieler?«

Andrej hob die Schultern und ließ sie wieder fallen. »Ja, dachte ich. Ich finde diese Survivalsendung megainteressant. Auch wie Sie alle in dieser einfachen Welt zurechtkommen. Ohne Handy und so. Für mich wäre das undenkbar.«

»Das war der Sinn, warum wir hierhergekommen sind. Wir wollten mit diesem ganzen Kram nichts mehr zu tun haben und frei und unabhängig sein. Ihr da draußen merkt schon gar nicht mehr, wie sehr diese Technologie euer Leben beeinflusst, wie ihr ihr sogar hörig seid. Dabei werdet ihr von der Wirtschaft manipuliert, den ganzen unnötigen Mist anzuschaffen. Ich kann sehr wohl ohne den Krempel leben. Außerdem bin ich hierhergekommen, um diesen verdammten Krieg zu vergessen. In eurer Welt wird man tagtäglich daran erinnert und mit schlechten Nachrichten konfrontiert. Das wollten wir nicht mehr. Hier atmen wir klare Luft und leben ein friedliches Leben. Unaufgeregt und entspannt.« Der Pfarrer fixierte ihn mit seinen stechenden Augen. »Du weißt, dass du keiner Menschenseele gegenüber ein Sterbenswörtchen über unser Treffen verraten darfst!«

Andrej nickte hastig. »Ja, das weiß ich. Ich werde mich auch daran halten. Das verspreche ich Ihnen.«

»Das will ich dir geraten haben! Die Konsequenzen für dich wären grauenvoll!«

Andrej, der seit dem Betreten der Höhle mit einem unguten Gefühl kämpfte, hätte sich am liebsten geohrfeigt. Warum hatte er nicht die Finger von diesem Auftrag gelassen? Er machte sich vor Angst beinahe in die Hose.

»Deinen Lohn hast du bekommen?«, fragte der Pfrarrer, der ihn immer noch forschend ansah.

Er bejahte mit kraftloser Stimme, was dem Mann ein Schmunzeln entlockte.

»Dann kannst du jetzt den Rückweg antreten.«

Andrej kratzte sich am Kopf und sah sich suchend um.

»Was ist?«, raunzte der Pfarrer.

»Wohin gehen Sie? Die Höhle scheint das Ende des Pfads zu sein, doch ich kann nirgends eine Tür entdecken.«

»Wenn alles offensichtlich wäre, wäre für unsere Sicherheit ungenügend gesorgt. Manchmal liegt das Offensichtliche auch im Verborgenen«, erklärte er orakelhaft und machte eine wegscheuchende Handbewegung.

Ohne ein weiteres Wort drehte sich Andrej auf dem Absatz um und folgte dem Pfad zurück. Als er den Eingang vor sich sah, trat er erleichtert aus der Höhle. Sofort wurde er von dem breiten Busch wieder verschlossen.

Andrej legte eine Hand vor die Stirn, da er vom Sonnenlicht geblendet wurde. Er sah sich blinzelnd um. Da entdeckte er den Raben wieder, der sich scheinbar nicht vom Ast wegbewegt hatte. Der Vogel drehte den Kopf nach rechts und nach links. Ganz so, als ob er über Andrejs Erscheinen aus dem Fels überrascht wäre.

»Da schaust du, du Seelenfänger!«, spottete Andrej und lachte befreit auf.

Sein Blick schweifte an dem Bergmassiv vorbei in die Ferne. »Zwei Welten … nur durch diesen Fels getrennt«, murmelte er und wusste nicht, was er davon halten sollte. Doch im Grunde war es ihm egal.

Er fasste zufrieden an seine Gesäßtasche, wo der Umschlag mit dem Geld knisterte. »Es war leichter, als ich gedacht habe. Wenn wieder ein Päckchen geliefert werden muss, können sie mich gerne anrufen«, murmelte er in Richtung Höhleneingang.

Grinsend ging er zu seiner Maschine, die er zwischen zwei Felsen versteckt hatte. Er zog den Helm auf, schob das Motorrad aus dem Wald und warf es an.

46

Jonata mistete den Stall so schnell wie sonst nie aus. Anschließend breitete sie in Windeseile das Stroh auf dem Boden aus und füllte die Krippen mit Heu. Zum Schluss warf sie wie jeden Tag Leckerbissen in den Stall. Kritisch betrachtete sie ihre Arbeit.

»Für heute muss es genügen«, sagte sie zu Kasimir, der bereits das Stroh nach den Leckerbissen durchwühlte. Als ob das Böckchen sie verstehen würde, sah es kurz auf, meckerte und versenkte dann seinen Kopf wieder zwischen den goldenen Halmen.

Jonata stellte ihre Mistgabel zur Seite und rannte hinüber in den Wald. Bevor sie zwischen die Bäume trat, schaute sie sich um. Alles wie immer, vergewisserte sie sich und tauchte im Forst ein. Als sie den vereinbarten Treffpunkt erreichte, hörte sie bereits das Knurren der Wölfin.

»Still, Morrígan. Das ist meine Freundin Jonata!«, hörte sie Tristan leise sagen.

Morrígan legte sich auf den Boden und betrachtete die Besucherin.

Seine Freundin! Jonatas Wiedersehensfreude wurde durch seine Worte noch verstärkt. Vorsichtig kam sie näher und ließ die Wölfin nicht aus den Augen.

Als Jonata Tristan anschaute, lächelte er und ergriff ihre Hand. Zaghaft zog er sie an sich. »Schön, dass du da bist«, raunte er ihr ins Ohr und strich ihr sanft über die Wange.

Jonata neigte ihr Gesicht kurz seiner Hand entgegen. Sie waren sich so nahe wie nie zuvor. Sonnenstrahlen fielen durch die Äste und beleuchteten sein Antlitz. *Honig,* dachte sie. Seine Augen hatten die Farbe von flüssigem Honig.

Tristan setzte sich neben Morrígan auf den Waldboden und zog Jonata neben sich. Die Wölfin sah sie hechelnd an. Doch dann legte sie entspannt den Kopf auf Tristans Schoß und schloss die Augen. Tristan nahm Jonatas Hand und führte sie zu der Wölfin. Er sah sie fragend an und sie nickte.

»Du musst dich mit deiner Arbeit im Ziegenstall sehr beeilt haben«, sagte er, während er mit ihren Fingern über das Fell des Tiers strich.

»Heute Morgen in der Schule hatte ich das Gefühl, als ob die Zeit kriechen würde. Ich konnte es kaum erwarten, bis die Glocke endlich ertönte. Bei der Stallarbeit schien es dann, als ob sie rasen würde.«

»Ich hoffe, du hast den Zicklein trotzdem ihre Leckerbissen ins Stroh geworfen«, meinte er grinsend.

»Natürlich! Ohne ihre heiß geliebten Karottenstücke zu verstecken, dürfte ich nicht gehen. Sie würden mich wahrscheinlich laut meckernd verfolgen.« Sie kicherte. »Leider konnte ich die Armbrust wieder nicht mitbringen, da ich sonst noch mal nach Hause gemusst hätte.«

»Ich würde zwar liebend gerne sehen, wie du mit dem Pfeil das Ziel triffst, aber das hat noch Zeit. Ich komme ja jetzt öfters hierher.«

Bei diesen Worten hatte Jonata das Gefühl, die Schmetterlinge in ihrem Bauch würden Purzelbäume schlagen. Da kam ihr eine Idee. »Jeden Freitag übe ich mit meinem Vater das Armbrustschießen außerhalb des Dorfs.« Sie wies ihm die Richtung. »Dort hinten am Waldesrand sind Strohscheiben aufgestellt. Vielleicht hast du Lust, heimlich zuzusehen. Obwohl …«

»Obwohl was?«

»Wenn ich weiß, dass du mir irgendwo versteckt zusiehst, werde ich sicherlich sehr nervös sein und danebenschießen.«

»Mach dir darüber keine Gedanken, Jonata. Du bist in allem, was du tust, perfekt.«

Jonata sah ihn überrascht an. So etwas Schönes hatte noch niemand zu ihr gesagt. Obwohl ihre Wangen brannten, konnte sie den Blick nicht von ihm nehmen. »Du bist der netteste Junge weit und breit und dabei bist du einer dieser gefährlichen Wolfsbanner«, meinte sie schmunzelnd.

»Und du gehörst den furchtbaren Licentianern an, mit denen wir nichts zu tun haben wollen«, konterte er verschmitzt.

Jonata spürte wieder dieses Knistern in der Luft. Die Härchen auf ihren Armen stellten sich auf. Langsam kamen sich ihre Gesichter näher, doch da hob Morrígan den Kopf und schaute in die Richtung, aus der Jonata gekommen war. Als sie knurrte, standen beide hastig auf.

»Da ist jemand«, flüsterte Tristan und kniete sich wieder nieder, um seinen Arm um Morrígans Hals zu legen.

Hektisch sah Jonata von Tristan zu der Wölfin und dann wieder in die Richtung, aus der die Wölfin etwas gehört hatte. »Was sollen wir nur machen … wenn uns jemand hier zusammen sieht?«, wisperte sie. Dieses Mal schlug ihr Herz vor Angst gegen ihre Rippen. Sie wollte sich nicht ausmalen, was passieren würde, wenn man Tristan und sie hier erwischen würde.

Es knackte im Unterholz und plötzlich stand ihre Freundin Tabea vor ihnen. Morrígan knurrte sie laut an und bleckte die Zähne.

»Tabea! Was machst du hier?«

»Wusste ich es doch, dass du dich heimlich mit diesem Wolfsbanner triffst«, zischte ihre Freundin. Als Morrígans Knurren lauter wurde, stolperte sie einen Schritt zurück.

»An deiner Stelle würde ich ruhig stehen bleiben und jede plötzliche Bewegung vermeiden«, riet Tristan und hielt seine Wölfin umschlungen. Dabei flüsterte er dem Tier Befehle zu, die Jonata nicht verstehen konnte.

»Warum bist du mir gefolgt?«, fragte sie Tabea, die wie versteinert dastand.

»Ich wollte wissen, ob du mich tatsächlich hintergehst«, stammelte sie, ohne die Wölfin aus den Augen zu lassen.

»Wieso sollte ich dich hintergehen? Ich kann tun und lassen, was ich will, und bin dir keine Rechenschaft schuldig!«

»Wir hatten eine Vereinbarung als Freundinnen, dass du dich nicht mehr mit dieser Bestie triffst. Du hast sie gebrochen«, warf Tabea ihr vor.

»Redest du etwa von mir?«, fragte Tristan zornig.

»Von wem denn sonst«, blaffte sie und sah Tristan voller Hass an.

»Du kennst mich nicht, um so über mich zu urteilen. Warum bezeichnest du mich als Bestie?«

»Ihr seid Werwölfe, die mit Untieren zusammenleben. Ich werde euch in unserem Dorf melden, damit sie Jagd auf euch machen.«

Jonata sah ihre Freundin entsetzt an. »Wieso drohst du uns, Tabea? Du weißt, dass wir beide keine Vereinbarung getroffen haben. DU hast von MIR verlangt, dass ich mich nicht mehr mit Tristan treffen soll, obwohl ich dir erklärt habe, dass er ein Mensch wie du und ich ist. Außerdem liegt mir sehr viel daran, ihn zu sehen«, erwiderte Jonata und stellte sich dicht neben Tristan, um Tabea zu zeigen, dass es ihr ernst war mit dem, was sie sagte.

»Pah, ein Mensch wie ich und du! Dass ich nicht lache. Ein Mensch mit einer Bestie, für den du unsere Freundschaft opferst!«, schimpfte Tabea zwar, doch Jonata glaubte, Verunsicherung in ihrer Stimme zu hören. Während Tabea das sagte, musterte sie Tristan abfällig.

Langsam kam er aus der Hocke hoch und befahl seiner Wölfin sanft: »Morrígan, bleib unten!« Das Tier gehorchte, belauerte Tabea aber weiterhin.

»Ich wollte niemals unsere Freundschaft opfern, doch du hast mich vor die Wahl gestellt«, verteidigte sich Jonata.

»Wie ich sehe, hast du dich entschieden«, giftete Tabea.

»Warum bist du so feindselig? Wenn du mich besser kennen würdest, wüsstest du, dass ich nicht anders bin, als ihr es seid. Schließlich waren wir einst ein Volk«, erklärte Tristan und sah Tabea freundlich lächelnd an.

»Es wird schon einen Grund geben, warum man euch aus Licentia fortgejagt hat. Ich werde euch melden!«, erklärte Tabea uneinsichtig und wollte fortgehen. Doch Morrígan knurrte sofort.

»Falls du Jonata mit deinem Geschwätz in Schwierigkeiten bringst, werde ich meine Wölfin auf dich hetzen«, drohte Tristan mit entschlossenem Blick, sodass beide Mädchen ihn mit großen Augen ansahen.

Jonata forschte in Tristans Miene, wie ernst er es meinte. Sein Blick war zwar wütend, aber nicht so böse, dass sie ihm zutraute, diese Drohung wahr zu machen.

»Ich bitte dich, Tabea! Wenn du Tristan näher kennenlernst, wirst du sehen, dass er ein guter Mensch ist.«

Tabea schien sie nicht zu hören. Ihr Blick haftete weiter auf Tristan. »Das würdest du nicht wagen«, wisperte sie.

»Morrígan hat deinen Geruch in sich aufgenommen und würde dich überall wiederfinden, wenn ich ihr nur den Befehl dazu geben würde.«

»Das kann sie nicht!«

»Sollen wir es ausprobieren? Morrígan ist die Kehlendurchbeißerin in meinem Rudel.«

»Du lügst«, flüsterte Tabea kaum hörbar und ging einen Schritt rückwärts. Tristan schnippte mit dem Finger und Morrígan setzte sich auf.

Jonata hielt die Luft an, aber Tristan warf ihr einen Blick zu, der ihr bedeutete, nicht einzugreifen.

Tabea riss die Augen ängstlich auf. »Wage nicht, diese Bestie auf mich zu hetzen.«

»Dann schwöre jetzt hier sofort, bei allen Heiligen, die du verehrst, dass du weder Jonata noch mich verrätst.«

Tabea zögerte, doch als Tristan die Finger wie zum Schnippen in die Luft hob, krächzte sie hastig: »Ich schwöre! Ich schwöre!«

»Bei allen Heiligen!«, forderte Tristan ernst.

Tabea nickte. »Bei allen Heiligen! Kann ich jetzt gehen?«

»Du darfst«, erklärte Tristan hoheitsvoll.

Das ließ sich ihre Freundin nicht zweimal sagen. So schnell sie ihre Beine trugen, verschwand sie in die Richtung, aus der sie gekommen war.

Jonata sah Tristan zweifelnd an. Es hatte für sie irgendwie den Anschein, als ob er die Situation und auch seine Macht genießen würde. »Würdest du Morrígan tatsächlich auf Tabea hetzen?«, fragte sie so leise, dass nur er es verstehen konnte. Jonata befürchtete, Tabea könnte sie trotz der Furcht vor der Wölfin beobachten.

Tristan schien ihre Besorgnis zu erahnen, denn er trat näher an sie heran, umarmte sie und zog sie dicht an sich. »Was denkst du von mir? Ich bin doch keine Bestie«, flüsterte er. Dann drückte er ihr einen Kuss auf die Wange.

Das ging so schnell, dass Jonata nicht wusste, ob der Kuss ihrem Wunschdenken entsprungen oder echt war. Doch ein Blick in seine Augen verriet ihr, dass sie nicht geträumt hatte.

»Zeigst du mir jetzt das Versteck des Pfarrers?«, fragte er grinsend.

»Ich würde lieber nach Hause gehen, denn ich weiß nicht, ob deine Drohung Tabea tatsächlich eingeschüchtert hat.« Als sie seinen enttäuschten Blick sah, versprach sie: »Morgen können wir uns wieder hier treffen. Dann werde ich dich zu dem Unterstand führen.«

»Versprochen?«

Jonata nickte. Als sie sich aus seiner Umarmung löste, drückte sie ihm ebenfalls einen Kuss auf die Wange. Ohne Tristans Reaktion abzuwarten, eilte sie davon.

Als sie aus dem Wald trat, suchte sie die Gegend nach Tabea ab. Doch sie konnte sie nirgends entdecken.

Vielleicht hat Tristans Einschüchterung gewirkt und sie behält unser Geheimnis für sich, hoffte Jonata und ging beschwingt nach Hause.

47

An den Monitoren beobachtete Josh, wie der Bote die Höhle verließ. Kaum war das Motorrad aus seinem Sichtfeld verschwunden, schaltete er die Lichter in der Höhle ein, damit Gabriel wusste, dass er ihn sprechen wollte. Dann wartete er, bis Gabriel vor die Kamera im Versammlungsraum trat. Über sie konnte die erste Generation Kontakt mit dem Sender halten.

»Hallo, Gabriel!«, grüßte Josh den Mann.

»Sei gegrüßt«, erwiderte dieser.

Josh konnte seine ablehnende Haltung erkennen, doch er ignorierte sie.

»Leg den Karton auf den Tisch und öffne ihn«, bat Josh. Als Gabriel der Aufforderung nachkam, erklärte er: »Die weiße Schachtel ist für dich.«

Hastig riss Gabriel den Karton auf. Als er den Inhalt sah, entglitten seine Gesichtszüge. »Was ist das?«, fragte er und hielt die weißen Plättchen in die Kamera. »Wo sind die Ampullen mit dem Morphium?«, rief er außer sich.

»Diese Pflaster sind mit einem Schmerzmittel versetzt worden. Es ist wirkungsvoller als das, was du bis jetzt genommen hast. Zudem sind die Pflaster einfach in der Handhabung. Man klebt sie sich auf den Bauch, sodass das Medikament über die Haut aufgenommen wird.«

»Warum keine Ampullen? Ich will wieder Ampullen haben!«, rief Gabriel zornig.

»Wir haben uns dazu entschlossen, weil eine unsaubere Nadel eine Infektion auslösen kann, die in deiner Welt gefährlich werden könnte. Halt durch, Gabriel! Es kann nicht mehr lange dauern, bis du operiert wirst«, versuchte Josh, dem Mann Mut zuzusprechen.

»Ihr verarscht mich doch! Wie sollen diese Dinger mir meine Schmerzen nehmen können?«

»Wir würden dich niemals leiden lassen. Das musst du uns glauben. Probier sie erst mal aus!«

Um ihn abzulenken, wies Josh zu dem anderen kleinen Karton. »Darin befinden sich Armbänder, die an die Kinder verteilt werden sollen, die älter als zehn Jahre sind«, erklärte er. »Eine Namensliste liegt bei. Hagen soll sie ausgeben, bevor die Ziehung des Erwählten oder der Erwählten stattfindet.«

Gabriel öffnete die Box und nahm eines der Bänder heraus. »Was ist das für unnötiger Mist?«, fragte er gehässig.

»Wir haben sie speziell für das Jubiläum anfertigen lassen. Hagen soll darauf achten, dass jedes Kind sein persönliches Armband erhält. Die Namen wurden auf der Rückseite des Medaillons eingraviert.«

»Ihr führt doch irgendwas im Schilde«, sagte Gabriel mit argwöhnischem Blick.

Josh hatte mit seinem Misstrauen gerechnet. »Unser Big Boss hofft, dass die Zuschauer diese Armbänder ebenfalls wollen und deshalb Geld in die Kassen fließt. Sicherlich kannst du dir vorstellen, dass das alles sehr kostspielig ist. Irgendwie muss auch deine Operation bezahlt werden.«

»Willst du mir jetzt ein schlechtes Gewissen einreden?«

»Nein, natürlich nicht. Wir wollen nur, dass diese Armbänder verteilt werden. Mehr nicht.«

Gabriel nickte mit zusammengepressten Lippen.

»Wir bleiben in Kontakt. Sobald es etwas Neues von dem Chirurgen gibt, sende ich dir eine Brieftaube.«

Josh drückte auf die Exit-Taste und beendete das Gespräch. Der Bildschirm wurde schwarz.

Von: Josh Keller
Gesendet: Donnerstag, 19. Mai 2017 20:50
An: Lasarew, Wladimir
Betreff: Gabriel

Hallo Wladimir,

Pfarrer Gabriels Zustand verschlechtert sich zusehends. Der Granatsplitter in seinem Kopf scheint zu wandern, sodass seine Schmerzen sich verschlimmern. Ich konnte beobachten, dass er vermehrt in das abgelegene Waldstück verschwindet, wo er die Drogen aufbewahrt. Anscheinend hat er seine Dosis erhöht, wodurch Stimmungsschwankungen bei ihm auftreten. Der Arzt sollte informiert werden, dass Gabriel in absehbarer Zeit dringend operiert werden muss. Er hat jetzt die Schmerzpflaster bekommen. Trotzdem befürchte ich, dass wir ihn nicht mehr lange kontrollieren können.

Mit freundlichen Grüßen
Josh Keller

Von: Wladimir Lasarew
Gesendet: Freitag, 20. Mai 2017 00:10
An: Keller, Josh
Betreff: Re: Gabriel

Hallo Josh,

sobald ich zurück in Moskau bin, werde ich mich mit dem bekannten Hirnchirurgen Liebmann in Verbindung setzen. Er muss kontrollieren, ob man den Eingriff endlich vornehmen kann. Bei der letzten Untersuchung saß der Splitter ungünstig, sodass die Gefahr eines Misserfolgs gegeben war.

Bis dahin müsst ihr vermeiden, dass die Zuschauer einen drogenabhängigen Pfarrer zu sehen bekommen. Nicht auszudenken, wenn sich die Kids an ihm ein Beispiel nehmen und plötzlich Drogen konsumieren würden.

Ich kümmere mich um den Operationstermin.

Grüße
W. L.

48

Tristan betrat das Gehege, um sein Rudel zu füttern. Während er seinen Wölfen beim Fressen zusah, lehnte er sich gegen die Holzeinzäunung. Sobald sie satt waren, wollte er mit Morrígan wieder nach Licentia schleichen.

Lächelnd zupfte er einen Grashalm ab und kaute auf dem Stiel. Am liebsten würde er seine gesamte Zeit nur noch mit Jonata verbringen. Es gab so viel, was er ihr zeigen wollte. Den Bach, den kleinen Wasserfall, die Grotte, die er erst vor Kurzem entdeckt hatte. Er würde auch gern einfach nur mit ihr auf der Wiese liegen und die Wolkenbilder deuten. Aber würden sie sich je so frei in den Gebieten rund um ihre Dörfer bewegen können? Tristan schob die Gedanken beiseite. Er wollte sich seine Vorfreude auf das Treffen nicht trüben lassen.

Endlich waren die Tiere gesättigt. Er rief Morrígan zu sich und verließ mit ihr das Gehege. Als er über den Hof lief, kam ihm sein Vater entgegen.

»Ist Morrígan krank?«, fragte sein Vater irritiert.

»Wie kommst du darauf?«

»Es ist bereits der zweite Tag, dass du allein mit der Wölfin unterwegs bist.«

»Nein, sie ist kerngesund. Ich will nur mehr Zeit mit ihr verbringen, weil die anderen sie stetig zur Seite drängen.«

»Das hast du mir bereits erklärt. Ich denke nicht, dass es für das Rudel förderlich ist, wenn du die Schwächste bevorzugst. Das kann Unruhe stiften. Unterhalte dich darüber mit deiner Mutter. Sie weiß am besten, was man machen darf und was nicht.«

»Das ist ein guter Ratschlag, Vater! Sobald ich zurück bin, rede ich mit Mutter.«

»Warum nicht gleich?«

»Ich möchte noch einmal mit Morrígan allein durch den Wald gehen – ohne ein schlechtes Gewissen zu haben, weil es womöglich falsch ist«, stotterte Tristan.

»Soso.« Sein Vater grinste wissend. »Dann bring meinem Rudel auch einen Batzen Fleisch mit!«, rief er ihm hinterher, denn Tristan ging rasch weiter, da er spürte, wie verdächtig sein Gestammel war. Als Zeichen, dass er seinen Vater verstanden hatte, hob er die Hand. Dann lief er eilig zum Rand des Dorfs, wo die goldenen Felder begannen, hinter denen Jonata auf ihn wartete.

49

Jonata saß in der Schulbank und schielte immer wieder zu Tabea hinüber. Doch ihre Freundin sah an ihr vorbei oder warf ihr nur wütende Blicke zu. Manchmal tuschelte sie auch mit ihrer neuen Banknachbarin, die dann grinsend zu ihr schaute. Das verunsicherte Jonata so sehr, dass sie sich mehr auf die beiden konzentrierte als auf den Unterricht.

Irgendwann wurde es ihr jedoch zu anstrengend, Tabea weiterhin zu beobachten, und sie dachte an Tristan. Was er wohl gerade im Unterricht durchnahm? Gab es überhaupt eine Schule in seinem Dorf?

Spinn nicht, Jonata, so gebildet, wie er ist, wird er sicherlich auch die Schulbank drücken müssen.

Wenn doch nur endlich Ferien wären! Dann könnte sie schon ganz früh im Morgengrauen den Stall machen und sich mit ihm treffen. Wie gern würde sie ihm ihr Land zeigen. Erst kürzlich hatte sie einen Dachsbau entdeckt, in dem eine fünfköpfige Dachsfamilie lebte …

»Anscheinend ist deine Aufmerksamkeit schon im Wochenende oder bei den Feierlichkeiten, Jonata. Jedenfalls bist du gedanklich irgendwo, nur nicht mehr hier im Klassenzimmer. Ich habe dich schon zweimal aufgerufen, doch du träumst am helllichten Tag«, rügte Lehrer Timmel sie vor der gesamten Klasse und riss sie aus ihrem Tagtraum. Ihre Mitschüler lachten, als sie sich erschrocken umsah. Nur Tabea schaute sie grimmig an.

»Entschuldigung, Herr Timmel.«

»Jetzt ist es sowieso einerlei, denn die Unterrichtsstunde ist jeden Augenblick zu Ende«, seufzte der Lehrer. »Wir sehen uns übermorgen bei der Jubiläumsfeier. Bis dahin wünsche ich euch eine gute Zeit.« Da ertönte auch schon die Schulglocke. Sogleich stürmten die Schülerinnen und Schüler hinaus ins Freie.

Jonata rannte ebenfalls nach Hause und begrüßte ihre Mutter knapp, während sie in ihre Kammer lief und sich für die Stallarbeit umzog.

Sie wollte direkt wieder hinauslaufen, als ihre Mutter sie zurückrief. »Warum hast du es so eilig?« Lachend drückte sie ihr eine Schüssel mit Karottenschalen in die Hand. »Für deine Ziegenkinder.«

»Danke! Ich bin schon spät dran!«, rief Jonata ohne eine weitere Erklärung und eilte zur Tür hinaus. Wie ein kleines Kind hopste sie durch die Gassen.

Nach getaner Stallarbeit warf Jonata die Karottenschale ins Stroh. »Es tut mir leid, dass ich im Augenblick nicht mehr Zeit mit euch verbringen kann, aber Tristan wartet!«, rief sie den Ziegenkindern zu, die sich auf die Leckerbissen stürzten.

Vor dem Stall schaute sie sich nach allen Seiten um, ob sie irgendwo Tabea entdecken konnte. Jonata fühlte einen Stich im Herzen. Es tat ihr weh, dass sie sich mit ihrer Freundin nicht mehr austauschen konnte. Wie gern hätte sie sie an ihrem Glück teilhaben lassen. Doch da Tabea zu keinem Gespräch mehr bereit war, wischte Jonata die Traurigkeit zur Seite. Sie wollte sich ihre Freude, mit Tristan zusammen zu sein, nicht kaputt machen lassen. Mit einem letzten Blick in die Umgebung lief sie in den Schutz des Waldes.

50

Tristan konnte es kaum erwarten, Jonata wiederzusehen. Aufgeregt stand er zwischen den Bäumen und wartete auf sie. Er kannte sie kaum und doch brachte sie ihn um den Schlaf. Die halbe Nacht hatte er wach gelegen, weil er an sie denken musste. Er wollte kaum noch ohne sie sein.

Ob ihre Freundin tatsächlich schwieg? Nicht auszudenken, wenn ihre heimlichen Treffen auffliegen würden und sie sich nicht mehr sehen könnten.

Zwischen den Büschen raschelte es. Sein Kopf ruckte hoch. Doch da Morrígan ruhig liegen blieb, entspannte er sich. Er wusste, dass es Jonata war. Die Wölfin hatte sich an sie gewöhnt. Freude durchströmte ihn und wurde bei Jonatas Anblick noch größer.

Während er auf sie gewartet hatte, hatte er überlegt, wie er sie begrüßen sollte. Jetzt, da sie da war, wusste er es immer noch nicht. Unsicher lächelte er sie an. Schließlich machte er einen Schritt auf sie zu und nahm sie in den Arm. »Ich hatte schon Angst, dass Tabea uns verraten hat«, flüsterte er und vergrub sein Gesicht in ihrem Haar. Mit geschlossenen Lidern sog er den Duft in sich ein. Sanft drückte er ihr einen Kuss auf den Scheitel. Dann schaute er ihr lächelnd in die Augen.

Auch sie schien verunsichert zu sein, wie sie ihm entgegentreten sollte. Vorsichtig strich er ihr über die Wange. Sie neigte den Kopf in seine Hand und schloss die Augen.

Er zog sie fest an sich. »Ich habe dich vermisst!«, murmelte er.

»Ich dich auch. Manchmal habe ich Angst, alles nur zu träumen. Dann fürchte ich mich, hierherzukommen und dich nicht zu finden.«

»Ich glaube nicht, dass du mich wieder loswirst«, flüsterte Tristan und drückte sie erneut an sich.

»Wollen wir zu dem Versteck des Pfarrers gehen, damit du dir diese seltsamen Dinge ansiehst?«, fragte sie ihn.

»Am liebsten würde ich einfach so mit dir hier stehen bleiben«, murmelte er und löste sich nur widerwillig aus der Umarmung. »Aber ich bin selbst neugierig, was das für geheimnisvolle Werkzeuge sein können.«

51

Jonata hatte Mühe, sich in dem fremden Waldstück zurechtzufinden. Ziellos irrte sie mit Tristan umher.

»Kannst du dich an gar nichts erinnern?«, fragte er nach einer Weile und sah sich suchend um.

»Ich bin dem Pfarrer gefolgt, ohne auf den Weg zu achten. Zurück bin ich einfach nur gerannt. Da habe ich weder nach rechts noch nach links geschaut. Ich wollte einfach nur weg von ihm«, erklärte sie zerknirscht.

»Das kann ich gut verstehen. Lass uns noch ein Stück weiter in den Wald hineingehen. Wenn wir den Unterstand dann nicht finden, gehen wir zurück«, schlug er vor.

Jonata war froh, dass Tristan bei ihr war. Der Wald erschien ihr düster und unheimlich. Nicht ein Vogel war zu hören oder zu sehen.

Nach einer Weile erspähte sie endlich den Verschlag aus Tannen und Baumstämmen.

»Hier ist es«, wisperte sie und zeigte zu dem hüttenähnlichen niedrigen Versteck, das erst auf den zweiten Blick zu erkennen war.

Tristan rief Morrígan zu sich. Dicht gefolgt von der Wölfin schlichen sie zu der Behausung. »Er scheint nicht da zu sein, denn sonst würde sie ihn wittern.« Vorsichtig schaute er in die geheimnisvolle Behausung hinein.

»Lass uns nicht länger warten und hineingehen.«

»Was ist, wenn er plötzlich auftaucht?«

»Morrígan wird uns warnen«, versprach Tristan und gab der Wölfin den Befehl, sich hinter einem Baumstamm niederzulegen. Jonata atmete tief ein und aus und betrat dann mit Tristan die Behausung.

Sie schaute sich suchend nach den Geräten um. In einer Ecke stand eine offene Holzkiste, in der sie eine Metallschachtel entdeckte. Sie öffnete diese und zuckte zurück. »Schau! Hier ist dieses Ding«, sagte sie leise und hielt Tristan das Gerät mit der Nadel unter die Nase.

Neugierig besah er sich das unbekannte Gerät von allen Seiten. »Ich habe so etwas noch nie gesehen. Sehr merkwürdig«, flüsterte er und legte es zurück in die Kassette. Dann zerbröselte er einige getrocknete Blätter zwischen seinen Fingern, die neben einer Pfeife lagen. Vorsichtig schnupperte er an den Krümeln. »Was sind das für geheimnisvolle Dinge, dass sich dieser Pfarrer dafür extra einen Unterstand in einem abgelegenen Waldstück baut? Und wozu braucht er das ganze Zeug?«

»Ich denke, er will nicht gestört werden und unbeobachtet sein.«

Tristan nahm den Gegenstand wieder zur Hand und besah ihn sich genau. Dabei zog er das eine Teil aus dem runden Behälter, bis er Widerstand spürte. »Dieses Ding ist so durchsichtig wie Glas, aber viel leichter und es klingt nicht.« Er klopfte mit dem Fingernagel dagegen. Plötzlich zog etwas anderes seine Aufmerksamkeit auf sich. »Schscht, still!« Er legte einen Finger auf die Lippen und lauschte.

Nun konnte auch Jonata das Knurren hören. »War das Morrígan?«, wisperte sie mit bebender Stimme.

Tristan legte seine Finger auf ihren Mund, damit sie

schwieg. Er neigte den Kopf zum Eingang des Verschlags und lauschte angestrengt.

»Da ist jemand«, flüsterte er und packte Jonatas Hand. »Bei drei stürmen wir los«, befahl er leise.

Jonata wagte kaum, Luft zu holen.

Morrígans Knurren wurde lauter. Da hörten sie die Stimme des Pfarrers. »Verflucht! Wie kommt der Wolf hierher? Verschwinde, du Bestie!«, schrie er das Tier an.

Morrígan heulte auf. Im selben Augenblick wurde Jonata aus der Hütte gerissen. Sie spürte, wie sie gegen jemanden prallte, der herumgeschleudert wurde und keuchend zu Boden ging.

»Morrígan! Hierher!«, schrie Tristan und zerrte Jonata weiter mit sich.

»Was habt ihr beide hier zu suchen!«, rief der Pfarrer ihnen hinterher, der sich vom Boden aufrappelte. »Bleibt stehen oder ihr werdet es bereuen! Jonata! Komm sofort zurück. Ich werde deinem Vater von dir und diesem Burschen erzählen!«, hörte Jonata den Pfarrer brüllen.

Sie reagierten nicht auf sein Geschrei und rannten weiter.

»Das wird nicht ungestraft bleiben! Das ist Sünde! Die Verdammnis ist euch sicher, wenn ihr hiervon jemandem erzählt«, kreischte der Geistliche.

Jonata wagte es, kurz zurückzuschauen, und sah das wutverzerrte Gesicht des Pfarrers. Ihr stockte der Atem.

Sie hatte das Gefühl, um ihr Leben zu rennen. Erst auf der Lichtung wurden sie langsamer und versteckten sich hinter einem umgefallenen großen Baum, dessen Krone sie verdeckte. Schnaufend kauerten sie sich nieder. Morrígan legte sich hechelnd neben sie auf den kühlen Waldboden.

»Hast du das gehört? Er hat uns verdammt«, keuchte Jonata.

Tristan nickte. »Er ist wirklich kein netter Mensch, euer

Pfarrer. Zum Glück ist er uns nicht gefolgt«, japste er und sah sich um. Dann schaute er zu seiner Wölfin, die ebenfalls aufmerksam das Umfeld betrachtete. Da sie keinen Laut von sich gab, setzte er sich neben Morrígan ins Gras und nahm Jonatas Hand in seine.

»Hab keine Angst! Hier sind wir in Sicherheit«, flüsterte er und streckte sich aus.

Jonata legte sich neben ihn. Tristan stützte sich auf seinen Ellenbogen ab, um sie besser sehen zu können.

»Das war ziemlich abenteuerlich.« Er grinste. Doch dann wurde er ernst. »Ich möchte zu gern hinter das Geheimnis dieses Mannes kommen. Hast du seinen Gesichtsausdruck gesehen? Richtig unheimlich verzerrt war sein Gesicht. Es wirkte wie ein Teufelsfratze. Vielleicht sollten wir zu einem späteren Zeitpunkt noch mal hingehen, wenn wir sicher sind, dass er nicht mehr da ist.«

»Am liebsten würde ich nicht mehr dorthin gehen. Er ist mir unheimlich. Hoffentlich erzählt er meinen Eltern nichts. Nicht auszudenken, wenn sie von dir erfahren würden. Das gäbe lebenslangen Hausarrest. Wir würden uns dann niemals wiedersehen«, sagte Jonata. Ihr war so elend zumute, als ob es bereits passiert wäre.

»Es wäre sicher ratsam, wenn du ihm die nächste Zeit aus dem Weg gehst«, schlug Tristan vor.

»Das geht leider nicht, denn wir haben heute Abend und morgen Chorprobe. Deshalb können wir uns die nächsten Tage auch nicht treffen.«

»Du singst in einem Chor?«

Jonata verzog das Gesicht. »Ich muss! Leider!«

»Ist das Pflicht bei euch?«

»Übermorgen findet unsere Jubiläumsfeier statt. Dabei muss ich ein Solostück darbieten«, verriet sie ihm.

»Welches Jubiläum wird denn bei euch gefeiert?« Neugierig sah Tristan sie an.

»Wir feiern jedes Jahr dieses Fest. Nur dieses Jahr ist es besonders, weil jemand auserwählt wird.«

»Das musst du mir genauer erklären.«

»Jedes Jahr wird die Gründung Licentias gefeiert, doch dieses Jahr besteht unser Dorf schon zehn Jahre und jemand aus dem Kreis der Sechzehnjährigen wird erwählt, zu den Drachenmenschen zu gehen.«

Tristans Augen weiteten sich. »Erwählt?«

»Nach meinem Soloauftritt wird der Pfarrer einen Zettel aus der Kiste ziehen, auf dem der Namen desjenigen steht, der gehen muss.«

»Das hört sich an, als ob man ihn opfern würde. Warum macht ihr das? Das klingt barbarisch.«

Jonata zuckte mit den Schultern. »Das ist eben so. Nachdem unsere Leute das erste Licentia wegen der Seuche verlassen mussten, haben die Menschen, die die Drachen befehligen, unser Volk in diese Gegend geführt. Überall war das Gebiet unwegsam und karg, aber in unserem Tal war alles perfekt, um neu anzufangen. Hier gibt es Wasser, Wild und Ackerland. Als Dank mussten sich unsere Leute verpflichten, am zehnten Jahrestag eines ihrer Kinder zu ihnen zu schicken. Infrage kommen diejenigen, die bereits sechzehn Jahre alt sind. Danach wird alle drei Jahre wieder ein Kind ausgelost, das gehen muss.«

»Das klingt echt gruselig. Was war das für eine Seuche? Sie muss schlimm gewütet haben, dass eure Leute ihr Dorf verlassen mussten und sogar dieses Abkommen eingingen.«

Jonata zuckte mit den Schultern.

»Ich weiß nicht, wie die Krankheit heißt. Aber sie muss

wie eine Gottesgeißel sehr gefährlich gewesen sein. Sie hat alle Alten, Schwachen und Kranken getötet. Ich war noch zu klein, um mich daran zu erinnern, aber da müssen wir noch ein Volk gewesen sein«, erklärte Jonata.

»Ich kann mich auch nicht mehr daran erinnern.« Tristan sah sie aufgeregt an. »Könnte es sein, dass diese Auslosung der Grund ist, warum mein Clan sich von eurem getrennt hat? Bei uns gibt es weder ein Jubiläum, noch habe ich jemals gehört, dass einer von uns zu den Drachenmenschen muss.«

Jonata blähte die Wangen auf und zuckte mit den Schultern.

»Vielleicht sollte ich meine Eltern danach fragen«, überlegte Tristan. »Weißt du, was die Drachenmenschen mit dem Erwählten machen?«

Jonata schüttelte den Kopf. »Niemand weiß das so genau. Die Erwachsenen sagen zwar, dass wir keine Angst haben müssten und dass es demjenigen an nichts mangeln wird. Allerdings darf kein kleines Kind gehen. Deshalb haben sie sich mit den Drachenmenschen geeinigt, dass es Jugendliche sein müssen. Aber vielleicht lügen sie auch. Die sieben Jungen und die beiden Mädchen sind krank vor Angst. Sie wollen nicht weg, aber einer muss gehen.« Sie schüttelte sich. »In drei Jahren wird auch mein Name in der Kiste liegen. Ich möchte meine Familie nicht verlassen«, wisperte sie. »Obwohl …«

»Was hast du?«

Jonata kaute nachdenklich auf ihrer Unterlippe. Sie kannten sich erst wenige Tage und doch schien Tristan ihr so sehr vertraut, dass sie überlegte, ihm ihre geheimen Gedanken anzuvertrauen. Jonata atmete tief durch und verriet: »Manchmal habe ich das Gefühl, dass mein Vater lieber einen Jungen als ein Mädchen als Erstgeborenen gehabt hätte. Deshalb denke ich, dass es ihm nichts ausmachen würde, wenn mein Name gezogen werden würde.«

»Wie kannst du so etwas sagen?« Tristan sah sie mit großen Augen an.

»Abgesehen davon, dass ich meinem Vater und meiner Mutter in nichts ähnle, erzieht mich mein Vater wie einen Jungen.«

»Du meinst wegen der Burschenkleidung, die du als Strafe tragen musst?«, fragte Tristan grinsend.

»Dummkopf!«, schimpfte Jonata beschämt und schüttelte den Kopf. »Die Kleidung ist wegen meines zerrissenen Festtagsgewands. Aber mein Vater hat mir das Jagen, das Fischen, das Ausnehmen der Beute, einfach alles beigebracht, was eigentlich Jungen machen müssen. Er übt sogar das Laufen mit mir und will, dass ich mich im Zweikampf mit einem Jungen messen kann.«

»Aber das ist doch nichts Schlechtes. Mir würde es gefallen, wenn ich eine Freundin hätte, die das alles könnte.«

Jonata sah ihn berührt an. Er griff nach ihrer Hand. Ihre Finger verschränkten sich miteinander.

»Vielleicht siehst du das zu streng mit deinem Vater. Es ist nichts Schlechtes daran, wenn du genauso viel kannst wie ein Junge.«

Jonata lachte laut auf. »Du bist echt süß, wie du meinen Vater verteidigen willst.«

»Mir würde es sehr viel ausmachen, wenn du gezogen wirst«, flüsterte er.

Jonata wusste nichts zu antworten. Das Blut rauschte in ihren Ohren. Um ihre Befangenheit zu überspielen, sagte sie: »Vielleicht hast du recht und mein Vater meint es nur gut mit mir. Aber da er oft streng und unwirsch zu mir ist, glaube ich, dass das der Grund dafür ist.«

Tristan küsste ihren Handrücken. »Zum Glück haben wir noch drei Jahre Zeit, um einen Plan zu schmieden, wie wir deinen Namen aus der Kiste herausholen können, damit er nicht gezogen werden kann. Doch einerlei, was geschieht, ich werde dich retten und mit dir fliehen. Ich kenne verborgene Plätze tief in den Wäldern, weit weg von deinem Land, wo uns niemand finden kann«, versprach er mit ernstem Gesicht.

Jonata glaubte, im Himmel angekommen zu sein. Sie schaute in Tristans honigfarbene Augen, die sie verliebt ansahen. Er würde sie retten. Gab es einen schöneren Beweis seiner Zuneigung? Was wohl ihre Eltern dazu sagen würden, wenn sie hörten, dass ein Wolfsbanner ihr Freund war? Jonata schob die Frage von sich. Sie wollte nicht darüber nachdenken. Nicht heute! Nicht jetzt! In diesem Augenblick zählten nur sie und Tristan.

Seufzend legte sie ihren Kopf gegen seine Brust und sie lauschten schweigend dem Wald und hingen ihren Gedanken nach. Nach einer Weile sagte Jonata: »Ich muss nach Hause.«

»Wie soll ich die zwei Tage ohne dich bloß überstehen?« Tristan seufzte.

»Indem du davon träumst«, flüsterte sie und küsste ihn rasch auf den Mund. Dann lief sie auf die andere Seite der Lichtung. Dort drehte sie sich noch einmal um und rief: »Denk an meine Schießübung morgen!« Damit verschwand sie zwischen den Bäumen.

52

Jonata schlenderte durch den Ort. Sie hatte keine Lust, zur Chorprobe zu gehen, da sie dort auf den Pfarrer treffen würde. Seit dem gruseligen Schauspiel im Wald war sie ihm aus dem Weg gegangen. Allein der Gedanke an seine weit aufgerissenen Augen und das seltsame Gerät ließ sie erschaudern.

Vielleicht melde ich mich einfach krank, dachte sie, als sie das Schulgebäude vor sich sah. *Er kann mir nicht das Gegenteil beweisen, wenn ich sage, dass mir übel ist.* Doch sie wusste, dass sie sich mit der Lüge keinen Gefallen tun würde. Tabea würde sie sicherlich durchschauen. Da ihre Freundin sauer auf sie war, könnte es sogar sein, dass sie Jonata beim Pfarrer anschwärzen würde.

Mürrisch kickte Jonata einen kleinen Stein vor sich durch den Staub. *Warum muss ich ausgerechnet dieses Solostück beim Jubiläum singen? Ich habe keine Lust, mich vor so vielen Menschen zu präsentieren. Viel lieber würde ich mich mit Tristan im Wald treffen. Und warum muss Tristan im Wolfsbannerland und ich in Licentia leben? Es wäre viel einfacher, wenn wir beide aus demselben Ort kämen.*

Sie seufzte schwer.

»Pass auf, dass du nicht gegen die geschlossene Tür rennst! Träumst wohl von deiner Bestie«, zischte ihr jemand ins Ohr, sodass sich Jonata erschrocken umdrehte.

Tabea musterte sie abfällig. »Jeder kann erkennen, dass du über beide Ohren verliebt bist. Oje! Jetzt wird sie auch noch rot!«, spottete ihre Freundin.

»Sei bitte ruhig! Nicht, dass jemand dein Gerede hört«, flehte Jonata.

»Na und! Das ist mir doch egal«, erklärte Tabea gleichgültig. »Dir ist es ja auch einerlei, dass du mich im Stich lässt. Bevor du diesen Wolfsbanner kanntest, waren wir immer zusammen. Doch jetzt interessierst du dich nicht mehr für mich.«

Jonata sah ihre Freundin erschrocken an. Darüber hatte sie noch gar nicht nachgedacht. Aber Tabea hatte recht. Ihre Freizeit verbrachte sie ausschließlich mit Tristan. Aber war das nicht normal, wenn man einen Freund hatte? Erst recht, wenn die Liebe erst am Entstehen war?

»Wenn das Jubiläum vorbei ist, verspreche ich dir, dass wir zusammen etwas unternehmen werden«, schwor sie.

»Dass ich nicht lache! Daran glaubst du doch selbst nicht«, sagte Tabea. »Pass nur auf, dass du nicht selbst zum Wolf wirst, wenn du dich mit ihm triffst oder er dich gar küsst. Igitt! Wenn ich mir das vorstelle. Wie konnte ich dich nur als Freundin wollen?« Jonata glaubte, Tränen in Tabeas Augen glitzern zu sehen.

»Tabea, es tut mir leid. Sei bitte nicht so wütend auf mich. Ich verspreche es dir hoch und heilig, dass ich dann mit dir …« Weiter kam Jonata nicht, denn Tabea hörte ihr nicht mehr zu, sondern lief mit großen Schritten ins Schulgebäude.

Jonata war traurig, dass ihre Freundschaft einen Riss bekommen hatte. Dabei waren sie nicht nur beste Freundinnen, sondern wie Schwestern gewesen. Selbst ihre Mütter nannten sie *das doppelte Lottchen,* da sie Zwillingen gleich unzertrennlich gewesen waren. Sie hatten Freud und Leid miteinander geteilt. Sogar als beide schwer erkältet waren, hatten sie zusammen bei Jonata das Bett gehütet. Wie konnte Tabea das alles infrage stellen?

Jonata vermisste ihre Freundin! Auch die Unbekümmertheit, den Spaß, die Freude. Aber selbst für Tabea würde sie nicht auf Tristan verzichten wollen. Entweder sie fand sich damit ab, dass Tristan ihr Freund war, oder sie würden getrennte Wege gehen. Plötzlich kam Jonata ein anderer Gedanke. Vielleicht hatte Tristan auch einen besten Freund, den man mit Tabea zusammenbringen könnte. Dann würden sie gemeinsam die Wälder erkunden und wären wieder beste Freundinnen.

Glücklich über diesen Einfall nahm sie sich vor, schnellstmöglich mit Tristan darüber zu sprechen. Jonata wollte gerade die Türklinke der Schuleingangstür herunterdrücken, als sie an der Schulter gepackt und herumgerissen wurde.

»Aua! Das tut weh!«, rief sie, da die Hand wie eine Pranke zudrückte. Mit schmerzverzerrtem Gesicht schaute sie auf und starrte in die dunklen Augen des Pfarrers.

»Ich weiß, dass du mir aus dem Weg gegangen bist. Doch nun habe ich dich«, presste er zwischen seinen schmalen Lippen hervor.

Jonata schluckte heftig, wagte aber nichts darauf zu antworten.

»Wo ist dein Freund? Dieser Wolfsmensch?«, fragte der Pfarrer leise, wobei er immer wieder um sich schaute.

Jonata konnte vor Angst keinen klaren Gedanken fassen. Was sollte sie antworten? Hoffentlich sah sie niemand mit dem Pfarrer, da sie sonst sicherlich den Zwischenfall erklären müsste, und dann würden ihre Eltern von Tristan erfahren.

»Wo ist er? Hier in der Nähe?«, bohrte der Geistliche weiter.

Jonata schüttete heftig den Kopf.

Endlich ließ er sie los. Sie rieb sich die schmerzende Stelle an ihrem Oberarm, wo er sie festgehalten hatte.

Nachdenklich musterte er sie. Plötzlich veränderte sich sein Gesichtsausdruck. Er lächelte und schob seine Hände in die weiten Ärmel seines Talars. »Ich hoffe, du hast unser Geheimnis gewahrt, kleine Jonata. Kann ich mich auf dich verlassen?«

Sie antwortete mit eifrigem Nicken.

»Ich höre nichts«, zischte er.

»Ihr könnt Euch auf mich verlassen.«

»So ist es gut! Du wirst auch weiterhin niemand davon erzählen!«, murmelte er mehr zu sich selbst. Plötzlich summte er eine fremde Melodie. Er schien mit seinen Gedanken woanders zu sein. Immer wieder kratzte er sich über seinen Hals. Besonders an der Stelle, wo der Kragen des schwarzen Talars seine Haut berührte. Rote Flecken zeigten sich auch in seinem Gesicht.

Vielleicht hat er von diesem seltsamen Gerät Ausschlag bekommen. Man könnte meinen, er ist wirr im Kopf, dachte sie. Normal ist das nicht, war sich Jonata sicher. Sie senkte den Blick, damit er nicht merkte, dass sie ihn beobachtet hatte.

»Du weißt, dass dir sonst die Verdammnis sicher ist. Außerdem würde ich allen erzählen, dass du dich mit einem Wolfsmenschen triffst. Weißt du, was man sich über diese Kreaturen erzählt?«

Ungeachtet ihres Nickens erzählte er: »Sie verwandeln sich bei Vollmond in Werwölfe, die alles in Stücke reißen. Ich rate dir, sei auf der Hut vor ihm.«

»Tristan würde mir niemals etwas antun!«

»Bist du dir dessen so sicher?«

Jonata kaute auf ihrer Unterlippe. Sie kannte Tristan zwar noch nicht lang genug, aber wenn sie auf ihr Herz hörte, wusste sie, dass er ihr nichts antun würde. Sie reckte ihr Kinn. »Tristan ist nicht so, wie Ihr ihn beschreibt.«

»Denk, was du willst. Mir kann dein Schicksal einerlei sein. Ich will nur, dass du schweigst! Wenn nicht, werde ich dafür sorgen, dass sie dich und diesen Burschen jagen.«

Jonata sah ihn ungläubig an. Wie konnte er so etwas sagen? Schon wollte sie ihm antworten, doch da lachte er gackernd und hässlich. Unerwartet strich er ihr über das Haar.

»Und nun lass uns zur Chorprobe gehen, damit du beim Jubiläum dein Lied ohne Fehler trällern kannst.«

Die Mädchen und die Jungen des Chors trugen die Liedertexte fehlerfrei vor. Auch nach dem fünften Vorsingen, schlichen sich keine Fehler ein.

»Ihr habt euch gut vorbereitet«, lobte der Pfarrer. »Wenn ihr mir versprecht, dass es sich bei dem Jubiläum ebenso gut anhört, könnt ihr nach Hause gehen.«

Sofort erklang ein einstimmiges »Versprochen, Herr Pfarrer!«.

»Geht mit Gott!«, rief er den Kindern zu, die daraufhin zur Tür hinausströmten.

»Ich wünsche dir einen schönen Tag, Jonata«, raunte er ihr zu, als sie an ihm vorbeiging. Eilig lief sie den anderen hinterher.

Jonata lief durch die Gassen zügig nach Hause. Sie war froh, dass die Chorprobe schon vorbei war, so hatte sie mehr Zeit, um sich umzuziehen und hübsch zu machen.

Sie wollte gut aussehen, falls Tristan sie beim Bogenschießen beobachten würde.

In ihrer Kammer bürstete sie ihr Haar, bis es golden
glänzte. Dann flocht sie links und rechts je einen Zopf und
band sie am Hinterkopf zusammen. Hinter dem Vorhang
zog sie sich ihre braune Jagdkleidung über. Noch nie hatte
sie sich so sehr auf die Schießübungen gefreut wie heute.
*Hoffentlich bin ich nicht zu nervös, zumal ich heute eine
neue Waffe einschießen muss.*

Jonata betrachtete sich in dem kleinen Handspiegel,
den ihre Mutter ihr zum Geburtstag geschenkt hatte. Sie
klopfte sich gegen ihre geröteten Wangen. *Bleib ruhig, Jonata,* ermahnte sie sich selbst. Sie verließ ihr Zimmer und
das Haus und wollte hinüber zur Scheune gehen. Da kam
ihr Vater ihr auch schon entgegen.

»Ist die Chorprobe beendet?«, fragte er erstaunt.

Jonata nickte. »Der Pfarrer war mit unserm Gesang zufrieden und hat uns heimgeschickt.«

»Das trifft sich gut. Über dem Gebirge zieht ein Gewitter auf. Bis es über uns ist, können wir zum Einschießen
gehen. Ich habe die neuen Schießscheiben bereits aufgestellt. Wir beginnen mit acht Meter Entfernung und sehen,
wie du triffst.« Er musterte ihre Erscheinung. »Du hast
dich herausgeputzt«, stellte er fest.

»Ich wollte nur …«, begann sie, doch er hörte ihr nicht
zu, sondern drängte sie zur Eile. »Lass uns keine Zeit ver-
schwenden. Wir müssen uns sputen.«

Jonata nickte und folgte ihm.

Jeden Freitagnachmittag nach der Schule trainierte ihr
Vater sie entweder im Laufen, im Zweikampf oder wie
heute im Armbrustschießen. An den Dienstagnachmit-
tagen musste sie entweder mit ihrer Mutter verschiedene

Arbeiten im Haus oder im Garten vornehmen oder mit ihrem Vater Werkzeuge ausbessern. Jonata war lieber mit ihrer Mutter zusammen, da sie durch sie viel über die Wirkung der Heilkräuter erfuhr. Auch wie man aus den Pflanzen Tinkturen oder Salben herstellte. Manchmal kochten oder backten sie zusammen nach alten Rezepten, die ihre Mutter ihr genau erläuterte.

Ihr Vater hingegen trat meist wie ein Lehrer auf und erklärte ihr jeden Handgriff ganz genau. Manchmal hatte es für sie den Anschein, als ob er sie für begriffsstutzig hielt, da er ihr manches zwei- oder gar dreimal erklärte.

Vor Kurzem hatte sie gemault, dass sie es schon bei der ersten Erklärung kapiert hätte und keine zweite oder gar dritte benötigte. Da hatte er sie angelächelt und gesagt, dass man manches nicht oft genug erklären könnte, damit auch der Letzte es verstehen würde.

Nachdenklich hatte Jonata sich umgeschaut, da sie aber allein am Bach standen, wusste sie das Gesagte nicht zu deuten. Doch sie hatte nicht gewagt, abermals Widerworte zu geben, denn ihr Vater hatte zwar gelächelt, doch sein Blick war ernst gewesen.

Manchmal wusste Jonata wirklich nicht, was sie von ihrem Vater halten sollte. Er war ihr gegenüber meist ungeduldig und unnachgiebig. Doch dann gab es diese Momente, in denen er sie überschwänglich lobte. Sogar in den Arm nahm und auf den Scheitel küsste. Meist, wenn sie den schwarzen Kreis getroffen hatte. Dann sah er zum Wald hinein und rief: »Habt ihr das gesehen?« Sie fand sein Verhalten sonderbar. Doch da seine Augen in solchen Momenten vor Freude leuchteten, versuchte sie, ihn stolz zu machen und ihr Bestes zu geben – auch wenn sie manchmal keine Lust hatte, zu üben oder zu arbeiten.

Schon von Weitem erkannte Jonata die Strohscheibe, die so groß wie ein Fuhrwagenrad war. Ihr Vater hatte sie auf einen Pfahl genagelt, den er auf einer großen Weide in den Boden gerammt hatte. Jeweils ein kleiner schwarzer, ein etwas größerer roter, ein gelber und ein grüner Kreis waren auf die Scheibe gemalt. Acht Meter entfernt standen drei Stangen, die zu einem Dreibeinkreuz zusammengebunden und ebenfalls in den Boden gebohrt waren.

Jonata tat, als ob sie die Windrichtung prüfen würde. Dann trat sie sorgfältig das Gras nieder, um einen sicheren Stand zu bekommen. Dabei sah sie sich genau um, in der Hoffnung, irgendwo Tristan zwischen den Bäumen zu entdecken. Doch er schien nicht da zu sein.

Vielleicht hat er keine Zeit gefunden herzukommen, dachte sie und wandte sich enttäuscht ihrem Vater zu.

»Bist du nun endlich fertig?«, fragte ihr Vater sie ungeduldig.

»Ja, Vater.«

Jetzt reichte er ihr stolz die neue Waffe, die er für sie gebaut hatte. Während Jonata das Holz und die Schnitzarbeiten an den Seiten genau betrachtete, erklärte er in aller Ausführlichkeit, wie er den Bogen hergestellt hatte.

»Das ist wirklich eine sehr kunstvolle Armbrust«, sagte sie, da sie wusste, dass er darauf wartete.

»Es war auch keine leichte Arbeit, mein Kind. Etliche Stunden habe ich das Holz glatt geschliffen und die Verzierungen eingeritzt. Doch nun ist die Waffe fertig und muss eingeschossen werden. Du musst mit dem Fuß den Bogen am Boden halten und mit beiden Händen die Sehne zu dir zum Spannen ziehen«, erklärte er und machte dabei die passenden Bewegungen, um das Gesagte zu unterstreichen.

Jonata wollte schon entgegnen, dass es nicht die erste Armbrust war, die sie spannte, doch sie verkniff sich die Bemerkung. Stattdessen führte sie gewissenhaft seine Anweisung aus und platzierte den gespannten Bogen auf das Kreuz der drei Stangen. Erst dann legte sie den Pfeil auf die Armbrust. Durch das kleine Visier zielte sie den roten Kreis auf der Strohscheibe an und schoss. Der Pfeil verschwand auf der Weide.

»Stell das Visier nach«, forderte ihr Vater, was sie auch tat. Doch auch der zweite, dritte und vierte Pfeil landeten nicht in dem Strohrad, sondern abseits.

»Wie viele Pfeile willst du noch verschießen, bis du wenigstens den grünen Kreis triffst?«

Jonata war eine geübte Schützin. Normalerweise traf jeder ihrer Pfeile die Mitte der Scheibe. Doch heute verzog sie jeden Abschuss.

Als auch der fünfte Pfeil nicht einmal das Ziel streifte, riss ihr Vater ihr die Armbrust aus der Hand. »Herr im Himmel! Was sollen nur die Zuschauer denken, wenn du dich wie ein Kleinkind anstellst? Man könnte meinen, du hättest noch nie eine Armbrust in Händen gehalten.«

Erschrocken sah sich Jonata um. Hatten sich hier womöglich Dorfbewohner versteckt, die ihre Fehlschüsse beobachteten? *Nur gut, dass Tristan nicht gekommen ist,* dachte sie erleichtert, während ihr Blick die Baumreihen absuchte. Aber da stand niemand. »Vater, hier sind keine Zuschauer. Nur Bäume«, sagte sie und zeigte um sich.

»Natürlich ist hier niemand«, nuschelte er und sah hinüber zu den drei Tannen. »Das ist nur eine alte Redensart«, murmelte er und spannte die Sehne abermals. Mit verkniffener Miene legte er die Waffe auf das Kreuz, dann den Pfeil ein. Er petzte ein Auge zu, zielte und drückte ab. Auch bei ihm landete der Pfeil im Gras.

Bestürzt sah er sie an. »Irgendetwas stimmt nicht«, murmelte er und besah sich die Armbrust genau. »Es könnte sein, dass das Visier einen Millimeter zu weit nach rechts gerutscht ist. Ich muss es nochmals abmontieren und nachmessen. Sammele du derweil die Pfeile ein«, forderte er Jonata auf, die sofort in die Richtung rannte, in der die Geschosse liegen mussten.

Plötzlich frischte der Wind auf. Dunkle Wolken brauten sich zusammen und tauchten den Himmel in tiefes Grau. Donnergrollen war in der Ferne zu hören, das jedoch rasch näher kam.

Jonata liebte die Stimmung vor einem Gewitter, wenn die Naturgewalten den Menschen zeigten, welche Kraft in ihnen steckte. Sie schloss die Augen und reckte dem aufkommenden Sturm ihr Gesicht entgegen. Der Wind zog an ihren Haaren und an ihrer Kleidung. Wäre ihr Vater nicht bei ihr, würde sie über die Koppel tanzen. Doch so blickte sie nur zum Himmel empor und beobachtete die schwarzen Wolken, die sich über ihr zusammenbrauten. Da klatschte der erste dicke Tropfen mitten in ihr Gesicht.

»Jonata! Was stehst du da herum? Willst du vom Blitz erschlagen werden? Komm mit nach Hause!«, rief ihr Vater.

Sie lief zu ihm. Das Haar klebte schon nach wenigen Sekunden an ihren Wangen.

»Hoffentlich regnet es nicht am Jubiläum«, sagte er und packte sie an der Hand, um sie mit sich zu ziehen.

53

Josh saß grinsend wie ein Kind an seinem Schreibtisch. Er hatte heute zum ersten Mal in seinem Leben eine Drohne geflogen und war begeistert. Auf freiem Gelände vor dem Sender hatten er und Martina sich die Handhabung der Drohnen von Guliyev erklären lassen.

Er war erstaunt gewesen, wie sensibel der Flugkörper auf die Hebelbewegungen reagierte. Er hatte das Keyboard vor seinen Bauch geschnallt und damit die Drohne gesteuert. Trotz ihrer Größe und ihres Gewichts konnte er sie nur durch leichtes Antippen des Hebels in die gewünschte Richtung dirigieren. Acht Propeller brachten den außergewöhnlichen Flugkörper in die Höhe.

Mit jedem Meter, den die Drohne sich weiter vom Boden entfernte, wurde ihr Summen leiser und leiser. Schließlich war sie nicht mehr zu hören – und auch nicht mehr zu sehen. Die Drohne schien am Himmel verschwunden zu sein – ganz so, als ob sie unsichtbar geworden wäre. Trotzdem konnte er alles beobachten, was sich auf der Erde unter der Drohne abspielte.

Ich muss unbedingt Wladimir darüber berichten, dachte er, als sein Blick auf die Monitore vor ihm fiel. Heute war Bogenschießen an der Reihe, stellte er fest, als er sah, wie Hagen Jonata die Waffe erklärte.

Plötzlich erfasste eine der Kameras eine Bewegung zwischen den Bäumen. Josh zoomte den Bereich näher heran.

»Da schau her! Scheinbar können sie nicht mehr ohne einander sein«, murmelte er, als er Tristan entdeckte, der Jonata heimlich beobachtete.

»Es wird Zeit, dass die Drohnen eingesetzt werden«, flüsterte er und öffnete sein Postfach. Dann tippte er eine E-Mail an Wladimir Lasarew.

54

Luzia lehnte sich erschöpft gegen die Theke und schaute stolz um sich. Die Bühne sowie der Marktplatz waren, dem Anlass entsprechend, festlich dekoriert worden. Tagelang hatten sie und einige andere Frauen aus farbenfrohen Stoffen Fähnchen und Banner genäht. Leider hingen die Fahnen schlaff herunter, da sich kein Lüftchen regte. Doch das hellgrüne Banner, das straff über der Bühne gespannt war, zeigte, warum sie sich heute hier versammelt hatten.

Zehn Jahre Licentia, war in verschnörkelten Buchstaben darauf gestickt worden. Zahlreiche Wiesenblumensträuße zierten die Tische. Auf den Bänken saßen die Gäste und lauschten dem Gesang des Chors. Luzia konnte zufriedene und strahlende Gesichter erkennen. Alle Dorfbewohner waren gekommen, um an den Feierlichkeiten teilzunehmen. Natürlich hatte sie auch die Neugier getrieben, wer wohl von den Jungen oder von den beiden Mädchen Licentia verlassen würde.

Luzia schenkte sich aus einem grauen Steinkrug einen Becher Apfelsaft ein. Zum Glück war die hektische Mittagszeit vorbei. Sie und die anderen Helferinnen hatten nicht Hände genug gehabt, um die Teller zu füllen. Nun stand sie vor einem Berg verschmutzten Geschirrs, der abgewaschen werden musste. Doch zuerst wollte sie den Kindern zuhören. Besonders Jonata, die gleich ihr Solostück zum Besten geben würde.

»Du siehst müde aus«, sagte Hagen, der seine Arme um sie schlang.

Erschöpft legte sie ihren Kopf gegen seine Brust. »Gleich kommt Jonatas Soloauftritt«, sagte sie und wies mit dem Kinn zur Bühne, wo der Chor gerade sang. Als die Sängerinnen und Sänger verstummten, setzte tosender Applaus ein.

Zum Glück hatte Luzia die Schmutzflecken aus Jonatas Kleid herauswaschen und den Saum wieder anheften können. Als sie Jonata heute Morgen das reparierte Kleid vor die Nase gehalten hatte, war das Mädchen ihr um den Hals gefallen. »Ich hatte schon befürchtet, ich müsste in Hose und Hemd auf die Bühne gehen.«

Leider hatte Hagen ihr gleich wieder einen Dämpfer verpasst. »Du darfst es nur heute zur Feierlichkeit anziehen! Morgen steigst du wieder in die Burschenkleidung«, hatte er mit strenger Miene angeordnet. Daraufhin war Jonatas glückliche Miene erfroren. Ihr Mann hatte auch ihre Freude auf das Fest getrübt. Als Jonata hinausging, um sich umzuziehen, hatte Luzia ihn gerügt: »Warum bist du so streng zu dem Mädchen? Jonata hat verstanden, dass sie achtsamer mit ihrer Kleidung umgehen soll.«

»Trotzdem wird sie bis zum Ende des Monats in Hemd und Hose herumlaufen. Strafe muss sein«, hatte Hagen erwidert. Da Luzia keinen Ehekrach heraufbeschwören wollte, tat sie nun, als ob nichts wäre, und strahlte ihren Mann an.

Er drückte ihr einen Kuss auf die Stirn, dann löste er sich von ihr. »Ich muss hinüber zur Bühne«, erklärte er und ließ sie allein.

Luzia schaute zu Jonata. Das Mädchen stach mit ihrem flachsblonden Haar aus der Truppe hervor. War es wirklich so offensichtlich, dass Hagen und sie nicht Jonatas leibliche Eltern waren? Idas Worte wollten ihr einfach nicht mehr aus dem Sinn gehen.

»Bist du auch so aufgeregt, wer gleich gezogen wird?«, fragte Agnes, die sich neben sie stellte.

»Ich glaube, jeder hier ist gespannt, wen es treffen wird. Man kann die Aufregung regelrecht spüren«, murmelte Luzia und ließ ihren Blick über die Gemeinde schweifen, die vor der Bühne auf den großen Augenblick wartete. Luzia schaute zu den Tischen und Bänken, an denen die nominierten Kinder und deren Eltern saßen.

Sie mochte sich nicht vorstellen, welche unterschiedlichen Gefühle in diesen Kindern tobten. Ihr Herz zog sich zusammen. Es wäre leichter, wenn man ihnen sagen dürfte, was sie außerhalb von Licentia erwartete. Dadurch würde man ihnen diese unbändige Angst nehmen, die sich in ihren Augen zeigte.

Aber sie durften nicht wissen, wohin sie gingen, und auch nicht, in welchem Teil des Landes sie waren. Die Gefahr, dass das Geheimnis von Licentia auffliegen würde, war zu groß. Dann wäre die Abgeschiedenheit ihres Lebens, die sie hier gewahrt hatten, vorbei. Abenteurer, die sonst das Geschehen vor dem Fernseher verfolgten, würden in ihre Welt stürmen, um an der Survivalsendung teilzunehmen. Die meisten würden sicherlich rasch die Lust an dem Einfachen verlieren und in ihre Welt zurückkehren. Doch in Licentia würden sie ein Chaos hinterlassen und mit ihrer Ruhe wäre es vorbei.

Luzia seufzte leise. Auch wenn die Eltern wussten, dass ihrem Kind außerhalb des Dorfes nichts passieren würde, es ihm gut gehen und man sich um sein Wohlergehen kümmern würde, würde es ihnen schwerfallen, sich von ihrem Kind zu trennen. Der Fernsehsender hatte für denjenigen eine sehr gute Schule gewählt, in der das Kind seine Bildungslücken schließen würde, damit er oder sie dann seinen Abschluss machen und studieren oder direkt einen Beruf erlernen konnte.

Der Sender würde ein wachsames Auge auf die Kinder haben, die im Laufe der Jahre die Möglichkeit bekommen würden, die moderne Welt kennenzulernen. Doch reichte diese Gewissheit aus, um über den Verlust des Kindes hinwegzukommen? Würde das Neue sie davon ablenken, ohne Eltern aufwachsen zu müssen und ihre Familie nie wiederzusehen?

Luzia wollte nicht weiter darüber nachdenken, denn allein die Vorstellung trieb ihr die Tränen in die Augen. Ob sie über das Leben des Gezogenen auch eine Fernsehsendung machen würden?

Zum Glück sind Jonata und Siegfried noch zu jung, dachte sie und suchte umherblickend nach ihrem Sohn. Er stand auf dem Strohhaufen, auf dem die jüngeren Kinder toben konnten. Ausgelassen sprang er mit seinen Freunden auf dem weichen Berg umher. Seine Haare waren mit gelben Halmen übersät.

Lächelnd sah Luzia nun zu Jonata hinüber, die auf den Einsatz der Musik wartete. Als das Mädchen scheu zu ihr schaute, zwinkerte Luzia ihr verschwörerisch zu. Jonata erwiderte das Zwinkern mit einem zaghaften Lächeln. Luzia wusste, dass das Mädchen nicht gerne im Mittelpunkt stand.

Stirnrunzelnd beobachtete sie, wie der Pfarrer sich zu Jonata gesellte. Anscheinend wollte er sie beruhigen und ihr Mut zusprechen. Trotzdem traute Luzia ihm nicht.

Plötzlich ging ein Raunen durch die Zuschauer, als Hagen die Treppe zum Podest hochstieg. Oben bat er mit einem Handzeichen um Ruhe.

»Ich bitte um eure Aufmerksamkeit!« Nur langsam verstummte das Gemurmel auf dem Marktplatz. Ihr Mann faltete ein Blatt auseinander.

»Ich weiß, ihr wartet auf den Gesang von Jonata, aber ich habe als Bürgermeister noch eine Überraschung für folgende Kinder, deren Namen ich nun vorlesen werde. Diese Jungen und Mädchen mögen der Reihe nach zu mir auf die Bühne kommen!«, rief Hagen laut, damit man ihn auch in der hintersten Bankreihe verstehen konnte.

»Elisabeth! Mathilda! Benjamin! Hubertus! Martin …«, zählte er auf. Als der Name Lisa fiel, kam ein kleines zweijähriges Mädchen angetrottet.

»Es tut mir leid, Lisa Schulze, aber du bist nicht gemeint. Du bist noch zu jung«, entschuldigte sich Hagen lachend bei dem Mädchen. »Lisa Kimmling soll zu mir auf die Bühne kommen. Ebenso wie Jonata.«

Grinsend stieg die elfjährige Lisa auf die Bühne und auch Jonata reihte sich in die Gruppe der anderen Kinder ein.

Alle Augen richteten sich auf Hagen, der mit feierlicher Stimme rief: »Anlässlich unseres Jubiläums bekommt jedes Mädchen und jeder Bursche, die älter als zehn Jahre sind, ein Andenken an diesen Festtag überreicht.« Gabriel reichte ihm eine bunte Schachtel. Langsam zog Hagen ein Armband heraus und hielt es in die Höhe. »Jedem von euch binde ich nun ein solches Armband ums Handgelenk. Auf den Medaillons ist der jeweilige Name des Trägers eingraviert.«

»Warum nur diesen Kindern!«, rief ein glatzköpfiger Mann aus dem Publikum Hagen zu.

»Weil heute der zehnte Jahrestag von Licentia ist, wurden alle ausgewählt, die zwischen zehn und siebzehn Jahren sind. Sie sind Licentias Zukunft. Da du knapp über diesem Alter bist, Jakob, kriegst du leider keines mehr.«

»Da hast du richtig gerechnet, denn ich bin vierundsechzig!«, erklärte Jakob feixend. Alle lachten.

Nun holte Hagen ein Armband nach dem anderen aus der Schachtel hervor, las den Namen darauf laut vor und legte es dem jeweiligen Kind ums Handgelenk. Als alle Schmuckstücke verteilt waren, verließen die Kinder, der Pfarrer und Hagen die Bühne. Nur Jonata blieb stehen, da es Zeit für ihren Auftritt war.

Als ihr Mann sich wieder neben sie stellte, sagte Luzia leise: »Das ist eine wunderbare Idee von dir gewesen. Warum hast du mir davon nichts erzählt?«

»Sie stammt nicht von mir. Gabriel hat mir erst am Morgen erzählt, dass der Sender das geplant hat.«

»Trotzdem, eine sehr schöne Geste.«

Die Musik setzte ein. Zwei Schwestern spielten Flöten, ihr Vater begleitete sie auf der Geige. Jonatas Darbietung begann. Mit zittriger Stimme sang das Mädchen: »Muss i denn, muss i denn zum Städtele hinaus, Städtele hinaus, und du, mein Schatz, bleibst hier? Wenn i komm, wenn i komm …«

Luzia fand, dass das Lied zu traurig war, auch wenn es den Anlass perfekt ausdrückte. Doch da der Pfarrer die Liedauswahl bestimmt hatte, wollte sie sich nicht einmischen.

Bereits bei der zweiten Strophe war Jonatas Unsicherheit verschwunden und sie sang das Lied glockenhell. Beim Refrain trällerte das gesamte Publikum mit. Kaum war Jonata verstummt, setzte begeisterter Applaus ein.

Luzia konnte erkennen, wie ihre Tochter erleichtert von der Bühne stieg.

Nun nahm der Pfarrer Jonatas Platz auf dem Podest ein. Unter seinen Arm hatte er die Kiste geklemmt, in der die Zettel mit den Namen der Auserwählten waren. Der Geistliche musste nicht um Ruhe bitten, denn kaum stand er oben, verstummten alle Gespräche. Jeder, sogar die Kinder, sahen gespannt zu ihm empor.

Nachdem er die Kiste auf den mit Blumen geschmückten Tisch abgestellt hatte, faltete er die Hände. »Ich habe bereits gestern beim Gottesdienst in der Kirche den Segen über die Namen, die sich in der Kiste befinden, ausgesprochen. Lasst uns nun zusammen beten und demjenigen, der in die Ferne ziehen wird, unsere guten Wünsche mitschicken.«

Daraufhin streckte er die Hände zum Himmel empor und rief: »Herr, beschütze unseren Schützling vor allem Bösen, das ihn außerhalb von Licentia erwarten könnte. Lass die Drachenmenschen sich gut um ihn kümmern. Beschütze auch seine Eltern und gib ihnen die Kraft, glücklich zu sein, da ihr Kind erwählt wurde.« Dann schloss der Pfarrer andächtig die Augen und senkte den Kopf. Mit lauter Stimme betete er das Vaterunser. Die Dorfbewohner taten es ihm nach und wiederholten seine Worte. Erst als er laut »Amen« rief, sahen sie ihn wieder an.

Luzia suchte Hagen in der Menge, der ohne ein Wort auf einmal verschwunden war. Da sah sie, wie er hinter der Bühne hervortrat. Sie winkte ihn zu sich, doch er bedeutete ihr, dass er zu Matthias gehen wollte. Der Schmied stand bei einem der Fuhrwerke, auf dem die Bierfässer lagerten, und zapfte ein Bier nach dem anderen.

Trommelwirbel setzte ein. Keiner wagte, einen Ton von

sich zu geben. Mit großen Augen starrten alle zur Bühne hoch. Der Pfarrer griff mit ernster Miene in die Kiste, wühlte eine Weile in den Zetteln, als ob er mischen würde, und fischte schließlich einen heraus. Er hielt das gefaltete weiße Blatt Papier über seinen Kopf, wo er es hin und her wedelte, damit jeder es sehen konnte.

»Der oder die Glückliche, die uns heute verlassen darf, heißt …«, begann er und faltete das Blatt auseinander. Seltsam bestürzt blickte er auf den Namen, dann schaute er in die Menge, sagte aber immer noch kein Wort.

»Jetzt spannt uns nicht länger auf die Folter, sondern sagt den Namen!«, rief jemand aus dem Publikum.

Der Pfarrer räusperte sich. Dann wiederholte er: »Die Glückliche, die uns heute verlassen darf, heißt … JONATA!«

Luzia glaubte, sich verhört zu haben. Aber als sie die Blicke der anderen sah, wusste sie, dass sie richtig gehört hatte, und plötzlich schien der Boden unter ihr zu wanken.

55

Josh und einige Teamkollegen saßen in der Kantine des Senders, um die Auslosung mitzuverfolgen. Seine anderen Mitarbeiter mussten die Technik der Sendung überwachen und waren in ihren Büros.

Kaum hatte der Pfarrer den Namen ausgesprochen, raste sein Puls in die Höhe. Entgeistert sah er zu Martina, die ihn ebenso entsetzt ansah. Josh beugte sich zu ihr hinüber und flüsterte ungläubig: »Hat er diesen Namen tatsächlich ausgesprochen?«

Martina nickte. »Wie kommt Jonatas Name in die Kiste?«, stammelte sie.

»Ich habe keine Ahnung. Ich weiß nur, wenn Jonata die Sendung verlässt, können wir einpacken«, presste er hervor. »Das wäre das Ende von Licentia!«

Plötzlich redeten alle wild durcheinander.

Als sein Handy in seiner Hosentasche zu vibrieren begann, atmete Josh tief durch. Er wagte nicht, aufs Display zu schauen, denn er ahnte bereits, wer ihn anrief. Josh ignorierte es und ließ es einfach weitervibrieren.

»Willst du nicht rangehen?«, fragte Martina nervös.

»Auf keinen Fall! Ich will nicht mit Wladimir sprechen!«

»Du musst! Er wird wissen wollen, wie es so weit kommen konnte. Wenn du ihn ignorierst, ist Licentia schneller Geschichte, als du dir vorstellen kannst«, warnte sie ihn.

»Erledige du das für mich, Martina. Sag ihm, dass ich

wegmusste oder irgendetwas in der Art. Nein, sag ihm, dass ich gerade die Videoaufnahmen aus der Kirche kontrolliere, um herauszufinden, wer dafür verantwortlich ist.«

Martina seufzte und nickte schließlich. Mit gequältem Gesichtsausdruck hielt sie sich das Handy ans Ohr. »Mister Lasarew, Martina Straten hier … ja … ich verstehe … Natürlich … Wir haben keine Ahnung, aber ich versichere Ihnen, dass wir mit Hochdruck daran arbeiten herauszufinden, wer dahintersteckt. Auch wie wir die Ziehung wieder rückgängig machen …« Mitten im Satz verstummte sie plötzlich und riss die Augenbrauen nach oben. »Wirklich? Oh, das ändert alles. Ja, Sir! In Ordnung, Sir!« Dann beendete sie das Gespräch.

»Kannst du bitte unsere Twitterseite groß auf den Bildschirm einblenden?«, rief Martina Josh zu. »Lies nur diesen einen Tweet. Es wurde bereits über zehntausend Mal gelikt.« Josh ging näher an den Bildschirm heran. Dann las er laut vor: »›Tessa Steiner: Wie geil! Wie bei #GameofThrones opfern sie bei #Licentia ihre Hauptfigur. Bin gespannt, wen sie jetzt zur neuen Königin krönen, ihr auch?‹«

Irritiert blickte er in die Runde. »Was soll das heißen?« fragte er.

»Lies das nächste Posting von Kate Weasley, gleich darunter.« Martina zeigte auf die Zeile.

Wieder las Josh laut vor: »›Kate Weasley: @tes_steiner: Stimme dir zu. Möchte wissen, wer diese geniale Idee hatte. Endlich kommt wieder Leben in die mittelalterliche Bude von #Licentia‹.«

Martina scrollte weiter hinunter und las die nächsten Tweets selbst laut vor: »»Es war sicher Hagen, der das

Mädchen loswerden will‹ … ›Nee, ich tippe auf den Pfarrer‹ … @madman meint: ›Luzia ist die falsche Schlange‹ … @mona-leo schreibt: ›Geil Leute, einfach nur geil! Ich werde am Dienstag nicht aus dem Haus gehen, um zu erfahren, wie es weitergeht in #Licentia.‹«

»Leute!«, sagte Mascha. »Nicht alle User sind so begeistert wie diese, die Martina gerade vorgelesen hat. Hier schreibt jemand: ›Ich will sofort wissen, welches Arschloch dafür verantwortlich ist! Er soll am höchsten Baum auf dem Marktplatz von Licentia hängen!‹«

»Diesen User sofort blockieren!«, rief Josh aufgebracht.

»Das darfst du nicht machen«, erklärte Mascha. »Wir müssen neutral bleiben und jede Stimme zulassen. Zum Glück überwiegen bis jetzt diejenigen, die das Ergebnis der Ziehung positiv bewerten. Sie sind vor allem gespannt, was Luzia dagegen unternehmen wird. Denn diese User sind der Meinung, dass sie das Mädchen nicht gehen lassen wird. Auf den Weitergang der Serie warten auch diejenigen, die sauer über das Ergebnis sind. Es ist ein spannendes Duell zwischen diesen beiden Gruppen. Beide haben ihre Berechtigung und müssen gehört werden.«

»Unsere Einschaltquoten explodieren geradezu. Ebenso wie die Bestellungen für die Armbänder!«, rief Martina, die die neusten Zahlen auf ihrem iPad checkte. Jemand hat uns ein Geschenk gemacht, indem er Jonatas Namen in die Kiste geschmuggelt hat.« Sie lachte.

»Ich sehe das nicht so positiv. Schließlich können wir das Ergebnis nicht akzeptieren«, sagte Josh in die Runde.

Martina hob eine Augenbraue. »Warum nicht?«

»Jonata hat keine Berechtigung, Licentia zu verlassen. Was ist mit demjenigen, dessen Name eigentlich hätte gezogen werden sollen?«

»Wo ist das Problem? Niemand weiß, wer gezogen worden wäre. Also muss auch niemand sauer sein. Du verkomplizierst das Ganze«, erwiderte Martina.

»Heißt das, dass wir für Jonata neue Spielregeln aufstellen und sie in das Internat bringen sollen? Was ist, wenn sie nicht gehen will?«

»Keine Ahnung! Lass uns abwarten, was in Licentia passiert. Wir können von außen sowieso nichts steuern.«

»Wollt ihr nicht wissen, wer Jonata loswerden will?«, fragte Mascha mit großen Augen.

Josh nickte. »Kontrolliere die Aufnahmen der letzten vier Tage aus dem Innern der Kirche. Ich denke, so müssten wir denjenigen rasch finden können.«

»Im Grunde kann es nur Hagen gewesen sein«, warf der Produktionsassistent in die Runde. »Jonata ist nicht seine Tochter und deshalb hegt er keine väterlichen Gefühle für sie.«

»Das wäre zu offensichtlich. Dann müsstest du auch Luzia verdächtigen, denn sie ist nicht ihre Mutter«, meinte der Tontechniker.

»Das würde sich mit der Meinung von *madman* decken, der Luzia als falsche Schlange bezeichnet«, sagte Josh nachdenklich.

»Nicht immer ist das Offensichtliche das Richtige«, orakelte Martina.

»Wer soll es sonst gewesen sein?«, fragte Josh verzweifelt.

»Vielleicht hat jemand Jonatas Namen hineingeschmuggelt, um sein eigenes Kind vor dem Weggang zu bewahren«, überlegte einer der Männer.

»Wie groß war die Wahrscheinlichkeit, dass der Name des Mädchens gezogen wird?«, fragte Mascha augenzwinkernd.

»Eins zu neun!«, rief Josh. »Entweder wollte derjenige nur den Nervenkitzel oder jemand anderes hat seine Finger im Spiel.« Er ging einen Schritt auf den Fernseher zu. Plötzlich stellten sich seine Nackenhaare auf. Es gab nur einen, der die Ziehung manipulieren konnte: »Gabriel«, flüsterte er so leise, dass niemand sonst den Namen hören konnte. Aber warum sollte der Pfarrer Interesse daran haben, dass Jonata Licentia verließ?

»Mascha, bring mir alle Aufnahmen von ganz Licentia der letzten vier Wochen.«

»Von ganz Licentia?«, fragte sie ungläubig.

»Du hast richtig gehört. Ich werde sie selbst kontrollieren«, sagte er, ohne den Blick von Gabriel zu nehmen.

56

Tristan fasste den Plan, nach Licentia zu schleichen, bereits am Abend vor dem Einschlafen. Er wollte unbedingt Jonatas Gesang hören. Um ihren Auftritt nicht zu verpassen, hatte er alle anfallenden Arbeiten in Windeseile erledigt und sich danach heimlich auf den Weg in den verbotenen Landstrich gemacht.

Am Waldesrand schaute Tristan über die Ebene. Er hoffte, dass wegen des Jubiläums niemand auf den umliegenden Feldern oder im Wald arbeiten und ihn bemerken würde. Tatsächlich war keine Menschenseele zu sehen. Trotzdem blieb er wachsam. Schritt für Schritt pirschte er sich über die Ziegenweide näher an das Dorf heran. Bis jetzt kannte er nur die Dächer, die man von der Koppel aus sehen konnte. Im Schutz der Häuser eilte er durch die Gassen bis in die Nähe des Marktplatzes.

Ihr Dorf gleicht unserem Ort, stellt er überrascht fest.

Unmittelbar vor dem Festplatz standen mehrere Fichten, deren dicht bewachsene Zweige den Boden berührten. In geduckter Haltung lief Tristan darauf zu und versteckte sich darunter. Kauernd saß er da und hoffte, von hier aus Jonatas Gesang hören zu können. Er konnte es kaum erwarten und hob vorsichtig ein paar Zweige an, als ihn um ein Haar fast der schwarze Talar des Pfarrers gestreift hätte.

Hastig zog er den Kopf zurück. Ausgerechnet vor seiner

Tanne blieb der Geistliche stehen. Tristan presste sich so dicht wie möglich an den Baumstamm. In Gedanken betete er, dass der Mann ihn nicht bemerken und verschwinden möge.

»Missratendes Pack. Euch werde ich es zeigen«, hörte er den Geistlichen zischen.

Wen er wohl damit meinte? Tristan hätte zu gern nachgesehen, wen der Pfarrer im Visier hatte.

Eine Frau gesellte sich zu dem Geistlichen. Vergnügt sagte sie: »Seid gegrüßt, Hochwürden. Ist das nicht ein herrliches Fest? Selbst das Wetter ist uns hold. Was für eine schöne bunte Schachtel Ihr unter Eurem Arm tragt. Sind darin die Namen der erwählten Kinder?«, fragte sie aufgekratzt.

»Nein, meine Tochter. In diesem Behältnis sind Geschenke«, antwortete der Pfarrer in freundlichem Ton.

»Geschenke? Ich hoffe, dass eins für mich dabei sein wird«, erwiderte sie lachend.

»Ich muss dich enttäuschen. Sie sind nur für die Kinder gedacht.«

»Wie schade, dass ich kein Kind mehr bin«, antwortete sie gackernd und ging ihres Weges.

»Gierige Kuh«, murmelte der Geistliche ihr hinterher und verschwand in die andere Richtung.

Tristan atmete erleichtert aus. Vorsichtig spähte er abermals zwischen den Zweigen hindurch. Leider sah er von seinem Platz aus nur sehr wenig. Zwar erkannte er Bänke und Tische, auch den Aufbau der Bühne, aber nicht, was sich darauf abspielte. Zu viele Körper versperrten die Sicht. Dafür hörte er den Chor klar und deutlich.

Sein Herz weitete sich vor Vorfreude bei dem Gedanken, gleich Jonatas Gesang zu hören. Er überlegte, sich näher heranzupirschen, um sie auch sehen zu können. Doch er wusste, dass er dadurch nicht nur sich, sondern auch sie in Gefahr bringen würde.

Plötzlich verstummte der Chor und eine Männerstimme bat um Ruhe. *Ah, jetzt werden diese Geschenke verteilt, die der Pfarrer erwähnte,* dachte Tristan aufgeregt. Als die Namen aufgerufen wurden, freute er sich, dass Jonata ebenfalls eine der Gaben bekommen würde.

Nach der Verteilung der Geschenke war es Zeit für ihren Auftritt. *Sie scheint aufgeregt zu sein,* dachte Tristan, da er glaubte, ein leichtes Zittern aus ihrer Stimme heraushören zu können. Vorsichtig spreizte er abermals die Zweige auseinander und drehte den Kopf in Richtung der Bühne. Das war das schönste Lied, das er jemals gehört hatte. Bei der zweiten Strophe schien Jonata ihre Selbstsicherheit zurückgewonnen zu haben. Sie traf jeden Ton klar und deutlich. Kraftvoll hallte das Lied zu ihm herüber. Dann setzte Applaus ein.

Beschwingt und leise summend, wollte er zurück in den Wald schleichen, als er hörte, dass nun die Ziehung begann. Zwar kannte er keines der Kinder, deren Namen sich in dem Topf befand. Aber vielleicht könnte er einen Blick auf denjenigen erhaschen. Tristan war neugierig, wie der Erwählte oder die Erwählte aussah, der alles, was er kannte, hinter sich lassen musste.

Ah! Hochwürden persönlich übernimmt die Ziehung, dachte er spöttisch, als er dessen herrische Stimme hörte, die die Dorfbewohner zum Gebet aufforderte. Auch Tristan schloss die Augen und murmelte das Vaterunser nach. Nach dem »Amen« setzte Trommelwirbel ein. Tristan hielt die Luft an und wartete auf die Bekanntgabe.

Da der Pfarrer anscheinend zögerte, den Namen laut

auszusprechen, schob Tristan die Zweige weit auseinander und blickte mit gekräuselter Stirn zu dem Festplatz hinüber. Was war da los?

Schließlich stieß der Pfarrer den Namen laut, fast kreischend aus. Zuerst glaubte Tristan, sich verhört zu haben. Doch dann schrie jemand auf – so laut, so voller Leid, dass er wusste, er hatte sich nicht verhört.

Nicht Jonata, flehte er. *Nein, nicht sie!*

57

Jonata stand vor der Bühne und starrte ungläubig zu dem Pfarrer hinauf. Sie wischte sich mit beiden Händen über das Gesicht. Ganz so, wie wenn man am Morgen einen schlechten Traum aus der Erinnerung wischen wollte. Wieso war ein Zettel mit ihrem Namen in der Kiste gewesen? Sie war doch erst fünfzehn Jahre alt! Erst mit sechzehn durfte man an der Ziehung teilnehmen.

Ihr Blick glitt hinüber zu ihrer Mutter, die aus Leibeskräften schrie. Sie hing in den Armen ihres Vaters, der versuchte, sie zu beruhigen. Doch sie hörte einfach nicht auf zu schreien. Stattdessen sank sie auf die Knie.

Das alles sah Jonata wie aus weiter Ferne, unscharf und irgendwie verwackelt. Auch die Geräusche drangen nur gedämpft an ihr Ohr. *Vielleicht ist es doch ein Traum,* dachte sie. Aber da verschwamm ihr Blick mehr und mehr und sie bemerkte, dass sie weinte. Plötzlich schien es, als ob ihre Tränen eine unsichtbare Wand wegspülen würden. Ungefiltert drangen nun die Geräusche an ihr Ohr.

Es war kein Traum! Es war Realität! Der Pfarrer hatte tatsächlich ihren Namen aufgerufen. In ihrem Schädel dröhnte es. Mit schmerzverzerrtem Gesicht hielt sie sich die Schläfen. Angst ließ sie keuchen. Sie musste ihre Heimat verlassen und zu den Drachenmenschen. Panik krampfte schmerzhaft ihr Herz zusammen.

Ich muss weg, dachte sie. *Weg! Weg! Weg!* Nervös schaute

sie umher. Da sprang sie auf und floh durch einen schmalen Gang zwischen den Bänken und Tischen. Zum Schutz hielt sie die Hände von sich gestreckt, um alles wegzuschieben, das sich ihr in den Weg stellte. Als man sie aufhalten wollte, riss sie sich los, ignorierte die Rufe. Doch dann hörte sie einen Satz, der sie stocken ließ: »… dabei ist sie nicht die leibliche Tochter von Hagen und Luzia …!«

Ungläubig starrte Jonata in das Gesicht von Ida, die sie hämisch angrinste. Was behauptete die Frau da? Fragend schaute Jonata zu ihren Eltern. Ihr Blick schnitt ihr durchs Herz, denn er bestätigte das, was sie gehört hatte. Sie fasste sich an die Brust.

»Herr im Himmel steh mir bei«, wimmerte sie und starrte zum Firmament empor. Sie musste fort! Fort von diesem Fest! Fort von diesen Menschen, die sie angelogen hatten. Fort aus diesem Dorf!

Plötzlich wurde sie gepackt. Zuerst versuchte sie, sich zu wehren, doch dann erkannte sie Tristan. Sie sah wilde Wut in seinen Augen funkeln, mit der er alle um sich herum fixierte. Tristan war gekommen, um sie zu retten. Er hielt sein Versprechen. Nur auf ihn konnte sie sich noch verlassen. Deshalb ließ Jonata es zu, dass er sie fest an der Hand packte und mit sich zog.

»Jonata, komm zurück. Wer ist das?«, hörte sie den Mann brüllen, der nicht ihr Vater sein sollte. Sie antwortete ihm nicht, sondern sah Tristan flehend an. Der verstand sie ohne Worte und ging weiter, aber plötzlich stellte sich Tabea ihnen in den Weg.

Entsetzt schaute Jonata sie an. Ihre Freundin versperrte ihnen den Ausgang, sodass sie nicht zwischen ihr und den Bänken vorbeikonnten. Aus den Augenwinkeln sah Jonata ihren Vater immer näher kommen. Panisch krallte sie sich an Tristan fest. Da trat Tabea zur Seite.

»Bring sie in Sicherheit«, sagte sie zu Tristan und ließ sie passieren. Dann schob sie einen Tisch in den Weg und warf zwei Bänke zu Boden, um Jonatas Vater am Weiterkommen zu hindern.

Erleichtert und dankbar schaute Jonata sich kurz nach Tabea um. *Ich wusste, dass sie meine beste Freundin ist!,* jubelte sie innerlich.

Vor einer Scheuneneinfahrt rutschte Jonata auf Körnern aus und schlug sich das Knie wund. Doch sie ignorierte den Schmerz und auch das warme Blut, das an ihrem Bein hinablief. Als sie an einem Zaun hängen blieb, war es ihr einerlei, dass ihr Kleid erneut zerriss. Tristan trieb sie mit lautem Rufen zum Weiterlaufen an. Hand in Hand rannten sie durch das Dorf, über die Ziegenwiese und von dort in den Wald hinein. Erst im Schutz der Bäume fühlte Jonata sich sicher. Japsend liefen sie weiter, bis sie am Ufer eines Bachs standen. Dort versteckten sie sich zwischen dem Schilf und schnauften durch.

Tristan, dessen Atem genauso keuchend ging wie ihrer, nahm sie in den Arm. »Hab keine Angst! Ich werde dich beschützen«, flüsterte er.

Er führte sie am Bachufer vorbei, bis sie zu einer Trauerweide kamen, deren lange Äste wie schlanke Finger in den Bach hineinreichten. Einem Vorhang gleich versperrte das Blätterwerk die Sicht auf sie beide, sodass Jonata und Tristan sich an dem Stamm der Weide niederlassen konnten.

Erschöpft legte Jonata ihren Kopf an seine Schulter. Obwohl sie versuchte, die aufsteigenden Tränen niederzukämpfen, konnte sie nicht verhindern, dass ihr Körper unter ihren Schluchzern zuckte.

»Erzähl mir, was geschehen ist«, flüsterte Tristan.

Sie schüttelte den Kopf, wollte nicht darüber nachdenken, sich nicht erinnern. Erst musste sie selbst verstehen, was passiert war. Doch als sie Tristans verzweifelten Blick sah, erzählte sie mit schleppender Stimme, was sich nach ihrem Sologesang ereignet hatte: »Als der Pfarrer den Namen gezogen und laut vorgelesen hat, habe ich gerade ein Stück Butterkuchen gegessen, weil ich an dem Spektakel nicht weiter interessiert war. Ich war einfach nur froh, dass ich mein Lied ohne Stottern vorgetragen habe. Ich habe gerade mein neues Armband betrachtet, als ich plötzlich hörte, wie der Pfarrer meinen Namen brüllte. Als ich den Kopf hob, sah ich, dass alle Menschen auf dem Marktplatz mich anstarrten. Sie standen bewegungslos da, ganz so, als ob sie eingefroren wären. Die Erwachsenen genauso wie die Kinder. Ich bin vor Schreck aufgesprungen, dachte, dass der Geistliche etwas von mir wolle. Doch dann fuhr es mir durch Mark und Bein. Ich wusste plötzlich, dass mein Name auf dem Zettel stand. Mein Körper war wie betäubt, aber dann hörte ich meine Mutter schreien. Sie schrie und schrie. Als ich weglief, stellte sich Ida mir in den Weg und sagte … nein, sie spottete … sie …« Ein Weinkrampf hinderte sie am Weitersprechen.

»Was hat sie zu dir gesagt, dass du dich dermaßen aufregst?«, fragte Tristan leise.

Jonata hob den Blick. »Sie sagte, dass meine Eltern nicht meine Eltern seien und sie mich deshalb loswerden wollten«, flüsterte sie zitternd. Ihr Herz schmerzte, als ob jemand mit einem Dolch hineingefahren wäre.

58

Tristan presste die Lippen hart aufeinander, bis nur noch ein dünner Strich übrig war.

Das erste Wort, das ihm eingefallen war, als er die Menge vor der Bühne sah, war »Feindseligkeit« gewesen. Er wusste nicht, warum, aber dieses Wort kam ihm direkt in den Sinn. Vielleicht weil sie seine Freundin anklagend angafften. Nach Jonatas Erzählung wusste er, dass ihn sein Instinkt nicht getäuscht hatte. Doch in einer Person hatte er sich geirrt. In Gedanken bat er Tabea um Verzeihung.

»Deine Freundin hat uns gerettet. Ohne sie wären wir deinem Vater niemals entkommen«, erklärte Tristan nachdenklich.

»Ich bin Tabea sehr dankbar. Zum Glück grollt sie mir nicht mehr wegen dir. Warum warst du überhaupt in Licentia?«, fragte Jonata und schniefte.

»Ich wollte meine Freundin singen hören«, sagte Tristan mit einem verschmitzten Lächeln.

»Ich darf nicht daran denken, was passiert wäre, wenn ich dir nichts von dem Jubiläum erzählt hätte«, flüsterte sie und schmiegte sich tief in seinen Arm. Sie wischte mit ihrem Ärmel die Tränen aus dem Gesicht.

»Weine nicht, Jonata! Ich werde dich nicht gehen lassen. Nie und nimmer«, versprach er und streichelte ihr übers Haar. »Hast du einen Verdacht, wie dein Name in die Kiste gekommen sein könnte?«

Jonata zuckte mit den Schultern. »Ich weiß es nicht«, wisperte sie. »Ich bin erst fünfzehn. Deshalb dürfte mein Name nicht drin sein.«

»Ruh dich aus«, flüsterte Tristan und drückte sanft ihren Kopf gegen seine Brust. Nachdenklich schaute er zwischen den Ästen zum Bach hinüber und rief das Ereignis in seinen Gedanken noch mal auf.

Als der Tumult losgegangen war, war Tristan aus seinem Versteck hervorgekrochen. Plötzlich hatte er den Pfarrer rufen gehört, dass sie sich der Ziehung beugen müssten, da es Gottes Wille wäre. Doch da hatte eine schwangere Frau ihn angekeift, dass das nichts mit Gott zu tun habe, sondern Betrug wäre. Daraufhin hatte sich Jonatas Mutter eingemischt und geschrien, dass ihre Tochter nirgendwohin gehen würde. Da er Jonata retten wollte, hatte er den Menschen nicht weiter zugehört.

Tristan überlegte, wer wohl ein Interesse daran haben könnte, dass Jonata Licentia verließ. Gedankenverloren betrachtete er ihr schlafendes Antlitz an seiner Brust. Tränen glitzerten auf ihrer Wange. Vorsichtig wischte er sie fort. Dann nahm er Jonatas Hand und küsste jeden einzelnen ihrer Finger. »Ich werde dich niemals im Stich lassen! Das verspreche ich dir«, flüsterte er und fügte mit ernstem Gesicht hinzu: »Selbst wenn ich dafür mein Dorf verlassen müsste.«

59

Luzia stand wie versteinert auf dem Marktplatz und schaute in die Richtung, in der Jonata mit dem Jungen verschwunden war. Da spürte sie eine Hand auf ihrer Schulter. Agnes war neben sie getreten.

»Sag, dass ich träume«, wisperte Luzia und drückte Agnes' Finger.

Die Frau sah sie mitleidig an. »Es tut mir leid, aber es ist tatsächlich geschehen.«

»Das alles kann nicht sein! Jemand muss den Zettel mit ihrem Namen hineingeschmuggelt haben.«

Ihr Sohn Siegfried kam weinend angerannt und klammerte sich an ihre Beine. »Muss Jonata zu den Drachenmenschen? Fressen sie meine Schwester auf?«, schniefte er und sah mit tränennassem Gesicht zu ihr auf.

Bestürzt über seine kindliche Fantasie, kniete sie sich nieder und nahm ihn in den Arm. »Nein, mein Schatz! Jonata muss nicht fort! Das verspreche ich dir«, flüsterte sie und legte ihre Wange gegen seine. Flehend sah sie zu Agnes hoch.

Sie verstand Luzia ohne Worte und sagte: »Komm, Siegfried, du darfst heute bei mir schlafen.«

Der Junge schüttelte den Kopf. »Ich will bei Jonata schlafen!«

»Siegfried, geh mit Agnes. Ich muss erst mit Jonata sprechen, damit sie keine Angst mehr hat. Morgen komme ich dich wieder abholen. Agnes wird dir sicherlich ein Honigbrot geben«, versuchte sie, ihren Sohn zu locken, und drückte ihm einen Kuss auf die Stirn. Dankbar nickte sie Agnes zu, die den Knaben an die Hand nahm.

»Ich habe auch noch eingelegte Kirschen. Glaubst du, dass die dir schmecken könnten?«, fragte sie das Kind.

Siegfried wischte sich mit dem Handrücken über die Nase. »Hast du auch Pudding dazu?«

»Nein, aber ich kann dir welchen kochen, wenn du das möchtest.« Agnes schmunzelte und ging mit dem Jungen fort.

Nachdem die beiden aus Luzias Blickfeld verschwunden waren, eilte sie zu den Frauen, deren Männer Hagen bei der Suche nach Jonata und dem Jungen begleitet hatten. Sie standen zusammmen und unterhielten sich leise. Als Luzia sie erreichte, verstummten sie.

Fragend schaute sie die Frauen an. Doch sie schwiegen weiter. Da kam Lehrer Timmels Frau zu ihnen und fragte: »Weißt du, wer dieser Junge war? Ich habe ihn noch nie hier gesehen.«

Luzia schüttelte den Kopf. »Nein, Sophia, ich kenne ihn auch nicht.«

»Da er nicht aus unserem Dorf ist, kann er nur aus dem anderen Ort stammen«, erklärte Maria, die Frau von Tobias, dem Schuster.

»Ich glaube, es war Tristan. Elisabeths und Richards Sohn. Er sieht aus wie seine Mutter«, überlegte Sophia.

Alle Blicke waren fragend auf Luzia gerichtet. »Woher soll ich das wissen?«, murrte sie. »Mich interessiert mehr, wer Jonatas Namen in die Kiste geworfen hat. Da weder Hagen noch ich es war, kann es nur jemand von euch gewesen sein«, sagte sie bitter.

»Ich glaube, du spinnst«, empörte sich Maria. »Welchen Grund sollte eine von uns haben, so etwas zu tun?«

»Wie konnte Ida Jonata nur so etwas ins Gesicht sagen? Es war nicht ihre Aufgabe, dem Mädchen die Wahrheit zu verraten«, empörte sich Sophia.

»Es war nur eine Frage der Zeit, bis sie es erfahren hätte. Es wundert mich, dass sie das Getratsche nicht längst gehört hat.«

»Unsere Angelegenheiten gehen niemanden im Dorf etwas an!«, schimpfte Luzia. »Es spielt auch keine Rolle, wer Jonata geboren hat. Für Hagen und mich ist sie unsere Tochter.«

Maria zuckte mit den Schultern. »Vielleicht spielt es doch eine Rolle und vielleicht hast du damit die Antwort auf deine Frage.«

Luzia wollte ihr bereits Widerworte geben, doch sie schwieg.

»Lasst uns zur Ziegenwiese gehen und dort auf die Männer warten«, schlug Sophia vor und ging voran.

Die Frauen warteten auf dem Weg in der Nähe der Wiese. Keine sagte mehr ein Wort. Stumm standen sie da und schauten zum Wald hinüber. Nur das leise Meckern der Tiere war zu hören.

Luzia hatte das Gefühl, dass bereits Stunden vergangen waren, als endlich Hagen und die anderen Männer zwischen den Bäumen hervortraten. Sie suchte Jonata unter ihnen, doch sie konnte das Mädchen nirgends entdecken. Um nicht laut aufzuschreien, presste sie die Faust gegen den Mund.

Als die Männer näher kamen, konnte sie in ihren Mienen Erschöpfung und Enttäuschung erkennen. Ihre Kleidung klebte an ihren Körpern.

»Ein Königreich für ein kühles Getränk!«, sagte Tobias, als er an ihr vorbei zu seiner Frau Maria ging.

Hagen trat auf Luzia zu und sah sie zerknirscht an. Auch er war müde und abgekämpft. Hilflos zuckte er mit den Schultern. »Wir haben jeden Winkel im Wald abgesucht, der als Versteck dienen könnte. Die beiden scheinen wie vom Erdboden verschluckt zu sein. Wer weiß, wo der Bursche sie hingebracht hat. Er wird sich besser im Forst auskennen als wir, da er dort mit seinen Wölfen unterwegs ist.«

»Ich vermute, dass es Elisabeths Sohn Tristan ist.«

Hagen runzelte die Stirn. »Tristan … das würde vom Alter her passen«, überlegte er laut. »Lass uns nach Hause gehen. In der Dunkelheit erkennt man nichts. Wir machen uns morgen wieder auf die Suche nach ihr«, sagte er und wollte an Luzia vorbeigehen, doch sie hielt ihn am Ärmel fest.

»Hast du ihren Namen in die Kiste geschmuggelt?«, fragte sie misstrauisch.

»Wie kannst du so etwas von mir denken!«, rief er entrüstet und schaute betreten zu den anderen Paaren, die sich zu ihnen umdrehten.

»Jemand muss es gewesen sein! Wer hätte einen triftigeren Grund als du?«, unterstellte Luzia ihm.

Nun wurde seine Miene finster. »Überlege, Luzia, welches Thema du in aller Öffentlichkeit ansprichst! Wessen du mich beschuldigst!«

Luzia forschte in seinen Augen und nickte schließlich. »Verzeih! Aber ich bin verzweifelt und habe Angst um Jonata.«

Hagen legte den Arm um sie und zog sie an seine Brust. »Ich weiß! Ich bin es auch. Lass uns nach Hause gehen. Direkt morgen früh werden wir weitersuchen.«

Luzia nickte und ließ sich von ihm nach Hause führen.

»Wo ist Siegfried?«, fragte Hagen, als er in der Stube der Kinder nach seinem Sohn gesehen hatte.

»Er schläft bei Agnes. Möchtest du auch ein Glas Wasser?«, erkundigte sich Luzia.

Hagen nickte. »Wie hat er es aufgefasst? Er ist sicher schon alt genug, um zu verstehen, was passiert ist«, meinte er und trank einen Schluck.

»Der Junge hat Angst, dass die Drachenmenschen seine Schwester fressen könnten.«

»Das arme Kind!«, murmelte er.

Luzia wusste nicht, warum, aber irgendetwas in seinem Verhalten, vielleicht war es auch sein Blick, ließ erneut den Verdacht in ihr aufkeimen, dass er nicht ehrlich zu ihr war. »Sag mir die Wahrheit, Hagen! Hast du Jonatas Namen wirklich nicht in die Kiste geworfen?«

»Fängst du schon wieder damit an?«, rief er ungehalten.

»Wie sonst hätte Jonata gezogen werden können, wenn du nicht einen Zettel mit ihrem Namen heimlich in die Kiste gelegt hättest?«

»Jeder hätte einen solchen Wisch ungesehen hineintun können. Schließlich war der Behälter in der Kirche unbewacht«, verteidigte er sich.

»Das mag sein, aber nicht jeder hat Interesse daran, Jonata loszuwerden.«

Hagen machte einen Schritt auf sie zu und umfasste ihre Schultern, sodass sie seinem Blick nicht ausweichen konnte. »Sieh mich an, Luzia! Glaubst du wirklich, dass ich unsere Tochter loswerden will?«

»Sag du es mir, Hagen, und beantworte mir nur diese eine Frage: War sie jemals deine Tochter?«

Sie konnte sehen, wie er unter ihren Worten zusammenzuckte, als ob sie ihn geschlagen hätte.

»Luzia, was soll dieses Gerede? Zweifelst du etwa an dem, was ich sage? Zweifelst du tatsächlich an mir, deinem Ehemann? Jonata ist wie unsere Tochter für mich. Wir haben sie von klein an bei uns gehabt und für sie gesorgt, sie erzogen. Wer hat an ihrem Bett gesessen, als sie damals vom Baum gefallen war und sich das Bein aufgeschlagen hatte?« Hagen senkte den Kopf und schüttelte ihn. Als er wieder aufblickte, glaubte Luzia, dass Tränen in seinen Augen glitzerten. »Wie kannst du mir nur eine so schreckliche Tat unterstellen? Und an meinen Gefühlen für Jonata zweifeln?«

»Weil in Jonata nicht ein Tropfen Blut von dir fließt, dass du sie lieben könntest«, erklärte Luzia zaghaft.

Hagen lachte bitter auf. »Dann dürften alle Adoptiveltern keine Gefühle für ihre Adoptivkinder hegen«, sagte er und stemmte seine Hände gegen den schweren Eichentisch. Ohne sie anzuschauen, fragte er: »Was ist mit dir und deiner Liebe zu Jonata, Luzia?«

»Wie meinst du das?«

»Du bist nicht ihre Mutter«, antwortete er und sah sie mit festem Blick an.

»Das ist etwas anderes«, flüsterte sie.

»Ach ja? Inwieweit? Erklär es mir!«

»Auch wenn ich nicht Jonatas leibliche Mutter bin, sie nicht geboren habe, so fließt doch auch mein Blut durch ihre Adern. Und deshalb liebe ich sie erst recht wie meine eigene Tochter.«

Luzia sah, wie Hagen die Augen aufriss. Wortlos drehte er sich um und verließ den Raum. Kurz darauf hörte sie, wie die Schlafzimmertür laut ins Schloss fiel. Luzia wusste, dass sie zu weit gegangen war, aber die Sorge um Jonata brachte sie auf Gedanken, die sie sonst niemals ausgesprochen hätte.

Verzweifelt setzte sie sich auf einen Stuhl. Ihre Schultern sackten nach vorn.

Hagen und sie hatten sich während ihres Medizinstudiums kennen- und lieben gelernt. Sie waren bereits ein Paar gewesen, als das Unglück mit Luzias Schwester passierte. Sie erinnerte sich an Hagens Zweifel, als sie die einjährige Jonata nach dem Tod ihrer Mutter zu sich nehmen wollte. Doch rasch waren sie als Familie zusammengewachsen. Beide hatten gemeinsam den Entschluss gefasst, nach Licentia zu gehen, um Jonata nicht an ihren leiblichen Vater zu verlieren, der aus dem Gefängnis gedroht hatte, sie zu sich zu nehmen – zur Not mit Gewalt.

Luzia strich sich über die Stirn. Sie hatte keine Ahnung, warum sie an Hagen zweifelte. Vielleicht war es leichter für sie, die Situation so auszuhalten, wenn sie jemandem die Schuld geben konnte. Und da ihr Mann der Einzige war, den sie greifen konnte, machte sie ihn zum Sündenbock. Aber das schien alles nur noch schlimmer zu machen.

Es war spät. Sie war erschöpft und sollte ins Bett gehen, damit sie morgen ausgeruht war, wenn sie Jonata erneut suchen würden, sagte sie sich.

Doch als sie im Bett lag, konnte sie kein Auge zumachen und hörte ihrem Mann beim Schnarchen zu. Ihre Gedanken ließen sie nicht los. Unaufhörlich kreisten sie um den Zettel. Wer hatte ein Interesse daran, dass Jonatas Name gezogen wurde? Im Geist ging sie alle Personen aus ihrem Dorf durch, mit denen sie engeren Kontakt hatten. Doch sie fand keine Antwort.

Ich werde noch verrückt, dachte sie und rieb sich über die brennenden Augen. Vorsichtig befreite sie sich aus Hagens Umklammerung und stand auf. Sie war zum Umfallen müde und doch fand sie keine Ruhe. *Vielleicht hilft mir ein Baldriantee zu entspannen,* hoffte sie und schlich in die Küche.

Während sie an dem heißen Getränk nippte, schaute sie durch das Fenster hinaus in die Dunkelheit. »Jonata, wo bist du?«, flüsterte sie.

Hoffentlich ging es ihr gut und sie war mit Tristan zusammen. Luzia war sich sicher, dass der Junge auf Jonata aufpassen würde. Als sie den Jungen gesehen hatte, wusste sie sofort, dass er Elisabeths Sohn war. Er war seiner Mutter wie aus dem Gesicht geschnitten. Ob er Jonata mit zu den Wolfsbannern genommen hatte? Sofort verwarf sie den Gedanken wieder. »Sie würden das Mädchen fortschicken, sobald sie wüssten, wer sie ist«, murmelte sie.

Jonata wird sicherlich morgen schon wieder zurückkommen. Das Heimweh wird sie zu uns bringen, hoffte Luzia, als ein anderer Gedanke ihr Herz zum Rasen brachte, den sie die ganze Zeit nicht zugelassen hatte. Jonatas Name war gezogen worden. Dem Abkommen nach musste sie das Dorf verlassen. Aber das konnten sie nicht verlangen. Sie war erst fünfzehn und brauchte ihre Familie!

»Wieder war ich nicht für sie da und wieder konnte ich sie nicht beschützen. Ich habe erneut mein Versprechen dir gegenüber gebrochen«, flüsterte Luzia mit Blick zum Himmel hinauf. Ein Schluchzen schüttelte ihren Körper. Mit zittrigen Händen stellte sie den Becher ab. Immer wieder sah sie die entsetzten Augen des Mädchens vor sich, als es begriff, was passiert war. Auch ihren ungläubigen Blick, als Ida ihr die Wahrheit über ihre Herkunft ins Gesicht schleuderte. Warum hatte sie das getan?

Sie wischte sich die Tränen fort. Im Grunde mussten sie froh sein, dass Tristan Jonata mitgenommen hatte. So hatten sie Zeit gewonnen, um einen Plan zu ersinnen, wie sie Jonata hierbehalten konnten. Vielleicht sollte sie zu Elisabeth gehen und mit ihr reden? Womöglich konnte Jonata eine Weile bei ihnen im Wolfsbannerland bleiben. Dort könnte das Kind zur Ruhe kommen. Außerdem konnte man sie dort nicht beobachten, da es in ihrem Gebiet keine Kameras gab.

Ich muss mit Tristans Eltern reden. Vielleicht verzeihen sie mir, dass sie wegen mir wegmussten damals. Schließlich ist das alles schon viele Jahre her.

Bei dieser Überlegung wich die Panik aus Luzia. Ihr Kummer schnürte ihr nicht mehr den Brustkorb zu. Sie konnte besser durchatmen. Mit einem letzten Blick zum Nachthimmel ging sie zurück ins Bett.

60

Jonata erwachte, weil ihr Genick schmerzte. Noch immer ruhte ihr Kopf auf Tristans Brust. Sie blickte auf und betrachtete sein Gesicht. Er schlief; atmete ruhig und gleichmäßig. Vorsichtig setzte sie sich auf. Zuerst wusste sie nicht, wo sie war, da sie in der Dunkelheit kaum etwas erkennen konnte. Doch dann sah sie zwischen den Ästen das Glitzern des Wassers, in dem sich das Mondlicht spiegelte. Da fiel ihr wieder ein, dass Tristan sie zum Bach geführt hatte und sie sich unter den Zweigen einer Trauerweide versteckt hatten.

Schlagartig kehrte aber auch die Erinnerung an das Jubiläum von Licentia zurück. Sie sah wieder die Menschen vor sich, die sie anstarrten. Hörte das Geflüster, das sie nicht verstand.

Es war kein Traum, dachte sie panisch. Sie griff sich an den Hals.

Tristan erwachte dadurch. Aus verschlafenen Augen sah er sie fragend an. »Ich habe Hunger und Durst«, murmelte er und streckte sich. Als sie nichts sagte, setzte er sich auf. »Knurrt dir nicht auch der Magen?«

»Ich glaube, ich kann nie wieder etwas essen«, wisperte sie.

»Jeder Mensch muss essen. Du auch«, erwiderte er und gähnte herzhaft.

Jonata spürte, wie ihre Augen von den aufsteigenden

Tränen brannten, und drehte den Kopf zur Seite. Ahnte Tristan nicht, wie elend sie sich fühlte? Von einem Atemzug zum nächsten hatte sie die beiden wichtigsten Menschen in ihrem Leben verloren. Nie wieder würde sie Vater und Mutter zu ihnen sagen können. Jonata durfte nicht weiter darüber nachdenken. Ihr Herz bebte.

Ach, wäre doch alles so wie immer, dann würde sie jetzt zu Hause in ihrem Bett liegen und friedlich schlafen.

»Alles wird wieder gut«, versuchte Tristan, sie zu trösten, und legte den Arm um sie.

»Nichts wird jemals wieder gut«, flüsterte sie.

»Verzage nicht. Ich werde Beeren sammeln und schauen, was ich sonst noch Essbares finden kann. Meine Mutter sagt immer, mit einem vollen Bauch lässt sich besser nachdenken«, scherzte er und stand auf.

»Du musst mich nicht wie ein Kleinkind umsorgen!« Wütend sprang sie auf. Sie schlug die Äste zur Seite und schlüpfte unter ihnen durch. Sie lief zum Bach, wo sie sich am Ufer niederkniete und mit der hohlen Hand Wasser schöpfte. Sie trank, bis ihr Durst gestillt war. Dann benetzte sie ihr Gesicht und das Genick. Die Kühle des Wassers tat ihr gut.

»Es tut mir leid!«, hörte sie Tristan hinter sich sagen. Er war ihr zum Bach gefolgt. Sein Haar war vom Schlaf zerzaust, sein Blick verzweifelt. Das Licht der langsam aufsteigenden Sonne brach sich in seinen Augen und ließ sie wie flüssigen Honig schimmern.

Jonata mochte ihn – sehr sogar. Er war ihr Freund und versuchte, ihr Halt zu geben. Doch so einfach konnte er den gestrigen Tag nicht auslöschen.

Sie stand auf und ging zu ihm. Traurig presste sie ihre Stirn gegen seine Schulter. »Ich bin froh, dass du bei mir bist, Tristan. Ich habe sonst niemanden mehr auf der Welt, dem ich vertrauen kann«, flüsterte sie.

Er legte seine Arme um ihre Hüfte und zog sie an sich. »Du darfst nicht verzweifeln, Jonata. Schon bald wirst du wieder lachen können, das verspreche ich dir«, flüsterte er in ihr Haar.

61

Tristan hatte die halbe Nacht aufgepasst, dass nichts Jonatas Schlaf störte. Irgendwann war er selbst eingeschlafen. Als er aufwachte, kehrte sofort der bittere Geschmack der Erinnerung zurück. Zwar hatte er Jonata gerettet und sie vor den feindselig wirkenden Menschen in Sicherheit gebracht, doch sie war todunglücklich und das war für ihn kaum auszuhalten. Er wollte sie ablenken und da ein voller Magen ein wohliges Gefühl zaubern konnte, wollte er ihr mit dem Essensvorschlag eine Freude bereiten. Aber anscheinend war das verkehrt. Was konnte er nur tun, damit es ihr besser ging?

Als Jonata zum Bach ging, ließ er sie nicht aus den Augen. Nach wenigen Augenblicken folgte er ihr. Sie sollte wissen, dass er es ernst mit ihr meinte. Für Tristan gab es nichts Schöneres, als Jonata in seinen Armen zu halten. Sie zu fühlen. Er war immer wieder aufs Neue überrascht, wie sehr sie ihm vertraut war und wie sehr er sie mochte. Alles war so schnell gegangen. Obwohl sie sich erst vor wenigen Tagen begegnet waren, hatte er das Gefühl, sie schon ewig zu kennen. Und dieses Gefühl verstärkte sich mit jedem Atemzug. Sein Herzschlag überschlug sich regelrecht in seinem Brustkorb, wenn sie bei ihm war.

Tristan fasste einen Entschluss. Mit dem Zeigefinger hob er Jonatas Kinn, sodass sie ihn ansehen musste. »Ich nehme dich mit zu meinem Volk.«

Ihre erste Reaktion war Kopfschütteln, doch dann nickte sie zaghaft. »Glaubst du, dass deine Leute mich akzeptieren werden, wenn sie hören, wer ich bin?«, fragte sie skeptisch.

»Meine Wölfin Morrígan hat das bereits getan. Warum sollten meine Eltern das nicht auch tun?«

Jonata schaute zweifelnd an ihm vorbei in den heller werdenden Himmel.

Tristan konnte erkennen, wie es hinter ihrer Stirn arbeitete. Liebevoll nahm er ihr Gesicht in seine Hände. »Nur weil wir mit den Wölfen zusammenleben, sind wir keine Unmenschen. Du wirst sehen, dass es dir bei uns gefallen wird«, versuchte er, ihr ihre Bedenken zu nehmen.

Dann küsste er sie voller Zärtlichkeit, als wollte er so all ihre Zweifel zerstreuen.

62

Jonata schielte zu Tristan. Obwohl sich ihr Leben seit gestern von Grund auf verändert hatte und sie verzweifelt, traurig und auch wütend auf ihre Eltern war, so spürte sie auch Glück in sich. Ihre starke Zuneigung für Tristan überstrahlte ihre dunklen Gefühle.

Immer wieder sah sie das Bild vor sich, wie Tristan auf dem Festplatz neben dem Bierwagen aufgetaucht war. Seinen entschlossenen Blick, mit dem er zu ihr geeilt war. Für einen kurzen Herzschlag war sie überrascht gewesen, ihn dort zu sehen; glaubte zuerst an eine Sinnestäuschung. Doch dann hatte er ihre Hand ergriffen, und ohne weiter darüber nachzudenken, war Jonata ihm gefolgt. Obwohl sie sich erst vor Kurzem begegnet waren, fühlte sie sich ihm seelenverwandt.

Aber wie würden die Wolfsbanner auf Jonata reagieren? Wie würde Tristan sich verhalten, wenn er unter seinesgleichen war? Wäre er dort noch derselbe Tristan? Der Tristan, den sie mochte? Panik flackerte in ihr auf.

Jonata erinnerte sich an das, was sie über die Wolfsbanner wusste. Tod und Verderben würden sie umgeben. Gefährlich und blutrünstig sollten sie sein. Sie konnte unmöglich erwarten, dass diese Menschen sie willkommen heißen würden. Doch zurück nach Licentia konnte sie auch nicht – zumal sie das Dorf für immer verlassen sollte. Ihre Eltern würden sie sicherlich nicht beschützen, denn sie waren angeblich nicht die Menschen, die sie vorgaben zu sein.

Wie konnte sie ihnen jemals wieder vertrauen? Konnte es wirklich sein, dass ihr Vater und ihre Mutter sie ein Leben lang belogen hatten? Warum sollten sie das tun? Warum hatte Ida ihr das gesagt? Oder hatte die Frau gelogen?

Wenn das aber stimmen sollte, wer war sie dann? Zu wem gehörte sie? Die Fragen schwirrten durch ihren Kopf und ließen sie verzweifeln.

Jonata blieb stehen und riss ihre Hand los.

Tristan sah sie überrascht an. »Was hast du? Du bist kreidebleich. Geht es dir nicht gut?«

»Wie soll es mir gehen?!«, schrie sie. Jonata konnte sich nicht mehr auf den Beinen halten. Ihr wurde übel. Sie setzte sich bebend nieder.

Tristan kniete sich neben sie.

Jonata wandte ihm ihren tränenverschleierten Blick zu. »Ich kann nicht mit dir kommen!«

»Aber warum?«, fragte er leise und strich ihr über die Wange.

»Ich muss zurück nach Licentia und mit meinen Eltern reden.«

»Meinst du nicht, dass das zu gefährlich ist im Augenblick? Ich denke, es wäre besser, wenn du erst einmal zu uns kommst, damit sich die Wogen glätten«, schlug Tristan leise vor.

Verängstigt schaute sie zu ihm, unfähig, ihre Panik in Worte zu kleiden.

Doch scheinbar verstand Tristan sie auch ohne Erklärung, denn er sagte: »Du musst vor meinem Volk keine Angst haben. Das verspreche ich dir!«

»Ich weiß nicht mehr, was ich machen soll, Tristan. Mein Leben gleicht einem Albtraum.«

»Lass mich dir helfen, damit du aus diesem Albtraum wieder erwachst«, murmelte er und zog sie zurück auf die Beine.

63

Joshs Augen tränten. Mit den Fingerspitzen rieb er sich vorsichtig über die Lider. Seit Stunden ging er alle Aufzeichnungen der letzten Woche von Licentia durch.

Sein Handy vibrierte. Er las den Namen auf dem Display. Dieses Mal musste er selbst drangehen und mit ihm sprechen. Josh drückte auf den grünen Hörer.

»Guten Morgen, Wladimir«, begrüßte er Wladimir Lasarew mit flauem Magengefühl.

»Ich chaaabe neue Anweisungen«, sagte der Oligarch. Er sprach zwar fehlerfrei Deutsch und Englisch, hatte aber einen stark russischen Akzent.

»Ich höre«, antwortete Josh knapp.

»Das Määädchen bleibt in Licentia, dafür lost ihr einen Knaben aus, der an ihrer Stelle aufs Internat geht. Meine Frau hat mir mit der Scheidung gedroht, wenn ich das Määädchen aus Licentia fortschicken sollte. Alexandra will, dass es mit dem Burschen aus dem Wolfsbannerland glücklich wird. Sie wissen ja, wie Frauen sind. Sie wollen Romantik und kein Drrrama. Sorgen Sie dafür, dass die Drohnen rasch eingesetzt werden, damit wir den Fans ein Liebespaar bieten können und meine Frau zufrieden ist! Seht zu, wie ihr das geregelt bekommt!«

Grußlos beendete Lasarew das Gespräch.

»Ich werde noch verrückt«, murmelte Josh und ließ sich in seinem Schreibtischstuhl zurücksinken.

64

Luzia wollte sich mit der täglichen Hausarbeit ablenken bis Hagen sie abholen würde, um Jonata zu suchen. Hagen musste sein Vieh und die Ziegen füttern, bevor sie sich auf den Weg machten. Auch wollte er noch schnell bei Agnes vorbeischauen, weil Siegfried einen Tag länger bei ihr bleiben sollte.

Luzia fühlte sich wie gerädert, da sie kaum geschlafen hatte. Zwar war sie schließlich eingenickt, doch bei dem kleinsten Geräusch hochgeschreckt. Jedes Mal in der Hoffnung, Jonata würde nach Hause kommen. Aber das Bett des Mädchens blieb leer. Luzia betete, dass Tristan Jonata mit in sein Dorf genommen hatte und sie dort in Sicherheit war.

Seit gestern Abend hatte Luzia mit ihrem Mann kaum ein Wort gesprochen. Obwohl Hagen ihr versichert hatte, für Jonatas Auslosung nicht verantwortlich zu sein, verdächtigte sie ihn weiter.

»So glaub mir endlich, ich war es nicht! Wie oft soll ich dir das noch sagen?« Wütend wegen ihres Verdachts, hatte er die Karottenstücke genommen und war zu der Ziegenweide gegangen.

Luzia konnte weder still sitzen und warten noch irgendeine Arbeit verrichten. Ihre Gedanken drehten sich im Kreis. Um nicht tatenlos herumzusitzen, beschloss sie, zur geheimen Versammlungsstätte in den Bergen zu gehen. Dort stand ein Computer, mit dem sie Kontakt zum Sender aufnehmen konnte. Sie wollte Josh dazu bewegen, Jonata in Licentia zu lassen.

Sie können uns nicht zwingen, Jonata fortzuschicken, dachte sie kühn.

Luzia legte ihr Schultertuch um und verließ das Haus. Immer wieder musste sie die Tränen fortwischen, die ihren Blick verschleierten. Mit gesenktem Kopf lief sie durch die Gassen, als eine Stimme ihr zurief: »Wie geht es deiner Tochter?« Luzia hatte den Mann nicht bemerkt, der seinen Kopf aus einem Fenster streckte. Erschrocken blieb sie stehen.

»Ich weiß es nicht, Michel. Jonata ist heute Nacht nicht nach Hause gekommen.«

»Das ist eine große Schweinerei, sage ich dir. Wisst ihr schon, wer ihren Namen in den Lostopf geworfen hat?«, wollte er entrüstet wissen.

Schluchzend schüttelte Luzia den Kopf.

»Ach, du Arme, wenn ich nur helfen könnte. Das Mädchen wird schon wieder auftauchen«, versuchte er, sie zu trösten, als jemand im Innern des Hauses seinen Namen rief. Er hob grüßend die Hand und trat vom Fenster zurück.

Luzia hoffte, dass sie nicht noch jemand aus dem Dorf ansprach. Sie spürte kein Verlangen, immer die gleichen Fragen zu beantworten oder Mitleid zu bekommen, von dem sie nicht wusste, ob es ehrlich gemeint war. Mit schnellen Schritten und eingezogenem Kopf hastete sie durchs Dorf und traf ausgerechnet auf die hochschwangere Ida.

Zornig schob die Frau sich mit ihrem Kugelbauch Luzia in den Weg. »Das habt ihr ja schlau eingefädelt! Tut, als ob ihr kein Wässerchen trüben könntet, dabei habt ihr es faustdick hinter den Ohren!«, keifte sie.

»Ida, du glaubst doch wohl nicht …«

Sofort unterbrach Ida sie. »Ihr jammert, als ob euch jemand etwas Böses wollte, weil irgendjemand heimlich Jonatas Namen in die Kiste gelegt hat. Dabei habt ihr es selbst getan, damit eure Tochter in den Genuss der Freiheit und des Geldes kommt anstatt mein Sohn«, unterstellte sie Luzia.

»Bist du von allen guten Geistern verlassen? Überleg, was du behauptest! Die Wahrscheinlichkeit, dass Gabriel Jonata zieht, war ebenso groß wie die, dass der Name deines Sohnes gezogen wird.«

»Du kannst noch so viel erklären, aber du lügst. Zwar weiß ich nicht, wie ihr es gemacht habt, doch ihr wart es selbst. Dessen bin ich mir und viele andere im Dorf sicher!«

Luzia sah sie entgeistert an. »Du spinnst! Das kann nicht dein Ernst sein, Ida. Überleg, wie lange wir uns schon kennen. Du kannst nicht solch einen Unfug glauben.«

Ida sah sie mit hochnäsiger Miene an. »Beweis mir das Gegenteil.«

»Jetzt reicht es! Du wolltest doch überhaupt nicht, dass dein Peter gezogen wird. Du selbst sagtest mir, dass du am liebsten den Namen austauschen würdest. Jetzt auf einmal willst du doch, dass er geht!«, empörte sich Luzia.

»Was interessiert mich mein Geschwätz von gestern. Mein Sohn ist intelligenter als alle anderen Jugendlichen in Licentia zusammen. Er hat diese Chance verdient, aus seinem Leben etwas Großes zu machen«, erregte sich Ida und drehte sich auf dem Absatz um, um mit erhobenem Kopf davonzugehen.

Luzia ließ schnaufend die Luft aus den Lungen und schüttelte den Kopf.

Wie kann Ida nur solch einen Blödsinn von sich geben?, dachte sie und eilte weiter, um das Dorf endlich hinter sich zu lassen.

65

Von: Josh Keller
Gesendet: Sonntag, 22. Mai 2017 14.08
An: Lasarew, Wladimir
Betreff: Ziehung

Hallo Wladimir,

sorry für die Störung an einem Sonntag. Aber Gabriel hat wegen der Ziehung mit mir Kontakt aufgenommen. Er wirkte erleichtert, dass Jonata Licentia verlassen soll.

Als ich ihm sagte, dass sie noch keine sechzehn Jahre alt ist und deshalb bleiben wird, war er sehr uneinsichtig. Er will es nicht akzeptieren und meinte, dass alles rechtskräftig sei.

Ich denke, dass wir wegen ihm Probleme bekommen werden. Muss nach einer Lösung suchen.

Mit freundlichen Grüßen
Josh Keller

Von: Wladimir Lasarew
Gesendet: Sonntag, 20. Mai 2017 14:20
An: Keller, Josh
Betreff: Re: Ziehung

Hallo Josh,

Gabriel soll die Klappe halten. Er ist nicht befugt, irgendetwas zu wollen. Sagen Sie ihm, dass ich ihn beschuldige, die Zettel manipuliert zu haben. Wegen ihm haben wir den ganzen Ärger.

Peter soll jetzt ausgelost werden, damit Ida und die Zuschauer zufrieden sind und die Wogen sich in Licentia glätten. Der Pfarrer soll sich Gedanken machen, wie er das anstellt – dürfte kein Problem für ihn sein.

Grüße
W. L.

66

Nicht mehr lang und du kannst unser Dorf sehen!«, rief Tristan aufgeregt. Er war einige Schritte vorgegangen, um Jonata durchs Unterholz zu helfen.

Jonata sah schüchtern zu ihm. Sie wusste nicht, ob sie sich freuen konnte, gleich in dem Dorf zu sein und auf die fremden Menschen zu treffen. Zu groß war die Furcht vor dem, was sie dort erwarten würde. Trotzdem versuchte sie zu lächeln – Tristan zuliebe. Doch Angst verzerrte ihre Miene.

Als Tristan ihr gequältes Gesicht sah, blieb er stehen, nahm ihre Hand und küsste ihre Fingerspitzen. »Du musst dich wirklich nicht fürchten. Mein Volk wird dich nicht fressen«, versuchte er zu scherzen.

Jonata schaute hinüber in die Richtung, die er angezeigt hatte. Sie schluckte. Er gab ihr einen Kuss und lotste sie weiter durch die Baumreihen.

Sie traten hintereinander aus dem Wald heraus. Vor ihnen lag ein großes Weizenfeld. Ein sanfter Wind strich über die fahlen Halme und brachte sie zum Knistern. In wenigen Wochen könnte das Korn geschnitten werden. Um die Ähren nicht niederzutreten, führte Tristan Jonata am Rand des Ackers vorbei zum anderen Ende des Waldes. Von dort konnten sie das Wolfsbannerdorf, in einer Senke liegend, erkennen. Ein Bachlauf schlängelte sich seitlich des Ortes entlang. Dünne Rauchfahnen stiegen aus zahlreichen Schornsteinen empor. Ruhig und friedlich erschien das Land.

»Das ist unser Dorf und dort hinten wohne ich«, sagte Tristan stolz und zeigte zu dem letzten Haus in einer Gasse. Mit einer Handbewegung wies er Jonata an, ihm zu folgen. Sie gingen hinüber zur Hauptstraße, die mitten durch den Ort führte.

Jonata hatte das Gefühl, sich auf steifen Beinen vorwärtszubewegen. Unsicher ließ sie ihren Blick umherwandern. Überrascht erkannte sie, dass die Bauweise der Häuser denen in Licentia glich. Auch hier waren die Grundstücke mit niedrigen Zäunen eingefasst. Vorgärten mit üppigen Blumen sorgten für ein buntes und sauberes Bild.

Als ob man Licentia nachgebaut hätte, dachte Jonata verwundert.

Sogar die Gebäude waren angeordnet wie in ihrem Heimatdorf. Nur die Kirche stand nicht rechts, sondern links des Dorfplatzes und davor erhob sich eine mächtige, aus Stein gemeißelte Wolfsstatur.

»Dieser Steinwolf sieht genauso aus wie deine Wölfin Morrígan«, sagte Jonata.

»Das ist Aidan. Er war der erste Wolf, der mit uns lebte. Letztes Jahr ist er gestorben.«

Hinter dem Sockel der Statur entdeckte Jonata drei kleine Mädchen, die mit ihren Puppen spielten. Überrascht blickten sie auf, als sie die beiden bemerkten. Eines erhob sich und sprang auf sie zu. Ihr rotes Haar flog dabei hin und her.

»Wo warst du, Tristan?«, fragte die Kleine und umklammerte seine Hüfte. Freudig schaut sie zu ihm auf. »Mutter und Vater sorgen sich, weil du nicht nach Hause gekommen bist in der Nacht. Sie sind richtig sauer auf dich.« Mit ihrem sommersprossigen Gesicht schaute sie neugierig zu Jonata. »Und wer ist das, Tristan?«

»Das ist Jonata, meine Freundin.«

»Deine Freundin?«, wiederholte sie ungläubig. Tristan nickte. Die Kleine musterte Jonata von oben bis unten. Obwohl das Mädchen nicht älter als neun Jahre war, verursachte ihr prüfender Blick bei Jonata ein ungutes Gefühl. »Woher kommt sie?«

»Aus einem anderen Dorf.«

»Wo liegt das Dorf?«, löcherte ihn das Mädchen weiter. Tristan zeigte hinter sich: »Dort hinten!«

»Etwa hinter der Lichtung?«, fragte sie erschrocken.

»Johanna, du bist ganz schön neugierig.« Tristan lachte.

»Aber es ist doch verboten, die Lichtung zu überqueren. Dort beginnt doch das Land der anderen, mit denen wir nichts zu tun haben wollen«, erklärte das Mädchen altklug. »Ist sie etwa eine von denen?«, wisperte sie. Tristan nickte. »Oje, wenn das Vater hört, wird er dich sicherlich noch mehr bestrafen.« Sie sah zu Jonata. »Aber sie sieht hübsch aus, auch wenn sie eine andere ist.« Als Jonata daraufhin beschämt lächelte, fragte die Kleine erschrocken: »Kann sie uns verstehen?«

»Warum soll sie uns nicht verstehen? Sie ist schließlich nicht taub.«

»Dann spricht sie dieselbe Sprache wie wir?«, wollte das Mädchen wissen und schlug die Hände vor den Mund, als könnte sie damit das Gesagte rückgängig machen.

»Johanna, wer ist das?«, riefen ihre Freundinnen.

»Das ist Tristans Freundin«, antwortete sie und lief eilig zu den Mädchen, um ihnen zu berichten.

Jonata sah bange zu Tristan. »Kriegst du jetzt wegen mir Probleme?«, fragte sie leise.

Tristan zuckte mit den Schultern. »Mach dir deshalb keine Gedanken«, flüsterte er und drückte ihr einen Kuss auf die Schläfe.

»Igitt, die küssen sich!«, kreischten die Mädchen auf.

»Ist Johanna deine Schwester?«, fragte Jonata.

»Woher weißt du das? Wir gleichen uns kaum!«

»Das stimmt wohl. Aber eure Augen haben dieselbe Farbe. Sie leuchten wie flüssiger Honig. Außerdem hat sie von Vater und Mutter gesprochen«, erklärte sie lächelnd.

»Flüssiger Honig … das hat noch niemand gesagt. Meine Mutter meint, dass unsere Augenfarbe wie die unserer Wölfe sei. Aber flüssiger Honig gefällt mir auch recht gut. Komm, es wird Zeit, nach Hause zu gehen«, meinte er und blickte zurück zu seiner Schwester. »Und du sei artig, Johanna!«, rief er ihr zu.

Dann verließen sie den Dorfplatz und bogen in eine Gasse ein, an deren Ende das große Holzhaus stand. »Dort wohne ich«, erklärte er stolz. Aber Jonata glaubte, ein leichtes Unbehagen aus seiner Stimme heraushören zu können, was sich auch auf sie übertrug.

Zögerlich betrat Jonata hinter Tristan die Küche. Der Geruch von Gemüsesuppe lag in der Luft, der ihren Magen zum Knurren brachte. Erst jetzt fiel ihr auf, wie hungrig sie war.

Ein großer, breitschultriger Mann stand über einer Kiste gebeugt und stapelte Holzscheite auf.

»Guten Tag, Vater!«, grüßte Tristan.

Als der Mann Tristan hörte, stellte er sich auf und verschränkte die Arme vor seiner breiten Brust. »Wo bist du gewesen?«, fragte er mit grimmiger Miene, ohne den Gruß zu erwidern.

»Vater, das hier ist …«, begann Tristan, doch er wurde sofort unterbrochen.

»Ich will zuerst eine Antwort auf meine Frage! Du warst die ganze Nacht fort. Wir haben uns Sorgen gemacht.«

»Ich musste mich verstecken, weil Jonata …«, erklärte Tristan und zeigte auf sie, um sie dadurch seinem Vater vorzustellen.

Doch der beachtete Jonata nicht, sondern brauste los: »Verstecken? Vor was oder vor wem?« Zwischen seinen Augenbrauen entstand eine tiefe Falte. Seine Augen funkelten schwarz wie Kohle. Jonata schob sich hinter Tristans Rücken. Erst jetzt wandte der Mann sich ihr zu und taxierte ihre Erscheinung.

»Wer bist du, Mädchen?«, sprach er sie an.

»Ich grüße dich! Mein Name lautet Jonata«, antwortete sie kaum hörbar.

»Was bringst du uns für ein stimmschwaches Vöglein mit ins Haus?«, fragte der Mann spöttisch.

Schamesröte ließ Jonatas Wangen brennen. Sie glaubte, ein Grinsen in seinem Blick zu erkennen.

»Warum bringst du uns eine Licentianerin hierher in unser Dorf? Weißt du nicht, welcher Gefahr du uns dadurch aussetzt? Sicher werden ihre Leute sie zurückholen wollen.«

Jonata erkannte, wie Tristan sein Kreuz durchdrückte. »Vater, Jonata ist nicht meine Gefangene, sondern meine Freundin!«, erklärte er mit fester Stimme und ergriff ihre Hand. Scheinbar wollte er sich vor ihr nicht von seinem Vater einschüchtern lassen. Sie sollte wissen, dass er Mumm in den Knochen hatte und sie sich auf ihn verlassen konnte.

Sein Vater schaute mit großen Augen von Tristan zu ihr.

»Du bist Hagens und Luzias Tochter«, stellte er stirnrunzelnd fest.

Jonata nickte. »So sagt man«, erklärte sie niedergeschlagen.

Daraufhin grummelte der Mann, was sich wie Donnergrollen anhörte. »Dann stimmt es doch, dass der alte Ferro dich und dein Rudel auf der Lichtung gesehen hat!«

Jonata spürte, wie Tristan neben ihr zusammenzuckte.

Sie fand das Zusammentreffen mit Tristans Vater angsteinflößend. Nur zu gerne wäre sie gegangen, doch Tristans Hand hielt die ihre umklammert.

Sie spürte den Blick des Mannes auf sich ruhen. Als sie hochschaute, meinte er: »Du musst sehr mutig sein, wenn du dich in unser Dorf traust.«

Jonata kaute auf ihre Unterlippe. Was sollte sie ihm darauf sagen? Dass sie keine Wahl hatte, weil sie kein Zuhause mehr hatte? Da er wusste, wer ihre Eltern waren, wusste er vielleicht auch, wer *sie* in Wirklichkeit war. Unsicher schaute sie zu Boden.

»Sie ist nicht sehr redselig, deine Freundin«, meinte Tristans Vater.

»Warum muss ich mutig sein, um zu Euch zu kommen?«, wagte Jonata zu fragen.

»Ich kenne die Geschichten, die man bei euch über uns erzählt. Wahrscheinlich erzählen deine Leute zudem, dass wir kleine Kinder fressen«, erklärte er.

Erschrocken schaute Jonata ihn an. Sie glaubte, ein leichtes Glitzern in seinem Blick zu erkennen.

»Das ist nicht wahr«, murmelte sie.

Nun trat ein breites Grinsen in seine finstere Miene. »Auch wenn sie wortkarg ist, so scheint sie nicht nur mutig, sondern auch schlau zu sein.« Doch dann wurde er wieder ernst. Mit leicht zusammengekniffenen Augen betrachtete er Tristan. »Du bist ohne Erlaubnis die Nacht über fortgeblieben und hast dein Wolfsrudel vernachlässigt. Du bist eines Wolfsbanners nicht würdig und deshalb nehme ich dir das Rudel weg«, erklärte er streng.

»Vater! Das kann nicht dein Ernst sein! Ich habe das Rudel immer ordentlich versorgt. Wegen dieser einen Nacht kannst du mir meine Wölfe nicht fortnehmen wollen!«

»Deine Tiere würden elend verrecken, wenn ich ihnen nichts zu fressen und zu saufen geben würde. So etwas gehört sich nicht für einen Rudelführer! Du zeigst dich als gewissenloser Mensch, der seine Tiere sich selbst überlässt.«

Plötzlich ging die Tür auf und eine Frau betrat den Raum. Jonata wusste sofort, dass sie Tristans Mutter war. Er glich ihr bis aufs Haar.

»Du bist zurück, mein Sohn, und bringst Besuch mit?« Seine Mutter klang bedeutend freundlicher. Sie stellte ihren Korb mit frischem Grün auf dem Tisch ab und blickte sie lächelnd an. »Du musst Jonata sein!«

»Woher wisst Ihr das?«, fragte Jonata erstaunt.

»Tristan erzählte mir von eurem Zusammentreffen auf der Lichtung. Als er dich beschrieb, wusste ich sofort, wer du bist. Ich kenne dich, seitdem du so klein warst«, sagte sie und zeigte auf die Höhe der Tischkante.

»Du wusstest, dass Tristan auf der Lichtung war?«, polterte Tristans Vater los. »Mir habt ihr was anderes erzählt.«

»Richard! Beruhige dich. Was soll unser Gast von dir denken? Du erschreckst das Mädchen noch. Es ist doch einerlei, was war. Wichtig ist der Grund, warum unser Sohn es wagt, Jonata hierherzubringen. Und den möchtet du sicher genauso wie ich erfahren«, versuchte sie, ihren Mann zu besänftigen.

»Das ist eine lange Geschichte«, begann Tristan.

»Wir haben Zeit! Sicher seid ihr hungrig und erschöpft. Die Suppe ist fast fertig. Es fehlt nur etwas Petersilie daran. Tristan, gib Jonata ein Handtuch, damit sie sich am Brunnen erfrischen kann. Während des Essens könnt ihr uns erzählen, was in Licentia geschehen ist, dass du, mein Kind, flüchten musstest. Danach kannst du dich in Johannas Bett ausruhen, Jonata«, schlug Tristans Mutter lächelnd vor.

Jonata war über die Liebenswürdigkeit der Frau überrascht, was sich anscheinend auf ihrem Gesicht widerspiegelte. »Keine Angst! Wir fressen keine Kinder«, erklärte die Frau lächelnd.

Jonata sah sie dankbar an und folgte Tristan hinaus auf den Hof.

67

Josh saß an seinem Schreibtisch und starrte ins Leere. Plötzlich piepste sein Computer.

Eine Nachricht von Martina, dachte er verwundert und öffnete die Mail.

»Du wirst es nicht glauben wollen«, las er ihre Mitteilung und öffnete den Anhang der Mail. Ein Film lief an, der das Innere der kleinen Kirche zeigte. Vereinzelt betraten Männer und Frauen die Kapelle. Einige beteten in den Bänken, andere zündeten eine Kerze an. Keiner von ihnen beachtete die Kiste mit den Namenszetteln. Aber plötzlich betrat jemand durch den Hintereingang den Gottesraum. Geschickt wich er dem Blickwinkel der Kamera aus, sodass man sein Gesicht nicht erkennen konnte.

»Von der Statur her könnte es ein Mann sein. Aber wer ist er?«, überlegte Josh irritiert. Jetzt konnte man sehen, wie der Unbekannte den Deckel der Kiste abnahm und sie leerte. Die Zettel ließ er in seiner rechten Hosentasche verschwinden. Aus seiner linken nahm er andere gefaltete Blätter heraus, die wie die ersten aussahen. Diese legte er in die Kassette und verschloss sie wieder.

Josh Augen weiteten sich, als er kapierte, was da vor sich ging. *Er vertauscht die Originale gegen Zettel, auf denen mit Sicherheit immer Jonatas Name steht.*

Der Film wechselte zu einer Aufzeichnung, die den Bereich hinter der Kirche zeigte, wo der Mann von eben sich aufmerksam umsah. Ein Licht flackerte auf. Dann brannte eine Kerze am Boden. Der Mann hielt kleine Blätter in die Flamme, die hell verbrannten. Durch den Feuerschein, den die brennenden Zettel verursachten, leuchtete sein Gesicht kurz auf.

Josh riss die Augen auf.

Damit hätte ich niemals gerechnet, dachte er und drückte auf die Leertaste. Das Gesicht auf dem Bildschirm fror ein.

68

Über den Pfad, der sich bergauf schlängelte, ging Luzia zur Versammlungsstätte. Sie traute ihren Augen kaum, als von oben Gabriel des Weges kam. Hastig versteckte sie sich hinter einem Gebüsch. Schon hörte sie ihn fluchen.

»Dreimal verdammt, was denkt sich dieser Idiot? Wie soll ich das bewerkstelligen …« Der Rest ging in unverständlichem Gemurmel unter.

Als er fort war, kam Luzia aus ihrer Deckung hervor. Nachdenklich klopfte sie den Staub aus ihrem Gewand. Woher Gabriel wohl gekommen war? Vielleicht hatte er denselben Gedanken wie sie gehabt und Kontakt zum Sender gesucht. *Aber warum?*, überlegte sie und blickte ihm hinterher.

Der Pfarrer hatte die Talsenke erreicht und ging über das Feld zu dem Waldstück hinüber, das sie alle wegen der Wildschweine mieden. *»Was will er in dem unwegsamen Gelände?«*, fragte sie sich kurz, ging dann aber eilig weiter.

Außer Atem erreichte sie den Busch, der das Versteck verschloss. Sie drückte das Geäst zur Seite und trat ein. Wie immer tastete sie sich am Stein entlang durch die Dunkelheit. Als sie den geheimen Eingang spürte, suchte sie nach dem Codefeld in der Felswand. Blind tippte sie die Zahlen ein. Mit einem Klicken öffnete sich die Tür und sie trat ein.

Luzia setzte sich vor den Computer und schaltete ihn

ein. Sobald er hochgefahren war, startete sie einen Video-anruf und wenig später sah sie ein überraschtes Gesicht auf dem Bildschirm.

»Hallo, Josh!«

»Was machst du hier, Luzia? Du brichst die Regeln«, rügte er sie.

»Ich weiß, dass wir nicht außerhalb der Altenversammlung herkommen sollen. Aber es ist ein Notfall, denn …« Luzia konnte ihre Tränen nicht mehr zurückhalten. Sie schluckte und schniefte. »… ich bin gekommen, um … ich will, dass …«

»Jetzt atme tief durch und sag mir, was du willst.«

»Du weißt, was passiert ist …« Sie rang mit sich, wusste nicht, wie sie es formulieren sollte.

Josh zog eine Augenbraue hoch, schwieg aber.

»Natürlich weißt du alles und du weißt auch, dass wir die Ziehung nicht manipuliert haben. Ich weiß nicht, wie Jonatas Name gezogen werden konnte. Das musst du mir glauben …« Wieder brach sie in Tränen aus.

»Schschscht, Luzia. Beruhige dich endlich! Ja, ich weiß, dass du nichts damit zu tun hast.«

»Hat Hagen …?«, fragte sie leise und sah ihn verzweifelt an.

Sie glaubte, ein kurzes Zögern zu erkennen. Doch dann schüttelte er den Kopf. »Er war es nicht.«

Erleichtert atmete sie auf und wischte sich die Tränen fort.

»Wisst ihr, wer es gewesen ist?«

»Wir forschen noch danach.«

»Bitte lasst mir Jonata«, flehte sie. »Du kennst ihre und meine Geschichte. Ich kann sie nicht gehen lassen, ich muss auf sie aufpassen. Sie ist …«

»Jonata bleibt der Sendung erhalten«, wurde sie von Josh unterbrochen.

Ungläubig sah sie ihn an. »Sag das bitte noch mal.«

»Wir werden Jonata nicht fortschicken. Es wird eine neue Ziehung geben.«

Zum ersten Mal seit dem Jubiläum schien sie wieder richtig durchatmen zu können. »Ich danke dir von Herzen. Du weißt nicht, welch große Freude du mir …«

»Alles wird gut«, versuchte er, ihr zu versichern.

»Ich weiß nicht, ob alles wieder gut wird. Jonata hat erfahren, dass wir nicht ihre leiblichen Eltern sind.«

Sie sah Josh nicken. »Auch das haben wir mitbekommen.«

»Weißt du, wo sie ist? Sie ist nicht nach Hause gekommen.«

»Wir konnten sehen, wie sie mit Tristan in Richtung seines Dorfs gegangen ist. Du weißt, dass wir im Wolfsbannerland keine Kameras haben.«

»Ja, das weiß ich. Hauptsache, sie irrt nicht allein im Wald umher«, sagte sie und schnäuzte sich in ein Tuch, das sie aus dem Ärmel zog. »Ich werde sie über ihre wahren Eltern aufklären müssen.«

»Luzia!«, rief Josh, sodass sie zurück auf den Bildschirm schaute. »Wenn du Jonata die Wahrheit erzählst, wirst du sie tatsächlich verlieren und zudem eine Lawine lostreten.«

»Wie meinst du das?«, fragte sie erschrocken.

»Wenn sie hinter ihr Geheimnis kommt, wird sie Licentia sicherlich freiwillig verlassen wollen, um ihren leiblichen Vater zu finden. Ihr behütetes Leben wäre vorbei. Wir könnten sie nicht mehr beschützen. Sie wäre den Gefahren ausgesetzt, die ihr durch euer Fortgehen aus unserer Welt von ihr fernhalten wolltet. Wie wird es ihr ergehen, wie wird sie sich fühlen, wenn sie von ihrem leiblichen Vater erfährt?«

Luzia erstarrte.

»Die meisten Zuschauer wollen, dass Jonata ins Internat geht. Dort könnten wir sie ebenfalls beschützen. Doch würde das Mädchen Licentia auf eigene Faust verlassen, wäre sie sich selbst überlassen und müsste erst lernen, sich in der modernen Welt zurechtzufinden. Abgesehen von der Gefahr, die von ihrem wahren Vater ausgeht. Jonata hätte zudem keine ruhige Minute vor den Menschen hier draußen, die sie aus der Sendung kennen. Willst du das?«

»Das habe ich nicht bedacht«, flüsterte Luzia. »Aber was soll ich ihr antworten, wenn sie nach ihren Eltern fragt?«

»Tu das, was du immer getan hast, Luzia. Lüg das Mädchen an«, riet Josh ihr.

Entsetzt weiteten sich ihre Augen. »Ich wollte sie nicht belügen, aber ich musste es tun.«

»Das mag aus deiner Sichtweise so sein. Aber das spielt jetzt keine Rolle mehr. Wichtig ist, dass du zu Tristans Eltern gehst und ihnen sagst, dass sie dem Mädchen und ihrem Sohn gegenüber nichts verraten dürfen. Elisabeth und Richard sind außer euch die Einzigen in eurer Welt, die einen Teil der Wahrheit über Jonata wissen. Und das soll auch so bleiben. Nur so wird euer Leben in Licentia weiterhin ohne Probleme verlaufen können.«

Luzia nickte. »Einverstanden.«

»Geh zu ihnen, bevor es zu spät ist. Hagen soll dich begleiten und Jonata seine väterliche Liebe beteuern. Das ist wichtig, denn dann wird sie euch wieder vertrauen und zu euch nach Licentia zurückkehren.«

»Danke, Josh«, sagte Luzia erleichtert und unterbrach die Verbindung.

69

Kaum war Luzia von seinem Bildschirm verschwunden, stöhnte Josh laut auf. Als er den Videoanruf erhalten hatte, hatte er geglaubt, Gabriel würde sich zurückmelden. Mit Luzia hatte er überhaupt nicht gerechnet.

Doch nun war er froh, dass sie mit ihm gesprochen hatte. Ohne dass sie es bemerkt hatte, hatte er ihre Entscheidung zum Wohle der Sendung beeinflussen können. Jetzt hieß es abwarten.

Sein Blick wanderte hinüber zu dem Standbild auf dem anderen Bildschirm, das noch immer das Gesicht des Übeltäters zeigte.

Josh seufzte. »Wem würde es nützen, wenn ich dich verraten würde?«, murmelte er und löschte die Aufnahme.

70

Jonata erwachte, weil jemand sie am Ärmel zupfte. Langsam öffnete sie die Lider und schaute in die goldfarbenen Augen Johannas, Tristans jüngerer Schwester. Sie kniete vor dem Bett.

»Du sollst aufstehen«, flüsterte sie.

Schlaftrunken wischte sich Jonata über das Gesicht und drehte sich auf den Rücken. Über ihr am Gebälk der Kammer hing ein seltsames Gebilde. In einem Kreis waren Fäden gespannt, an denen braune Hühnerfedern festgeknotet waren.

»Das ist mein Traumfänger«, erklärte Johanna, die ihren Blick bemerkte.

»Traumfänger?«

»An den Fäden bleiben meine schlechten Träume hängen. Meine Mutter hat ihn für mich gebastelt, weil ich oft im Schlaf geweint habe.«

»Und jetzt musst du nicht mehr weinen?«, fragte Jonata skeptisch.

»Nur noch manchmal«, gab das Mädchen zu. »Uiii, du hast aber ein hübsches Armband.« Sie zeigte auf Jonatas Handgelenk. »Woher hast du das?«

Jonata strich mit dem Zeigefinger über ihren eingravierten Namen auf dem Medaillon. »Ich habe es zur Erinnerung an unser Jubiläum in Licentia bekommen. Obwohl ich das auch ohne Armband niemals mehr vergessen werde.«

Plötzlich drangen vertraute Stimmen an ihr Ohr. Erschrocken setzte sie sich auf. »Sind das meine Eltern, die ich da höre?«, wisperte sie.

Johanna nickte. »Ja, darum sollte ich dich wecken. Sie sitzen schon eine Weile in der Küche und warten auf dich.«

»Sag ihnen, dass ich sie nicht sehen will«, erklärte Jonata trotzig und zog die Decke über ihr Gesicht. Als sie Johannas Kichern hörte, linste sie unter der Decke hervor. Tristan stand nun ebenfalls neben dem Bett.

»Hast du schlafen können?«, fragte er besorgt.

»Meine Eltern sitzen unten«, nuschelte Jonata unter der Decke.

»Ich weiß«, erwiderte er. »Ich habe sie von meinem Fenster aus gesehen, als sie sich mit meinen Eltern unterhalten haben.«

»Was soll ich nur machen?«, fragte Jonata und setzte sich auf.

Tristan sah zu seiner Schwester. »Johanna, ich glaube, Mutter hat nach dir gerufen«

»Ich habe nichts gehört.«

Jonata sah, wie Tristan seiner Schwester mit seinem Blick Anweisung gab, das Zimmer zu verlassen.

»Das ist mein Zimmer«, maulte Johanna und zog eine Schnute.

»Ich werde es wiedergutmachen«, versprach er, woraufhin sie zur Tür ging. Dort drehte sie sich zu den beiden um. »Ihr wollt euch bestimmt wieder küssen. Das will ich gar nicht sehen!«, rief sie grinsend und lief davon.

»Sind meine Eltern verärgert?«, erkundigte sich Jonata bei Tristan, der sich zu ihr auf die Bettkante setzte.

»Ich glaube nicht. Sie sind eher voller Sorge. Deine Mutter hat verweinte Augen.«

Jonata fühlte sich hin- und hergerissen. Auf der einen Seite wollte sie Antworten haben, auf der anderen Seite fürchtete sie sich vor ihren Eltern und der Wahrheit. Hilfe suchend schaute sie zu Tristan.

»Ich kann mir vorstellen, wie du dich fühlst. Doch du kannst deine Eltern nicht ignorieren. Auch wenn es sich bewahrheitet und sie nicht deine leiblichen Eltern sind, *sie* haben dich umsorgt und aufgezogen. All das, was Eltern für ihr Kind machen, haben sie auch für dich getan. Dank ihnen bist du der Mensch geworden, den ich sehr mag. Meinst du nicht, sie haben es verdient, dass du sie anhörst, Jonata?«

Jonata knabberte an ihrer Unterlippe und überlegte. Dann nickte sie. »Du hast recht«, sagte sie leise und wollte aufstehen. Doch Tristan drückte sie fest an sich.

»Du musst keine Angst haben. Ich bin bei dir«, versprach er und bekräftigte sein Versprechen mit einem Kuss.

71

Luzia und Hagen hatten es gewagt, ins Wolfsbannerland zu gehen, obwohl sie sich vor den Wölfen fürchteten. Sie waren durch die Wälder geschlichen in der Angst, einer der Bestien zu begegnen. Doch sie hatten keine andere Wahl, wenn sie wissen wollten, wie es Jonata ging. Zum Glück war ihnen ihr alter Bekannter Ferro begegnet.

Der Alte war schon damals ein komischer Kauz gewesen, aber im Laufe der Jahre schien er noch extremer geworden zu sein. Als sie ihn trafen, tanzte er mit einem Blütenkranz im Haar und einem Hasen auf dem Arm durch den Wald und trällerte ein Lied. Trotzdem hatte er Luzia und Hagen sofort erkannt und sie in sein Dorf geführt.

Erstaunt hatten beide festgestellt, dass das Wolfsbannerdorf eine Kopie Licentias war. Zum Glück begegnete ihnen niemand auf der Straße, obwohl Luzia nicht sicher war, ob man sie nicht doch bemerkt hatte und heimlich beobachtete.

Sie trafen Richard und Elisabeth in ihrem Nutzgarten, wo sie Unkraut jäteten. Ihre einstigen Freunde schienen nicht sehr erstaunt zu sein, als sie plötzlich vor ihnen standen.

Luzia hatte befürchtet, dass Richard sie des Grundstücks verweisen würde. Doch zu ihrer Überraschung sagte er: »Ich habe euch erwartet.«

Als Luzia ihre Freundin Elisabeth wiedersah, dauerte es

nur den Bruchteil eines Augenblicks und die beiden Frauen lagen sich in den Armen.

»Ich bin so froh, dass ihr gekommen seid«, sagte Elisabeth und strahlte Luzia an.

Es war, als ob sie sich nie aus den Augen verloren hätten; als ob das damals nie passiert wäre.

»Hattet ihr keine Angst vor unseren Bestien?«, fragte Richard, verschmitzt lächelnd.

»Manche Dinge fordern beherztes Vorgehen«, erklärte Hagen und schaute mit bangem Blick zum Wolfsgehege, das man am Ende des Grundstücks erkennen konnte. Die Wölfe schienen sie zu wittern, denn sie liefen aufgeregt hin und her.

»Du brauchst dich nicht zu fürchten. Sie kommen dort nur raus, wenn ich es ihnen erlaube«, versicherte Richard.

»Es ist schön, euch zu sehen«, sagte Elisabeth gerührt. »Wir haben Jonata nichts verraten. Doch du wirst es ihr erklären müssen, Luzia, denn sie ahnt etwas.«

»Hagen und ich haben uns abgesprochen. Wir werden ihr das Nötigste erzählen. Ich hoffe, ihr versteht, dass Jonata niemals die ganze Wahrheit erfahren darf. Es wäre nur zu ihrem Nachteil«, meinte Luzia und berichtete von ihrem Gespräch mit Josh.

Als sie geendet hatte, sah sie, wie Elisabeth verständnisvoll nickte. Auch Richard stimmte zu.

»Egal, was du dem Mädchen erzählst, wir werden es ihr bestätigen, damit sie dir glaubt und wieder vertraut. Wir alle wissen um die Konsequenzen, wenn sie die ganze Wahrheit erfahren würde«, erklärte er.

»Jonata wird noch schlafen. Tristan und sie waren sichtbar erschöpft. Wollen wir derweil noch etwas draußen bleiben, damit wir uns ungestört unterhalten können?«, fragte Elisabeth aufgeregt. Luzia nickte. Beide Frauen setzten sich auf die Bank, die nahe des Wolfgeheges stand.

»Erzähl! Wie ist es euch ergangen in den letzten Jahren?«, fragte Elisabeth.

Luzia berichtete ihrer alten Freundin von dem Leben in Licentia und ihrem Sohn Siegfried. Elisabeth hörte aufmerksam zu, um dann Luzia in ihr Leben einzuweihen. Als jede von der anderen das Wichtigste wusste, hingen die beiden Frauen ihren Gedanken nach.

Luzia blickte zu den Wölfen, die in der Sonne dösten. »Kannst du dich noch an den Anfang des Ganzen erinnern?«

»Du meinst die kleine Annonce in der Zeitung, die fragte: ›Willst du dem Hier und Jetzt entfliehen?‹«

»Ja, die meine ich.«

»Ich werde es wohl niemals vergessen. Dieser eine Satz hat unser aller Leben verändert.«

»Und diese Postfachadresse, die darunter stand.« Luzia lachte.

»Ich war verdammt aufgeregt, als wir uns alle beim Casting trafen. Jeder hatte einen anderen Grund, warum er aussteigen wollte. Doch keiner durfte den der anderen wissen. Schon seltsam, unter welchen Kriterien der Fernsehsender uns ausgesucht hat. Hast du je den Schritt bereut, aus unserer alten Welt auszubrechen?«, wollte Elisabeth von Luzia wissen.

»Nein, ich habe es nie bereut. Ich würde heute wieder so handeln.«

Elisabeth sah sie nachdenklich an. »Warum?«

Abermals blickte Luzia zu den Wölfen. »Weil es die einzige Möglichkeit war, Jonatas leiblichen Vater von ihr fernzuhalten.«

Nun schaute Elisabeth erstaunt. »Erkennt er sie nicht im Fernsehen?«

Luzia schüttelte den Kopf. »Er hat sie nur einmal als Baby gesehen und da hieß sie noch Lisa.«

»Warum …«, begann Elisabeth, doch dann stockte sie. »Es geht mich nichts an.«

»Er ist schuld, dass meine Schwester, Jonatas Mutter sterben musste. Er ist kein guter Mensch und saß deshalb im Gefängnis. Ein anderer Grund, der mir die Entscheidung vereinfacht hat, war damals, dass ich diesen Alltag im Krankenhaus satthatte. Jeden Abend bekamen wir Menschen in die Notaufnahme, die sich mit Drogen vollgepumpt hatten. Die halbe Nacht mussten wir um ihr Überleben kämpfen, nur damit sie Tage später wieder vollgedröhnt eingeliefert wurden. Ich wollte das alles nicht mehr«, gab sie leise zu. »Und du? Warum bist du aus deinem alten Leben ausgebrochen?«

»Es waren die Wölfe! Richard und ich hatten gehofft, hier im Uralgebirge Forschungen zu betreiben, die wir außerhalb von Licentia nicht machen durften. Wir beide wollten mit den Tieren leben und so ein Teil ihres Rudels werden.«

»Das wäre ja beinahe in die Hose gegangen«, murmelte Luzia.

Elisabeth nickte. »Ich weiß, dass du den Vorfall mit Jonata meinst. Aidan hätte ihr nichts getan, dessen bin ich mir sicher.«

Luzia atmete hörbar aus. »Ich will mich deshalb nicht wieder streiten, denn ich denke auch heute noch anders darüber. Fakt ist jedoch, dass der Wolf in unmittelbarer Nähe von Jonata eine Ziege getötet hat.«

»Das Tier war krank. Deshalb war es leichte Beute für

ihn. Zudem sortieren Wölfe kranke und schwache Tiere aus.«

»Wer sagt, dass er im Blutrausch nicht auch über ein Kind hergefallen wäre? Außerdem musste Jonata alles mit ansehen.«

»Durch diese scheinbar brenzlige Situation wurde deine Tochter zum Liebling der Fernsehnation«, erinnerte Elisabeth sie.

Luzia erinnerte sich daran, wie Elisabeth und sie mit Josh gesprochen hatten, weil sie sich wegen des Vorfalls zerstritten hatten. Dabei hatte er ihnen erzählt, dass die Zuschauer mehr von Jonata sehen wollten. Der Sender hatte damit einen Star bekommen, aber eine große Gruppe verloren. Denn zwischen den Wolfsfreunden und den Wolfshassern gab es keine Versöhnung, also entschlossen sich Elisabeth und die anderen, Licentia zu verlassen.

»Und ihr seid deshalb damals fortgegangen aus Licentia.«

»Das war gut so! Hier sind wir ungestört und müssen auch nicht an dieser Auslosung teilnehmen.«

»Ist es nicht seltsam, dass ausgerechnet unsere Kinder uns wieder zusammengeführt haben?«, fragte Luzia lächelnd.

Elisabeth nickte. »Wenn ich nicht wüsste, dass es wirklich Zufall war, dass Tristan und Jonata sich begegnet sind, könnte man fast glauben, Josh und seine Leute hätten ihre Finger mit im Spiel gehabt.« Sie lachte und Luzia stimmte mit ein.

»Lass uns in die Küche gehen. Ich habe Apfelkuchen gebacken«, schlug Elisabeth vor.

Zufrieden über den glücklichen Verlauf ihres Wiedersehens, folgte Luzia ihr ins Haus.

In der Küche warteten sie angespannt, dass Jonata endlich zu ihnen herunterkommen würde. Als die kleine Johanna jedoch allein auftauchte, war Luzia am Boden zerstört. »Sie will uns nicht sehen«, wisperte sie und sah Hagen bestürzt an.

Johanna beugte sich über die Tischplatte und ließ ihre Füße baumeln. »Tristan ist bei ihr«, sagte sie und rollte mit den Augen.

»Willst du nicht zu deinen Freundinnen gehen? Du kannst ihnen Kuchen mitbringen«, versuchte Elisabeth, ihre Tochter fortzulocken, und wickelte Apfelkuchen in ein Tuch. Sofort stürmte das Mädchen mit der Beute hinaus. »Sie ist ein richtiger Wildfang«, entschuldigte Elisabeth das ungestüme Verhalten ihrer Tochter.

»Wie Jonata damals. Sie war nicht anders als Kind«, meinte Luzia versonnen.

»Im Gegensatz zu unserem Sohn Siegfried. Er ist zwar ruhiger, aber bestimmender, wie Luzia«, erklärte Hagen.

»Dass Siegfried euch gleicht, ist verständlich. Aber wem gleiche ich?«, hörte Luzia Jonata fragen.

Erschrocken blickten alle zu dem Mädchen, das plötzlich in der Tür stand, dicht gefolgt von Tristan.

»Setz dich zu uns«, bat Hagen.

Jonata blieb stehen. Erst als Tristan sie sanft zum Stuhl schob, nahm sie Platz.

Luzia und Hagen hatten während ihres Marschs ins Wolfsbannerdorf jede Variante einer Ausrede abgewogen. Kurz vor dem Haus ihrer Freunde beschlossen sie, die einfachste Version zu wählen.

Fragend schaute Luzia nun zu ihrem Mann, der ihr aufmunternd zunickte. Trotzdem war sie nervös. Stockend begann sie zu erzählen: »Deine Mutter, Jonata, war meine

Schwester Katharina. Katharina starb ein Jahr nach deiner Geburt. Sie hatte eine Krankheit, gegen die es kein Kraut gibt, das ihr geholfen hätte. Als sie ahnte, dass sie nicht mehr lange leben würde, nahm sie mir das Versprechen ab, dich wie mein leibliches Kind aufzuziehen.«

Jonatas Augen füllten sich mit Tränen, als sie verstand, was Luzia ihr gerade mitgeteilt hatte.

»War meine Mutter an der Seuche erkrankt, weswegen ihr das alte Licentia verlassen musstet?«, schniefte sie.

»Nein!«, rief Luzia erschrocken aus. »Ihr Tod hat damit nichts zu tun.«

»Meine wirkliche Mutter ist tot«, flüsterte Jonata. »Aber was ist mit meinem Vater? Wo ist er? Warum hat er mich nicht großgezogen?«

Luzia seufzte und sah zu ihrem Mann. Das Gespräch ging über ihre Kräfte. Sie begann zu zittern. Jonata tat ihr von Herzen leid.

Hagen nahm ihre eiskalte Hand in seine und drückte sie sanft. Luzia atmete tief durch. »Er lebt leider auch nicht mehr. Er starb bei einem Unfall im Wald«, log sie und wandte den Blick ab, damit Jonata ihre Lüge nicht in ihren Augen erkennen konnte.

Jonata weinte leise über den Verlust ihrer Eltern. Luzia schämte sich, sie wissend zu belügen.

Das Mädchen sah sie leidend an. »Wie hieß mein Vater?«

»Markus. Dein Vater hieß Markus«, erklärte Hagen hastig.

»Warum habt ihr mir das verschwiegen? Warum habt ihr mir nie die Wahrheit über meine leiblichen Eltern erzählt?«, warf sie den beiden vor.

»Zuerst warst du noch zu klein, um das verstehen zu können. Als du dann das erste Mal Papa und Mama zu uns sagtest, quollen unsere Herzen vor Liebe zu dir über. Wir zögerten den Tag, an dem wir dich einweihen wollten, immer weiter hinaus, bis es irgendwann zu spät war. Wir hatten Angst vor deiner Reaktion. Es spielte für uns auch keine Rolle mehr, denn du warst und bist unsere Tochter, Jonata«, erklärte Luzia mit brüchiger Stimme.

»Warum habe ich keines ihrer Gräber auf unserem Friedhof gesehen? Wurden sie ohne Namen beerdigt? Oder sind sie vielleicht hier im Dorf beerdigt?«, fragte Jonata hoffnungsvoll.

Luzia erschrak. Diese Frage hatte sie nicht bedacht. Hilfe suchend sah sie zu ihrem Mann.

Richard kam ihnen zu Hilfe. »Ich war damals dabei, als dein Vater verunglückte. Wir haben mächtige Holzstämme gefällt, die wir für den Bau der Kirche benötigten. Ein Baum fiel nach dem Schlag nicht in die Richtung, die wir berechnet hatten. Dein Vater wollte noch ausweichen, aber es war zu spät. Er rutschte ab und stürzte in eine steile Schlucht, aus der wir ihn nicht bergen konnten.«

Luzia brach es das Herz, als sie die verzweifelte Miene des Mädchens sah. Obwohl Jonata versuchte, tapfer zu sein, konnte man ihr die Qualen ansehen, die ihr die Geschichte verursachte.

»Wenn du willst, kann ich dir die Stelle zeigen«, bot Richard an.

Jonata nickte langsam. »Und wo liegt meine Mutter begraben?«

Luzia schluckte. »Nachdem Katharina mir das Versprechen abgenommen hatte, dich wie meine eigene Tochter großzuziehen, musste ich ihr außerdem versprechen, sie nicht in kalter Erde zu beerdigen. Sie bat uns, ihre Asche in alle Winde zu verstreuen, damit du sie überall spüren kannst. Wenn dich der Wind streichelt oder ein Vogel singt, dann sollst du an deine Mutter denken, denn sie ist überall dort, wo du auch bist«, erklärte Luzia leise.

Jonata sprang auf und fiel ihr weinend um den Hals.

Auch Luzia weinte und sogar in Hagens Augen funkelten Tränen. Mit zittriger Hand strich er über Jonatas Haar.

»Du bist unser Ein und Alles. Ich könnte dich nicht mehr lieben, wenn du unser eigenes Fleisch und Blut wärst«, schluchzte Luzia.

»Ja, so ist es, Jonata«, bestätigte Hagen und ergriff die Hand des Mädchens.

»Wie geht es jetzt weiter?«, fragte Tristan, der Jonata nicht aus den Augen ließ.

»Jonata muss zurück nach Licentia. Sie ist erst fünfzehn Jahre alt und hat nichts zu befürchten, denn sie darf erst mit sechzehn zu den Drachenmenschen.«

Jonata schaute erschrocken zu Luzia. »Aber wer wird stattdessen gehen? Irgendjemand muss doch Licentia verlassen.«

»Du musst keine Angst haben, mein Schatz«, versicherte Luzia ihr und versuchte zu lächeln.

»Was werden die anderen Dorfbewohner sagen, wenn Jonata zurückkehrt? Werden sie nicht verlangen, dass sie gehen muss?«, fragte Tristan besorgt.

Luzia durfte nicht verraten, was der Fernsehsender vorhatte. Trotzdem musste sie dem Mädchen gegenüber Zuversicht ausstrahlen. »Wir werden eine Altenversammlung einberufen und vorschlagen, eine neue Ziehung zu veranstalten. Bei dieser werden vor aller Augen die Zettel mit den richtigen Namen beschriftet und in die Kiste gelegt. Noch in derselben Stunde wird ein Name gezogen werden. Alles andere wird sich finden.«

»Und was wird aus Tristan und mir?«, fragte Jonata und sah mit bangem Blick zwischen den Erwachsenen hin und her.

Luzia sah zu Elisabeth. Wie damals verstanden sich die beiden Freundinnen ohne Worte.

Elisabeth nickte und Luzia versprach: »Ihr dürft euch sehen, allerdings nur auf neutralem Gebiet, der Lichtung. Die Kluft zwischen unseren Dörfern ist noch zu groß. Deshalb könnt ihr euch noch nicht in Licentia oder hier im Dorf zusammen sehen lassen. Vielleicht seid ihr diejenigen, die die Menschen unserer beiden Dörfer wieder zusammenführen werden. Zwar ist ein Anfang geschaffen, doch noch ist es nicht so weit.«

Erleichterung durchströmte Jonata. Sie nickte.

»Das ist ein guter Plan«, sagte sie und schmiegte sich an Tristan, der seinen Arm um sie legte.

Auch wenn es ihr lieber gewesen wäre, frei und ohne Bedenken zwischen den beiden Dörfern hin und her gehen zu können, so war sie zufrieden mit diesem Abkommen. Dankbar sah sie zu ihren Eltern. Beide schauten sie noch unsicher an.

Doch sie mussten sich keine Gedanken über Jonatas Liebe zu ihnen machen. Denn für sie würden sie immer ihre Eltern bleiben, einerlei, wer sie geboren hatte.

Jonata nahm sich vor, ihre Mutter irgendwann zu bitten, ihr mehr von ihren leiblichen Eltern zu erzählen. Doch im Augenblick reichte das, was sie erfahren hatte.

Sie würde die Stelle aufsuchen, an der ihr Vater tödlich verunglückt war, und einen Strauß Blumen niederlegen. Und wenn das nächste Mal der Wind über ihre Wangen strich, würde sie sich vorstellen, dass ihre leibliche Mutter sie liebkoste.

Jonata schaute zu Tristan, dessen honigfarbene Augen sie liebevoll anlächelten.

Es gab noch so viel, das sie nicht von ihm wusste. Zum Beispiel, ob er einen Freund hatte, dem sie Tabea vorstellen konnten.

Wie schnell sich doch Glück und Unglück abwechseln können, dachte sie. Gestern war ihre Welt düster gewesen. Doch heute erstrahlte sie ohne Schatten in neuem Licht.

Epilog

Jonata saß auf einem Fels am Rande der Wiese und sah Tristan und seinem Rudel zu, wie sie herumtollten.

Die Wölfe akzeptierten sie mittlerweile als Tristans Freundin. Die ersten Wochen hatte Arthus die Zähne gefletscht, sobald Jonata auch nur in seine Nähe kam. Erst als Tristan ihm zeigte, wer sein Rudelführer war, wurde Jonata von ihnen mit ihrem Ritual begrüßt. Das war jetzt sechs Monate her, doch selbst in sechs Jahren würde sie sich nicht daran gewöhnen, dass die Wölfe ihr dabei übers Gesicht schleckten.

Ihr Blick schweifte hinüber nach Licentia. Langsam näherten sich ihre beiden Dörfer wieder an, sodass es für sie leichter geworden war, sich zu sehen. Trotzdem durften sie sich mit den Wölfen nur im Bereich des Niemandlands bewegen, da die Menschen ihre Angst vor den Tieren nicht abstreifen konnten.

Hier gefiel es Jonata, denn sie entdeckten immer wieder verwunschene Plätze, Wasserfälle und Höhlen. Sie hatte das Gefühl, dass sie dank Tristan und seinen Wölfen die Natur mit anderen Augen betrachten würde. Sie sah Pflanzen und Tiere, die ihr vorher niemals aufgefallen waren.

Wenn Tabea und ihr Freund Kilian mitkamen, mussten die Wölfe im Gehege bleiben. Doch da die Liebe der beiden noch zart und schüchtern war, waren ihre gemeinsamen Treffen die Ausnahme.

Jonata freute sich, dass sie und Tabea wieder beste Freundinnen waren. Manchmal saßen sie auf dem Hochsitz und tuschelten über ihre Freunde. Kilian stammte zwar auch aus dem Wolfsbannerdorf, doch er wollte kein Rudelführer werden. Er war ein Dichter und überraschte Tabea immer wieder mit neuen Versen.

Jonata blinzelte hinüber zu den grauen Bergen. Wie es wohl Peter bei den Drachenmenschen erging? Seine Mutter Ida hatte sich bei ihr für ihren Gefühlsausbruch bei der Ziehung entschuldigt. Ihre Mutter meinte, dass es womöglich mit der bevorstehenden Geburt zusammengehangen hatte. Mittlerweile war die kleine Zoe geboren und Peter schon vier Monate fort. Zur Verwunderung aller wurde er vom Pfarrer begleitet.

Der Geistliche hatte angeboten, mit Peter mitzugehen, um zu kontrollieren, dass es ihm in der fremden Umgebung an nichts mangeln würde und er in der Fremde nicht allein wäre. Jonata fand das einen feinen Zug von dem Geistlichen. Anscheinend hatten sie sich in dem Mann getäuscht, der mehr durch seine schlechte Laune aufgefallen war als durch seine guten Taten.

Nachdem er fort war, schlichen Tristan, Tabea, Kilian und sie in den verbotenen Wald. Jonata wollte ihren Freunden die geheimnisvollen Gegenstände zeigen. Aber zu ihrer Überraschung war der Unterstand mit allem, was sich darin befunden hatte, verschwunden. Nichts wies noch darauf hin, dass dort eine Hütte gestanden hatte.

Seitdem hatten Tristan und Jonata sich nicht mehr darüber unterhalten. Doch wenn der Pfarrer wieder nach Licentia zurückkommen würde, wollten sie ihn beobachten, ob er wieder in den verbotenen Wald gehen würde. Nicht nur Jonata und Tristan fieberten dem Tag entgegen, auch alle Licentianer waren gespannt, was der Pfarrer ihnen über Peter und die Drachenmenschen erzählen würde.

Jonata ging zu Tristan hinüber, der sich ins Gras gesetzt hatte und den Wölfen hinterherschaute, wie sie einen Hasen verfolgten, der dann in einem Erdloch verschwand. Sie ließ sich neben Tristan nieder und blinzelte in den Himmel.

Ein Falke stand bewegungslos hoch am Himmel über ihnen. Zeitweise verschwand er in den Wolken, doch dann tauchte er wieder auf.

Sicherlich sieht er eine Maus am Boden, überlegte Jonata, als Tristan eine Kette aus seiner Hosentasche zog. Es war ein Lederband, an dem ein Anhänger hing, der aus goldenem Harz gegossen war. Darin war ein Strohhalm eingeschlossen.

Erstaunt sah Jonata Tristan an. Sie erinnerte sich daran, wie er bei ihrem ersten Treffen am Ziegenstall einen Halm aus ihren Haaren gefischt und in die Hosentasche gesteckt hatte.

Lächelnd legte er ihr das Band um den Hals. Seine Hände umfassten ihr Gesicht und zogen es sanft zu sich. Während sich ihre Lippen näherten, leuchteten seine honigfarbenen Augen voller Liebe. Glückselig erwiderte Jonata seinen Kuss.

Josh konnte sein Glück kaum fassen, als seine Drohne Jonata und Tristan erfasste. Über seinen Monitor betrachtete er die verliebten Gesichter der beiden Jugendlichen. Sicherlich würden die Einschaltquoten in die Höhe schnellen, wenn er den Zuschauern das Pärchen präsentieren würde.

Mit wenigen Klicks überprüfte er die GPS-Daten aus Jonatas Armband, damit die Drohne sie immer und überall wiederfinden konnte.

Jetzt kann uns nichts mehr passieren, dachte Josh und steuerte die Drohne zurück zum Sender.

Liebe Leserinnen und Leser,

eine umfangreiche und genaue Recherche ist für mich selbstverständlich. Einerlei ob ich einen historischen Erwachsenenroman oder einen Jugendroman schreibe. So habe ich auch für *Das Auge von Licentia* akribisch recherchiert.

In Zeiten des Internets wäre es ein Leichtes, sich dort über spezielle Themen zu informieren. Doch leider muss man den zahlreichen Beiträgen misstrauisch gegenüberstehen, da die Richtigkeit der Quellen selten kontrolliert wird. Im Internet kann jeder alles veröffentlichen und der Nächste kann es wieder umschreiben. Deshalb nutze ich diese Quelle für wichtige Informationen nur selten.

Seit meinem ersten historischen Roman *Das Hexenmal* arbeite ich mit renommierten Historikern und Fachleuten verschiedenster Disziplinen zusammen, die mich auf ihren Gebieten professionell beraten. So habe ich auch für meinen Jugendroman alles hinterfragt und nachgeforscht.

Dabei haben mich folgende Personen mit ihrem Wissen unterstützt. Ihnen möchte ich von Herzen für ihre Bereitschaft und ihre Bemühungen danken:

Herr Professor Dr. Johannes Dillinger, Sachbuchautor und Historiker in Oxford. Er beriet mich über das Mittelaltersetting und die Struktur der Gemeinschaft der damaligen Zeit. So war es wichtig, einen Pfarrer mitspielen zu lassen.

Herr Rauf Guliyev, Inhaber der Firma Droidair (www.droidair.com), Freudenburg, stand Pate für meine Romanfigur Rauf Guliyev. Dank seines Fachwissens konnte ich die Technik und die Funktionen von Drohnen qualifiziert beschreiben. Auch hat er manche Kapitel, in denen diese besonderen Flugkörper eine Rolle spielen, auf ihre Richtigkeit überprüft. Besonders stolz bin ich, dass ich als erste Frau seine Hightech-Drohnen fliegen durfte.

Frau Tatjana Schneider, Wolfsexpertin und Leiterin des »Wolfsparks Werner Freund« in Merzig/Saarland (www.wolfspark-wernerfreund.de), durfte ich bei ihrer Arbeit im Wolfspark begleiten, sie interviewen und mit den Wölfen beobachten. Alles, was ich über das Verhalten der Wölfe im Roman beschreibe, habe ich mit Frau Schneider durchgesprochen.

Außerdem ist es mir eine Herzensangelegenheit, mich bei folgenden Personen ebenfalls zu bedanken:

Frau Sarah Haag, Literaturagentin, Stuttgart, die mich von der ersten Seite an unterstützt hat. Ihre Begeisterung für den Roman brachte mich Schritt für Schritt vorwärts.

Frau Stephanie Fey, Autorin, Pöcking, die als Testleserin wertvolle Anmerkungen machte, sodass manche Frage geklärt werden konnte.

Frau Laura Oehlke, Würzburg, Lektorin, die mir half, die Ecken des Romans rundzuschleifen und manche Lücke zu schließen.

Nicht zu vergessen: ein großes Dankeschön an *Frau Nikoletta Enzmann,* die an dieses besondere Thema geglaubt und es ermöglicht hat.

Und natürlich meiner *Familie,* die mich in den Wochen vor dem Abgabetermin kaum noch gesehen hat. Ihr seid die Besten.

Deana Zinßmeister

Kathrin Lange

Die Fabelmacht-Chroniken
Flammende Zeichen

Glaubt Mila an Liebe auf den ersten Blick? Im Zug nach Paris trifft sie einen alten Mann, der ihr diese Frage stellt. Mila ahnt noch nicht, was er längst weiß: Paris wird in ihr eine uralte Fähigkeit wecken. Eine Gabe, mit der sie in ihren Geschichten die Wirklichkeit umschreiben kann. Und tatsächlich, als sie am Bahnhof auf den geheimnisvollen Nicholas trifft, scheint er direkt ihren Geschichten entsprungen. Doch auch Nicholas beherrscht die Gabe der Fabelmacht – und er hat ebenfalls über Mila geschrieben. Ein Kampf der Geschichten um die einzig wahre Liebe entbrennt. Und Mila und Nicholas sind mitten drin.

Auch als E-Book erhältlich
Als Hörbuch bei Rubikon

416 Seiten • Gebunden
ISBN 978-3-401-60339-1
www.arena-verlag.de

Claudia Pietschmann

Cloud

Emma ist verliebt: Paul versteht sie wie kein anderer, seit ihr kleiner Bruder verstorben ist. Die beiden haben sich zwar noch nie getroffen, aber online teilen sie alles miteinander. Paul will alles über sie wissen und Emma schneidet bereitwillig ihr ganzes Leben für ihn mit. Immer wieder fallen ihm Überraschungen ein, die er ihr über das Internet per Knopfdruck schickt. Aber die netten kleinen Gefallen, die Paul ihr tut und ihr Leben schöner machen, bekommen bald einen bitteren Beigeschmack. Denn für Paul scheint Emma das einzige Fenster zur Welt zu sein. Ihrem Wunsch, sich endlich zu treffen, weicht er aus. Was ist los mit Paul – und gibt es ihn überhaupt?

Arena

368 Seiten • Gebunden
ISBN 978-3-401-60349-0
www.arena-verlag.de

Auch als E-Book erhältlich

Andreas Eschbach

Aquamarin

Hüte dich vor dem Meer! Das hat man Saha beigebracht. Eine seltsame Verletzung verbietet der Sechzehnjährigen jede Wasserberührung. In Seahaven ist Saha deshalb eine Außenseiterin. Die Stadt an der Küste Australiens vergöttert das Meer. Wer hier nicht taucht oder schwimmt, gehört nicht dazu. So wie Saha. Doch ein schrecklicher Vorfall stellt alles in Frage. Zum ersten Mal wagt sich Saha in den Ozean. Dort entdeckt sie Unglaubliches. Sie besitzt eine Gabe, die nicht sein darf – nicht sein kann. Nicht in Seahaven, nicht im Rest der Welt. Wer oder was ist sie? Die Suche nach Antworten führt Saha in die dunkelsten Abgründe einer blauschimmernden Welt ...

Auch als E-Book und als Hörbuch bei Arena audio erhältlich

408 Seiten • Gebunden
ISBN 978-3-401-60022-2
www.arena-verlag.de